FALLING MASK

Coverdesign und Umschlaggestaltung: Florin Sayer-Gabor -

www.100covers4you.com

Unter Verwendung von Grafiken von Shutterstock: Halay Alex

Hinweis: Dieses Buch ist eine überarbeitete Neuauflage und erschien bereits unter dem Titel "Mein Licht in der Dunkelheit" bei Forever by Ullstein.

E.M. Prutsch, Schubertgasse 12, 8200 Gleisdorf

Herstellung und Druck über tolino media GmbH & Co. KG, Albrechtstr. 14, 80636 München. Printed in Germany. Fragen zu Produktsicherheit an: gpsr@tolino.media.

FALLING MASK

EVA PERKICS

1. KAPITEL

MIA

E s gibt Tage, an denen hat man das Gefühl, auf der Gewinnerseite des Lebens zu stehen. Und es gibt Tage, an denen man nur darauf hofft, dass sie endlich vorbei sind. Genau so ein Tag ist heute.

»Ms. Bailey, wenn Sie jetzt zur Tür hinausgehen, sind Sie Ihren Job los!«, plärrt mein Boss Lawrence Montgomery, während er mir zum Ausgang folgt. Er sieht nicht nur so rund aus wie ein Apfel, sondern hat mittlerweile auch im Gesicht eine rote Farbe angenommen.

»Ich muss wirklich los, es tut mir leid«, sage ich mit zittriger Stimme und lasse die Tür hinter mir zufallen.

Natürlich benötige ich diesen Job mehr als alles andere auf der Welt, um meine Tochter und mich zu ernähren. Doch was habe ich von dem Geld und dem Essen, wenn meine Lani nicht mehr bei mir ist?

Meine Füße treffen auf den harten Asphalt. Immer wieder remple ich Personen an, die ich kaum wahrnehme. Sogar ihre Beschimpfungen prallen an mir ab wie an einer Lärmschutzwand. Ich habe nur ein Ziel und das heißt, so schnell wie möglich ins Krankenhaus zu kommen.

Kurz überlege ich, ein Taxi zu nehmen, aber die Straßen sind durch den Berufsverkehr gerammelt voll. Ich bin mir sicher mit meinen brennenden Füßen viel rascher am Ziel anzukommen.

Schwer atmend halte ich vor dem Infoschalter des Krankenhauses. »Wo finde ich meine Tochter Lani Bailey?« Hektisch fahre ich mir durch meine braunen Haare.

»Zimmer drei, chirurgische Ambulanz«, sagt die Brünette durch das kleine Fenster.

Ohne weiter zu warten, sprinte ich los. Der Flur ist gefühlt ewig lang. Als ich die rote Drei erblicke, bleibe ich vor der Tür stehen. Bevor ich anklopfe, versuche ich, meinen Atem zu regulieren. Ich atme tief durch, dann klopfe ich an die weiße Tür. Nach wenigen Sekunden springt sie auf.

»Ja bitte?«, fragt ein Mann mit einer Glatze, die glänzt wie eine Bowlingkugel.

»Meine Tochter Lani ist bei Ihnen?«

»Wir haben sie soeben auf die Pflegestation gebracht.«

»Sie muss hierbleiben?«, frage ich und zugleich zieht

6

sich mein Magen zusammen.

»Nur zur Beobachtung, denn sie hat eine Gehirnerschütterung.« Seine Stimme klingt ruhig, trotzdem fühle ich mich dadurch nicht besser. »Genaueres erfahren Sie auf der Station.«

»Danke, auf Wiedersehen.« Ich wende mich ab.

Plötzlich steht die Kindergärtnerin Steffi vor mir. »Hallo, Mia.« Sie hat ihre blonden Haare zu einem Zopf geflochten und ein paar lose Strähnen fallen ihr ins Gesicht.

»Hallo«, sage ich missmutig. »Was ist passiert?«

»Sie war auf dem Klettergerüst, ist abgerutscht und hinuntergefallen.« Steffi blickt mich traurig an.

»Okay, war sie wenigstens ansprechbar?« Sofort rudere ich mit meiner Tonlage zurück. Kinder sollten sich frei bewegen können und natürlich passieren dabei auch Unfälle.

»Ja, aber ...« Kurz hält Steffi inne. Dieses »aber« bedeutet bestimmt nichts Gutes. »Darüber reden wir ein anderes Mal. Nicht hier im Krankenhaus. Wäre es möglich, bald einen Termin zu vereinbaren?« Steffi wirkt sichtlich angespannt.

»Um was geht es? Muss ich mir Sorgen machen?« Nervös zwirble ich an einer Haarsträhne.

»Ich möchte das nicht zwischen Tür und Angel besprechen.«

»Okay, ich rufe dich später an. Ich muss jetzt auch zu meiner Tochter. Bis dann.«

Ich stürme an ihr vorbei zum Fahrstuhl. Mehrmals drücke ich den Knopf, in der Hoffnung, ich könnte den

Fahrstuhl so antreiben.

Ich verschwende keinen weiteren Gedanken an das seltsame Gespräch mit Steffi. Was auch immer es ist, es kann wohl kaum so wichtig sein. Vielleicht will sie mir nur wieder ihr Psycho-Gequatsche aufhalsen. Heutzutage stehen schon die Kleinen unter Leistungsdruck, was ich keineswegs gutheiße. Eine Mutter hat mir erst letzte Woche voller Stolz erzählt, dass ihr Kind mit fünf Jahren Geige lernt. Wo soll das alles hinführen? Als Lani zwei Jahre alt war, haben sich die Mütter auf dem Spielplatz damit gemessen, was ihre Kinder schon alles können. Sie stecken sie in Sprachkurse oder schicken sie zum Ballett oder sonst wohin, nur um noch besser zu sein als die anderen. Warum dürfen Kinder nicht einfach Kinder sein? Spielen, toben und auch einmal wütend sein? Sie werden zu Robotern gedrillt, um dem Leistungswahnsinn gerecht zu werden.

Oben angekommen, bleibe ich vor einer Schwester mit rot gelocktem Haar stehen. »Entschuldigen Sie bitte, wissen Sie, wo meine Tochter Lani Bailey ist?«

»Kommen Sie mit, wir schauen gleich nach.« Ihre ruhige Stimme besänftigt mich leider nicht. Mein kleines Mädchen ist ganz allein hier, das lässt meinen Puls in die Höhe schnellen. Beim Schwesternzimmer angekommen, wippe ich mit dem Fuß.

»Zimmer fünf«, antwortet die Krankenschwester, während sie den Plan studiert.

»Danke«, sage ich über meine Schulter hinweg und hetze los.

2. KAPITEL

MIA

Sechs Monate später

»Come get it bae! Come get it bae!« Amber bewegt ihren Körper, als wolle sie geradewegs jemanden vögeln.

»Kannst du bitte aufhören diesen sexistischen Song von Pharrell Williams zu singen?« Mit einer Handbewegung drehe ich das Radio leiser.

»Aber es macht Spaß! Im weitesten Sinne geht es doch um die weibliche Freiheit, sich zu nehmen, wozu man Lust hat! So wie wir zwei Hübschen dieses Wochenende.« Amber stellt das Radio wieder lauter. Zugleich starrt sie auf die Fahrbahn und wippt mit ihrem schlanken Körper im Takt.

»Wir sind nicht auf der Suche nach Freiheit und One-Night-Stands. Wir sind auf den Weg zu einem

Konzert, das meiner Meinung nach nur für junge Mädchen ist. Boygroups und Rockbands, die ihre nackten, muskelbepackten Oberkörper zur Schau stellen, könnten genauso gut zu den Chippendales gehen.«

»Na und? Wir sind mit unseren dreißig Jahren noch keine alten Greisinnen, die sich zu Hause verkriechen müssen. Außerdem hast du mir versprochen, dass wir in Washington mal so richtig auf den Putz hauen.« Amber dribbelt mit dem Finger auf dem abgenutzten Lenkrad.

»Ich weiß und das bereue ich jetzt schon.« Mein Blick wandert zum Fenster. Wir fahren auf dem Highway geradewegs nach Washington. Wie konnte ich mich von Amber nur weichklopfen lassen? Meinen Blumenladen, den ich seit drei Monaten in New York City betreibe, betreut derzeit meine Floristin Amelia. Dieser Laden bedeutet mir alles.

Als ich den Job bei Lawrence Montgomery verloren habe, dachte ich, meine Welt bricht zusammen. Dazu noch die Probleme im Kindergarten. Das alles hat mich in ein tiefes, schwarzes Loch gezogen.

Doch dank meiner Eltern und Amber habe ich dann allen Mut zusammengenommen und mich in die Selbstständigkeit gewagt. Rückblickend war es die beste Entscheidung, denn nun kann mir keiner mehr Vorschriften machen, wann ich komme oder gehe. Dank der Unterstützung meiner Eltern ist der Blumenladen einer der schönsten der ganzen Stadt.

»Jetzt schmoll nicht rum!«, antwortet Amber. Mehrmals fährt sie sich durch ihre blonden Locken, die ihr bis zu den Schultern reichen. »Der Abstand von New

York wird dir guttun. Vielleicht lernen wir auf der VIP-Party einen Star kennen? Stell dir vor, wir mit einem der Rockstars? Dazu noch ein heißer Quickie auf der Toilette, das wäre doch einmal Abwechslung.« Sie grinst breit und leckt sich über die Lippen.

»So wie ich dich kenne, wirst du schreiend auf die Stars zulaufen, ihnen um den Hals fallen und keine Sekunde vergeuden.« Ich rolle mit den Augen.

»Was denkst du denn? Natürlich! Sollte sich mit einem mehr ergeben, werde ich bestimmt nicht Nein sagen.« Kurz hält Amber inne. »Und das solltest du auch nicht.«

»Ich weiß doch nicht einmal, was die singen, geschweige denn, wie sie aussehen.«

»Warte, das können wir gleich ändern.« Amber kramt in dem Seitenfach an der Autotür. »Jetzt komm schon raus!«, flucht sie und wendet den Blick von der Straße ab.

Plötzlich überkommt mich diese Angst, und ich starre auf die Fahrbahn. Unser Wagen nähert sich gefährlich einem vorbeifahrenden Lastwagen, aber ich bekomme den Mund nicht auf. Sitze wie versteinert da. Uns trennen nur noch wenige Zentimeter, bis wir ihn seitlich rammen. Ein lautes Hupen ertönt und als Amber im letzten Moment den alten SUV nach rechts lenkt, atme ich hörbar aus.

»Bist du verrückt?«, fragt sie, während sie den Wagen am Straßenrand mit quietschenden Reifen zum Stehen bringt. Wenn wir jetzt in der Wüste gewesen wären, hätte uns bestimmt eine braune Staubwolke eingehüllt, so abrupt hält sie am Seitenstreifen.

»Ich?«, stammle ich. Mir fehlen die Worte. Wie kann sie mir die Schuld geben, wo sie doch die Fahrerin der Blechkiste ist?

»Du hast doch gesehen, dass wir geradewegs auf einen Lastwagen zugesteuert haben.« Ihre Hände zittern.

Seltsam, dass ich nichts spüre. Es ist, als wäre ich in einem 3-D-Film. Ich sitze da und beobachte, ohne jegliche Emotion.

»Ich weiß auch nicht, was gerade mit mir los war.« Ich starre auf meinen Ringfinger, wo der Diamant meines Verlobungsrings in allen möglichen Farben glitzert. Wie sehr ich mich damals über seinen Antrag gefreut habe. An diesem Tag wurde mein Leben vollkommen. Jedenfalls dachte ich das zu dem Zeitpunkt.

»Entschuldige, war wohl mein Fehler. Ich hätte besser auf die Straße achten sollen«, gesteht Amber.

»Vielleicht.« Meine Gedanken schweifen zu Toms Antrag. Wie er damals vor mir niedergekniet ist und um meine Hand angehalten hat. Seine braunen Augen haben mich mit dieser Herzlichkeit angesehen, die ich zuvor bei niemand anderem erlebt hatte.

»So, und nun führe ich dich in die Musik der Rockstars ein!« Amber tut so, als wäre nichts passiert, und schiebt die CD ins Radio.

Ein Song mit einer tiefen Bassstimme beginnt und sie lenkt den Wagen zurück auf die Straße. Ich vernehme nur am Rande die Musik. Die unterschiedlichen Rhythmen versetzen mich in die Vergangenheit zurück. Wochenlang sind Tom und ich zum Tanzkurs gegangen, um es halbwegs hinzubekommen. Wie oft habe ich mich darüber geärgert, dass er mir immer wieder auf die Füße getreten ist. Heute wäre ich froh, wenn er es noch tun würde.

In meinen Erinnerungen versunken, stiere ich aus dem Fenster und kriege von der Umgebung kaum etwas mit.

»Wir sind da!«, kreischt Amber, dass meine Ohren schmerzen. Ich erwache aus meinem Trance-Zustand und blicke mich um. Ein Mann im Anzug schreitet auf unseren Wagen zu. Er hält die Hand an sein Ohr wie einer der Bodyguards des Präsidenten. »Komm, lass uns aussteigen.«

»Willst du den Wagen nicht vorher auf einem Parkplatz abstellen?« Skeptisch ziehe ich eine Braue hoch.

Amber reagiert auf meine Frage nicht und springt aus dem Wagen. Mit einem Kopfschütteln folge ich ihr.

»Hier können Sie nicht stehen bleiben«, sagt der Bodyguard-Verschnitt. Sein finsterer Blick und die tiefe Furche auf seiner Stirn machen mir Angst.

»Hier haben Sie den Schlüssel!« Amber wirft ihm den Schlüsselbund zu und steuert auf den Eingang zu.

»Ich bin nicht Ihr Parkboy!«, knurrt er. Doch sie stöckelt mit ihren Zehn-Zentimeter-Absätzen an ihm vorbei und lächelt ihn unschuldig an. Dazu klimpert sie mit ihren Wimpern, als könne sie nicht einmal bis drei zählen. Dabei hat sie einen Abschluss in Harvard

gemacht und ist heute eine der erfolgreichsten Anwäl-
tinnen in ganz New York.

Nun würde sich wohl jeder fragen, wieso diese wohl-
habende Frau nicht mit einem Luxusschlitten durch die
Gegend fährt. Aus Prinzip und wegen ihrer Einstellung
gegenüber der Wegwerfgesellschaft. Sie meint, heutzutage schmeißen die Menschen Dinge zu früh in den
Müll oder auf den Schrottplatz. Für sie ist es Luxus, sich
alles in Bio-Qualität kaufen zu können, damit die Tiere
ein anständiges Leben führen.

Amber macht abrupt auf dem Absatz kehrt und geht
zu dem Typen von vorhin zurück. »Ach übrigens, das
Gepäck ist im Kofferraum.« Sie steckt ihm ein paar
Scheine ins Jackett und lächelt ihn an. Dann kommt sie
zu mir zurück und wir gehen ins Hotel.

»Bist du von allen guten Geistern verlassen?«, flüstere ich ihr ins Ohr.

»Er wird eine Lösung für das Problem finden.« Sie
kichert und hakt sich bei mir unter.

Wir gehen in die Empfangshalle und sofort fühle ich
mich zu Hause wie in meinem Blumenladen. Viele
bunte Blumenarrangements mit gelben und weißen
Gerberas, dazu grüne Santinis, begrüßen uns. Hinter
der Rezeption befindet sich ein überdimensionales
Aquarium mit unzähligen bunten Fischen.

»Warte hier, ich erledige das mit dem Zimmer«, sagt
Amber und schiebt mich zur Sitzlounge. Typisch
Amber, sie muss alles kontrollieren. Manchmal wundert
es mich nicht, dass sie keinen passenden Partner findet.
Denn sie ist überaus durchorganisiert und plant jeden

einzelnen Schritt im Voraus. Nicht viele Menschen leben gern so.

Mich hat es ziemlich verwundert, dass sie bei dem Gewinnspiel des Radiosenders mitgemacht und die Konzertkarten gewonnen hat. Andererseits bin ich auch froh. Diese drei Tage gehören ausnahmsweise mal mir allein. Keine Verpflichtungen. Trotzdem vermisse ich meinen Sonnenschein Lani. Welche Angst ich vor sechs Monaten doch hatte, als sie mit ihrer Gehirnerschütterung im Krankenhaus bleiben musste. Zum Glück wurde sie nach drei Tagen wieder entlassen und hat keine Folgeschäden davongetragen. Was dann noch alles seitens des Kindergartens kam, lässt mein Herz schwer werden. Doch daran will ich jetzt nicht denken.

Sie ist dieses Wochenende bei meinen Eltern. Ich weiß, dass sie auf die kleine Maus prima aufpassen, denn wenn ich in meinem Laden arbeite, verwöhnen sie meinen Goldschatz bis ins Unermessliche. Trotzdem verspüre ich ihr gegenüber ein schlechtes Gewissen.

Es ist mein erster Trip ohne meine Tochter, die am dreißigsten August ihren fünften Geburtstag feiern wird. Bin ich eine Rabenmutter, wenn ich sie bei den Großeltern lasse? Besser ich rufe zu Hause an und frage, ob alles in Ordnung ist. Ich ziehe mein Handy aus der Tasche und wähle die Nummer meiner Mutter Mary.

»Hallo, meine Süße! Seid ihr gut angekommen?« Sie hat diese warme Stimme, bei der ich mich sofort entspanne.

»Hey, ja, alles super. Wie geht es Lani?« Nervös zwirble ich eine braune Haarsträhne um meinen Zeigefinger. Diese blöde Angewohnheit sollte ich mir abgewöhnen, doch ich kann es nicht kontrollieren.

»Sie ist mit Opa eine Runde in den Park gegangen. Mach dir keine Sorgen, ihr geht es bestens. Genieße dieses Wochenende und flirte auch mal wieder.« Ich kann mir ihr breites Grinsen genau vorstellen.

»Ach, Mom«, murre ich ins Telefon. »Ich brauche keinen Mann.« Vor fast fünf Jahren ist ein Teil meiner Märchenwelt zusammengebrochen. Aber daran möchte ich heute keinen Gedanken mehr verlieren.

»Doch, den brauchst du. Jeder Mensch benötigt ein bisschen Zärtlichkeit. Auch du. Ach, ich will dir jetzt keine Standpauke halten, feiere mal so richtig ausgelassen.«

»Aber ...«, entgegne ich mit geknickter Stimme.

»Nichts aber, entspann dich, trink ein paar Cocktails und lass dich von einem Kerl mal so richtig durchvögeln.«

»Mom!« Kurz blicke ich mich um, um mich zu vergewissern, dass ja keiner etwas von ihren Worten mitbekommen hat. Was wahrscheinlich ist, trotzdem spüre ich, wie mir die Röte ins Gesicht fährt.

»Also, ich muss jetzt den Braten aus dem Ofen holen, sonst haben meine zwei Spatzen nach ihrem Spaziergang nichts zu essen. Und du kennst doch John und wie er sich benimmt, wenn er Hunger hat.« Mom kichert. »Hab dich lieb!«

»Ich dich auch, bye!« Ich spüre, wie sich mein Hals zuschnürt, während ich das Handy wieder in die Tasche stecke.

»Ich habe unsere Zimmerkarten!« Amber wedelt mit ihnen vor meiner Nase herum. »Übrigens hatten sie durch das Konzert eine Überbuchung und wir haben sogar eine Suite! Ist das nicht genial?«

»Womit hast du ihnen gedroht?« Ich erhebe mich vom Sofa und muss augenblicklich lächeln.

»Natürlich mit einer Megaklage!« Sie grinst und hakt sich bei mir unter.

3. KAPITEL

MADDOX

25 Jahre zuvor

»Mad, jetzt stell dich nicht so an!«, zischt meine Mom, während sie ihre Hände in meinen Haaren vergräbt. »Du musst stillsitzen, sonst bekommen wir die Frisur nicht hin!«

»Ich will Fußball spielen gehen!«, entgegne ich mit fester Stimme und verschränke die Arme vor der Brust.

»Dafür haben wir jetzt keine Zeit, vielleicht später«, sagt sie in schroffem Ton, der mir mittlerweile keine Angst mehr macht. Auch ihre Versprechungen glaube ich nicht mehr. Zu oft hat sie gesagt, wir würden später auf den Spielplatz gehen, wenn ich brav sei. Später gehen wir ein Eis essen, später gehen wir Lego bauen, ich könnte die Liste endlos so weiterführen. Doch jetzt, mit meinen zehn Jahren, weiß ich, dass alles, was sie sagt, nur Show ist. Um ihren Willen durchzuboxen. Egal ob ich glücklich bin oder nicht. Für sie zählt nur, dass ich ihren Wünschen gerecht werde.

»Du kannst mich mal!«, kontere ich und springe vom Stuhl herunter, sodass er geradewegs gegen Moms Bauch knallt.

»Aua!«, keucht Mom. »Bist du völlig durchgedreht?«

»Ich mach da nicht mehr mit!« Ich renne zur Tür, reiße sie mit Schwung auf und laufe los. Den schmalen Flur entlang, der Ähnlichkeit mit einem Gefängnis hat. Genau das ist das hier für mich auch. Nur dass die Türen normalerweise nicht verschlossen sind.

»Mad! Bleib stehen!«, höre ich meine Mutter weit entfernt schreien. Aber es ist nicht ein Fünkchen Liebe in ihren Worten zu spüren. Ich höre nur den Befehlston, der keinen Widerspruch zulässt. Ich blicke nicht zurück, sondern steuere geradewegs auf den Ausgang zu.

Als ich die letzte Stahltür erreiche und aufreiße, leuchtet mir ein heller Lichtstrahl entgegen, sodass ich meine Augen zusammenkneife. Nach wenigen Sekunden habe ich mich an das grelle Tageslicht gewöhnt und möchte lossprinten, als mich jemand am Handgelenk packt.

»Na, na, na! Wo willst du Bengel denn hin?« Die vertraute Männerstimme lässt mich zusammenzucken.

Ich blicke auf meine schwarzen Lederschuhe, die auf Hochglanz poliert sind. Ich kann jetzt nicht in Dads Augen schauen. Denn ich spüre seine Wut und die Enttäuschung in seiner Stimme.

»Jetzt antworte! Deine Mutter ist bestimmt völlig außer sich, wenn du schon wieder verschwindest. Sie macht sich Sorgen, das weißt du doch.«

Dieses falsche Gehabe meiner Eltern kotzt mich an. Sie machen sich nicht um mich Sorgen, sondern nur um ihren Status in der Gesellschaft. Sie wollen wie die besten Eltern wirken. Dabei bin ich nur Mittel zum Zweck.

»Ich brauche eine Pause.« Meine Stimme zittert. Ich weiß, mein Vater duldet keinen Widerspruch. Trotzdem kann und will ich nicht mehr so weitermachen. Ich fühle mich müde und ich spüre einen stechenden Schmerz im Kopf, der sich allmählich ausbreitet. Ich möchte mit Jungs in meinem Alter abhängen und den einen oder anderen Scheiß anstellen. Wie zum Beispiel von Haus zu Haus laufen, an Türen klingeln und mich dann ein Stück weiter hinter einem Baum verstecken. Damit ich beobachten kann, wie blöd die Leute aus der Wäsche gucken, wenn keiner vor der Tür ist.

»Dafür ist jetzt keine Zeit, das weißt du. Stell dich nicht wie ein Mädchen an und komm. Du hast Verpflichtungen. Alle warten schon auf dich.« Vater zerrt an meinem Arm.

Mit aller Kraft, die ich aufbringen kann, stemme ich mich dagegen. Chancenlos. Er ist viel zu stark und zu groß, als dass ich gegen ihn gewinnen könnte.

Als das alles begann, dachte ich, es wäre megatoll und aufregend. Damals war ich drei Jahre alt. Doch heute hasse ich jeden beschissen Tag, an dem mich meine Eltern zu so einer Veranstaltung zerren.

»Danach kannst du dir auch etwas aussuchen, egal was es kostet.« Dads Stimme ist ruhiger geworden. Jetzt spielt er wieder den Vorzeigepapa, den sich alle Kinder wünschen. Nur dass ich weiß, dass er damit erreichen will, dass ich pariere. Damit er vor den anderen super dasteht. Alle in meinem Umfeld schwärmen von meinen Eltern, als wären sie direkt vom Himmel geschickt worden. Dabei sind sie so falsch und berechnend wie der Teufel persönlich.

»Ich brauche nichts«, flüstere ich. Ich weiß, welche Konsequenzen es hat, wenn ich meinem Dad nicht gehorche.

Er öffnet die letzte Stahltür und meine Mutter stürmt mir entgegen.

»Mad, das darfst du nie wieder tun, hast du gehört? Ich wäre fast gestorben vor Sorge um dich.« Wieder kommen Moms Schauspielkünste zum Vorschein.

Ich blicke mich um und entdecke Grace. Sofort wird mir klar, warum sie die einfühlsame Mutter spielt. Meine Tante ist der Inbegriff von Schönheit, mit ihren langen dunklen Haaren und den dunkelbraunen Augen. Sie hasst es, dass meine Eltern mich hierher zerren, aber sie weiß nicht, dass ich es genauso hasse. Denn meine Erzeuger sind schlau genug, mich niemals mit ihr allein zu lassen. Sie haben sogar das Babyfon in meinem Zimmer installiert gelassen, um mich abzuhören. Sie sind einfach nur krank. Ich weiß, in ein paar Jahren bin ich alt genug, um aus dieser Hölle zu fliehen, doch derzeit scheint es für mich keinen Ausweg zu geben.

4. KAPITEL

MIA

»Mia, jetzt werd mal locker!«, ruft Amber mir ins Ohr.

Die gute Stimmung drückt auf mein Herz wie ein Steinklotz.

»Ich lache doch«, erwidere ich mit einem gekünstelten Lächeln.

»Der heiße Typ da drüben beobachtet dich schon eine Weile.« Amber deutet mit der Hand hinüber zur Bar, wo sich ein Mann mit muskulöser Statur und Baseballkappe an die Theke lehnt.

»Soll er doch, wenn es ihn glücklich macht.« Ich schaffe es nicht einmal, den Kopf zu schütteln. Sie müsste wissen, dass mich Typen null interessieren. Egal wie sexy sie aussehen.

»Komm jetzt, sprich ihn an!«, fordert sie mich auf.

Ich weiß, dass sie es nur gut meint. Sie will mich von dem Scheiß, der mich seit mehr als vier Jahren verfolgt, ablenken. Doch ich bin noch nicht bereit für neue Bekanntschaften.

»Später vielleicht.« Kurz wandert mein Blick zu ihm. Man kann sein Gesicht nicht erkennen, nur sein kantiges Kinn sticht hervor.

»Später ist er weg, und deine Chance auf einen guten Fick auch.« Amber zerrt an meinem Arm.

»Nein!«, fahre ich sie an und entziehe mich ihr. Es tut mir leid, so schroff mit meiner besten Freundin zu sprechen, aber nun reißt mein Geduldsfaden.

»Mia!« Kurz hält Amber inne und schließt ihre Augen, bevor sie fortfährt: »Tom ist verschwunden, und das seit über vier Jahren! Du hast lange genug um ihn getrauert. Er ist es nicht wert, dass du auch nur eine Sekunde länger über ihn nachdenkst oder hoffst, dass er wieder zu dir zurückkommt.«

»Was weißt du schon, was Tom wollte!«, sage ich zähneknirschend.

»Er ist mein Bruder und hält es nicht einmal für nötig, sich bei seinen Eltern zu melden!«, entgegnet Amber. »Außerdem könnte er genauso gut tot sein.« Ihre Miene wird ernst.

»Entschuldigung.« Augenblicklich überkommt mich ein schlechtes Gewissen.

Sie ist seit der Schulzeit meine beste Freundin. Durch sie lernte ich Tom kennen und verliebte mich in ihn. Heute jedoch bin ich eine alleinerziehende Mutter. Ja, vier Jahre sind für viele eine lange Zeit, um endlich loszulassen und einen Neubeginn zu wagen. Doch seit Tom nicht mehr an meiner Seite ist, fühle ich mich, als hätte man mir meine Seele entrissen. Ich funktioniere wie ein Roboter. Aufstehen, zur Arbeit gehen und am Abend wieder schlafen. Der einzige Lichtblick in meinen Leben ist meine süße kleine Tochter, die ich mehr als alles andere liebe.

Nur durch Ambers Überredungskünste stehe ich in der VIP-Lounge unseres Hotels, zwischen den Pseudopromis, und versuche endlich mal wieder Spaß zu haben. Sicherlich wird sich der ein oder andere Star unter die Menge mischen, doch das interessiert mich herzlich wenig.

Viele würden diesen Trip als wahnsinnig aufregend bezeichnen, doch für mich ist er eine Folter. Ich weiß, dass ich lachen darf und sollte. Aber alles erinnert mich an Tom. Vor allem wenn ich in Ambers Gesicht schaue, wenn sie mich mit ihren dunkelbraunen Augen ansieht, habe ich jedes Mal das Gefühl, Tom stünde vor mir.

»Soll ich uns etwas zu trinken besorgen?«, frage ich versöhnlich.

»Mojito, und für dich dasselbe!«, befiehlt sie. Ich weiß, dass sie mich nur auf andere Gedanken bringen will. Ob Alkohol da die beste Lösung ist, weiß ich nicht. Aber was habe ich heute zu verlieren? Immerhin habe ich ihr versprochen, an diesem Wochenende wieder lockerer zu werden. Drei Tage Washington, kaum zu glauben, dass ich mich dazu habe überreden lassen.

Ich gehe zur Bar, wo vorhin noch der Typ mit der Baseballkappe stand. Zum Glück hat er sich verdünnisiert und ich muss mir keine Gedanken darüber machen, irgendwelchen unliebsamen Baggerversuchen ausgesetzt zu sein. Ich stelle mich an den Platz, an dem er vorhin noch stand, und bestelle zwei Mojitos. Einst war dies mein Lieblingscocktail. Früher war ich zwar keine übertriebene Partymaus, aber einmal im Monat bin ich gerne mal in einen Club gegangen, um richtig abzurocken. Tom hat mich begleitet und den ganzen Abend geduldig an der Bar gesessen, während Amber und ich die Tanzfläche unsicher gemacht haben.

Vielleicht ist dieser Trip genau das, was ich brauche. Vielleicht sollte ich heute versuchen, alles zu vergessen, und wieder ausgelassen tanzen, wie ich es früher so geliebt habe.

Nachdem mir die Kellnerin die zwei Mojitos gereicht hat, drehe ich mich ruckartig um.

»Ist der für mich?«, fragt mich eine tiefe, rauchige Stimme und greift nach dem Cocktailglas. Ich hebe den Kopf und sehe wieder dieses kantige Kinn. Durch seine schwarze Baseballkappe kann ich seine Augen nicht erkennen.

»Ein besserer Anmachspruch ist dir wohl nicht eingefallen.« Ich ziehe eine Braue nach oben.

»Vielleicht bin ich der Superstar, durch den du berühmt wirst? Oder vielleicht hast du den Jackpot geknackt und ich bin ein Musikproduzent, der dir zu deiner Weltkarriere verhilft? Ich biete mich dir gerne an.« Kurz zucken seine Mundwinkel nach oben.

»Geht's noch?«, frage ich zähneknirschend. »Du

willst ein Promi sein und bezahlst nicht einmal deine Drinks selbst?«

»Na ja, zumindest sind wir schon im Gespräch und es gefällt mir, was ich sehe.« Er mustert mich ungeniert von oben bis unten.

»Wie bitte?« Mein Mund steht offen, und ich kann noch immer nicht fassen, was da über seine Lippen kommt. Sehe ich etwa wie eine Barbie aus, die unbedingt im Rampenlicht stehen möchte?

»Na, komm und trink mit mir einen Drink. Ich bezahle auch.« Er zupft an seiner Kappe, als wolle er nicht, dass man seine Augen sieht.

»Such dir ein anderes naives Mädchen und lass mich in Ruhe.« Ich ziehe das Glas aus seiner Hand und dränge mich an ihm vorbei.

Plötzlich werde ich am Arm festgehalten. Ich werfe einen genervten Blick über meine Schulter.

»Sorry, ich wollte dir nicht blöd kommen. Lust, einen Mojito mit mir zu trinken?« Obwohl der Typ einen Körperbau hat, dem viele Frauen verfallen würden, lässt er mich kalt. Ich hasse es, wenn solche Schönlinge denken, sie könnten jede Frau flachlegen.

»Entschuldigung angenommen. Trotzdem muss ich jetzt zu meiner Freundin. Man sieht sich.« Ich löse mich aus seinem Griff und marschiere zielstrebig zu Amber.

»War das nicht der Typ von vorhin?« Sie nimmt ihr Glas und steckt sich den Strohhalm in den Mund.

»Schon möglich.« Ich rolle mit den Augen. Genau darum meide ich Partys.

»Was wollte er von dir?«, bohrt sie nach.

»Einen Cocktail gratis abstauben. Dann hat er noch behauptet, er sei ein Superstar. Dieser Vollpfosten denkt wirklich, ich hätte nur Stroh im Kopf.« Ich könnte mich ins Bodenlose ärgern.

»Und was, wenn doch? Immerhin tummeln sich immer ein paar Bekanntheiten auf diesen Partys.«

»Hast du denn schon jemanden gesehen?«, frage ich, wenngleich es für mich keinen Unterschied machen würde. Wäre er ein Star, würde mich das noch mehr abschrecken.

»Bis jetzt nicht, aber was nicht ist, kann ja noch werden.« Ambers Zuversicht schwingt in ihrer Stimme mit.

Promis sind nicht zu beneiden. Permanent werden sie bewertet. Wenn sie etwas Hochprozentiges trinken, sind sie gleich Alkoholiker, bei einem gewöhnlichen Treffen unter Freunden kurz vor der Eheschließung. Mir wäre das viel zu anstrengend. Außerdem würde kein Mann der Welt an Tom herankommen. Er hat mir jeden Wunsch von den Augen abgelesen und mir meine Unschuld auf so romantische Weise genommen, dass mir jetzt noch Tränen in die Augen schießen, wenn ich daran denke. Ich werde nie vergessen, dass er in einem Hotel ein Zimmer für eine Nacht reserviert hat. Unzählige Kerzen waren aufgestellt. Auf der weißen Bettwäsche hat er ein großes rotes Herz aus Rosenblüten ausgelegt. Für viele mag es kitschig klingen, für mich war es die schönste erste Nacht, die ich je erlebt habe.

»Komm, lass uns tanzen«, fordere ich Amber auf. Ich habe genug von meinen Erinnerungen, die meine

Probleme zu Hause auch nicht lösen. Dieses Wochenende werde ich das erste Mal auf meine Mutter hören und wirklich mal abschalten. Danach kann ich mich immer noch um das Chaos kümmern.

»Da lasse ich mich nicht zweimal bitten«, sagt Amber mit diesem schiefen Grinsen, das ich von früher kenne.

Wir stellen unsere Gläser auf dem Stehtisch ab und beginnen uns der Musik hinzugeben. Ich schließe die Augen, fühle mich wie mit sechzehn Jahren, als ich mit Amber die erste Privatparty besucht habe. Alkohol ist in großen Mengen geflossen. Damals hatte ich meinen ersten Rausch, den ich wohl nie vergessen werde. Natürlich war es verboten, aber genau das machte den besonderen Reiz aus.

Die Zeit vergeht wie im Flug. Wir haben sicher drei Mojitos intus, als ich Amber bedeute, dass ich mal kurz für kleine Mädchen muss. Sie nickt nur und wendet sich einem Typen zu, der alles hat, was ein Rockstar haben muss. Viele Tätowierungen und ein unverschämt gutes Aussehen. Keine Ahnung, ob er ein Star ist, aber eines weiß ich gewiss: So wie sich Amber an ihn ranschmeißt, hat sie ihn ins Visier genommen. Recht hat sie, vielleicht sollte ich mir auch so einen heißen Typen angeln, denke ich mir, während ich mich durch eine Gruppe von Frauen dränge.

»Kannst du nicht aufpassen!«, zischt ein Mädchen, das sicher erst die zwanzig geknackt hat.

»Sorry«, antworte ich und öffne die Stahltür. Plötzlich merke ich, dass ich statt der Toilettentür den

Hinterausgang genommen habe. Eine frische Brise bläst mir ins Gesicht, und ich atme tief ein und aus. Ich steuere das Metallgeländer an und starre auf den Parkplatz.

Durch die frische Luft merke ich erst, wie sich der Alkohol in meiner Blutbahn breitmacht. Schwindel überkommt mich und ich umklammere das kühle Geländer.

»Na, braucht da wer frische Luft?«, sagt die rauchige Stimme, mit der ich schon vorhin Bekanntschaft gemacht habe.

»War eher Zufall«, sage ich und blicke über meine Schulter zu ihm. Mein Blick folgt ihm, als er sich neben mich hinstellt. Verdammt, hat er vorhin auch schon so heiß ausgesehen? Oder ist das nur der Alkohol, der meine Sinne vernebelt und ihn in einen Sexgott verzaubert?

»Vielleicht ein Schluck Wasser gefällig?« Der unbekannte Schönling hält seine Wasserflasche in die Höhe.

»Nein, danke.« Mein Blick verheddert sich mit seinem. Verdammt, hatte er nicht vorhin noch eine Baseballkappe auf?

»Ich heiße übrigens Maddox.« Er streckt mir seine Hand entgegen.

»Mia«, antworte ich knapp und ergreife seine Hand. Plötzlich durchfährt mich ein Kribbeln. Oh mein Gott, ich sollte jetzt wirklich auf Wasser umsteigen, oder etwa nicht? Vielleicht sollte ich die Chance auf einen belanglosen Flirt nutzen? Immerhin scheint er an mir interessiert zu sein, so wie er mich mit seinen wunderschönen dunklen Augen von oben bis unten mustert.

»Mia, was für ein schöner Name. Kommst du aus Washington?«

»Nein, und du?«

»New York.« Er nimmt einen Schluck von seiner Wasserflasche. »Und du?«

»Ist doch nicht wichtig, oder? Du willst mit mir schlafen, da brauchen wir jetzt nicht großartig Small Talk zu führen. Zu dir oder nehmen wir uns ein Zimmer?«

»So siehst du mich also? Als einen notgeilen Bock, der dir nach draußen gefolgt ist?« Er trinkt aus der Wasserflasche und ich beobachte, wie sich sein Adamsapfel auf und ab bewegt.

»Du bist mir gefolgt?« Keineswegs würde ich ihn als einen notgeilen Bock bezeichnen. Er sieht eher wie ein Kerl aus, der jede Nacht eine andere Frau abkriegt. Was ja auch nicht verwerflich ist.

»Na ja, vielleicht?« Kurz zucken seine Mundwinkel nach oben, bis er sich wieder fängt.

»Warum?«

»Weil du wunderschön bist und ich unser erstes Aufeinandertreffen wohl ziemlich verbockt habe.«

Kurz muss ich lachen. Wer möchte schon einen Typen an der Backe haben, der einen um einen Drink anschnorrt? Eine zweite Chance hat jeder verdient, oder? Außerdem bin ich hier, um Spaß zu haben, und er ist eindeutig kein Mann, mit dem man sich verstecken muss.

»Darf ich dich auf einen Drink einladen?«, fragt er und fixiert mich mit seinen Augen.

»Nur unter einer Voraussetzung.« Ich hole kurz Luft.

»Und die wäre?«

»Wir haben einfach nur Spaß. Kein Austausch von persönlichen Details. Kein Austausch von Telefonnummern. Nach dieser Nacht gibt es kein Wiedersehen.«

Maddox' skeptischer Blick entgeht mir nicht. »Aber ...«

»Nichts aber!« Ich erhebe abwehrend die Hand. In mein Leben passt kein Schönling, der bestimmt kein Interesse an einer alleinerziehenden Mutter hat, die nie spontan sein kann. Das Päckchen, das ich derzeit mit mir herumschleppe, lässt keine Affäre zu, die meinen stressigen Alltag noch verkompliziert.

Dieses Wochenende bin ich zwar Mutter, aber ohne Verpflichtungen. Diese Tage gehören mir ganz allein.

5. KAPITEL

MADDOX

Mia kommt gerade von der Toilette zurück, als ich die Kellnerin herbeiwinke. Nach wenigen Sekunden steht das junge Mädchen mit den rot gefärbten Haaren vor mir. »Zwei Mojitos bitte«, rufe ich ihr über den Tresen zu.

Diese Mia ist irgendwie schräg drauf. Ich möchte sie besser kennenlernen und sie wehrt komplett ab. Aber vielleicht tut es mir ganz gut, eine unkomplizierte Bekanntschaft zu machen. Wie mir scheint, ist sie nicht auf eine Beziehung aus. Ob sie einen Mann zu Hause sitzen hat? Vielleicht ist sie auch verheiratet und hat zwei süße Kinder daheim, die auf sie warten?

Kurz schiele ich auf ihren Ringfinger, doch nicht einmal ein Streifen von der Sonne ist zu erkennen. Aber dann bleiben meine Augen an ihrer anderen Hand hängen. Verdammter Bullshit! Diese Frau ist verlobt! So einen Klunker am Finger hat man nicht zufällig.

Sollte es mich stören? Ja, denn sie ist eine Frau, die ich nur zu gerne besser kennenlernen möchte. War ja klar, dass die schönste Frau im ganzen Raum vergeben ist.

»Sir, Ihre Drinks!«, reißt mich die Bedienung aus meinen Gedanken.

»Danke«, sage ich knapp und reiche Mia das Glas. »Bitte.«

»Danke«, antwortet sie mit diesem bezaubernden Lächeln, bei dem sich ein seltsames Gefühl in meiner Bauchgegend breitmacht.

»Cheers«, sage ich und halte ihrem Blick stand. Es fällt mir nicht leicht, denn sie hat Augen, die mein Herz höherschlagen lassen. Diese dunkelbraunen Iriden erinnern mich an meine Großmutter. Die hatte einen wunderschönen Nussbaum in ihrem Garten, der leider dank meiner Mutter gefällt wurde. Alles an Mia ist perfekt.

»Also, was verschlägt dich nach Washington?«

»Hatten wir nicht ausgemacht, keine privaten Details zu besprechen?« Abermals lächelt sie.

»Du musst mir ja nicht gleich deine Adresse geben, aber was ist daran auszusetzen, wenn ich mehr über dich erfahren möchte? Immerhin funktioniert Kommunikation so, oder?« Ich atme hörbar aus.

»Entschuldigung, du hast ja recht. Ich bin nur nicht gerade geübt im Flirten.« Kurz schweift ihr Blick in die Menge.

Sie ist der Inbegriff aller Männerträume und sie behauptet ernsthaft, sie sei nicht gut darin? Was hat sie bloß für einen Mann an ihrer Seite? Ob er sie zu Hause einsperrt? Ich kann nur hoffen, dass er sie wie eine Göttin behandelt, denn das hat sie auf jeden Fall verdient.

»Also, warum bist du hier?«

»Weil meine Freundin Amber bei einem Radio-sender Tickets für das Konzert morgen gewonnen hat. Normalerweise ist das nicht meine Freizeitbeschäfti-gung, von einer Party zur nächsten zu laufen.« Kurz wird ihr Blick ernst, bis sie sich wieder fängt. »Und was verschlägt dich nach Washington?«

»Meine Freunde haben mich dazu überredet.« Das ist jetzt nicht einmal gelogen. Doch die Wahrheit würde sie verscheuchen.

»Feiert ihr etwa einen Junggesellenabschied? Wo hast du sie denn gelassen?« Ihr suchender Blick ist Millionen Wert.

»Nein, wir sind zum Entspannen hergekommen.« Gut, das ist gelogen, aber man wird mich für diese kleine Notlüge nicht gleich auf dem Scheiterhaufen verbrennen.

»Ah okay, so nennt man das heutzutage.« Sie lacht laut auf und augenblicklich beginnt der ganze Raum zu strahlen.

»Komm, lass uns tanzen«, fordere ich sie auf und reiche ihr meine offene Hand.

»Wenn du dich mit mir blamieren willst, sehr gerne.« Wir stellen fast zeitgleich die Getränke auf dem

Tresen ab und marschieren zur Tanzfläche. Als der Song »Girls Like You« von Maroon 5 erklingt, sehe ich die Freude in ihren Augen.

Wir bewegen uns zur Musik und ich singe lautlos mit. Keiner hier darf mitbekommen, wer ich wirklich bin. Denn der Moment hier mit ihr, diese Normalität macht mich glücklich. Fünfunddreißig Jahre musste ich anscheinend werden, um diese wunderschöne Frau kennenzulernen, die zu meinem Glück nichts von mir weiß. Weder wer ich bin, noch womit ich meinen Lebensunterhalt verdiene.

Langsam nähere ich mich ihr, lege sanft meine Hand an ihre Taille. Sie lässt es ohne Widerstand zu und wir schmiegen uns aneinander. Sie legt ihren Kopf an meine Brust und ich kann nicht leugnen, dass es mich erfüllt und stolz macht, sie in meinen Armen zu spüren. Ich vergrabe mein Gesicht in ihrem dunklen Haar, das himmlisch gut duftet. Eine süße Note von Vanille vor einem frischen Hintergrund strömt mir in die Nase. Mehrmals atme ich tief ein und aus. Als eine Ballade von Ed Sheeran erklingt, verschwinden die Menschen für mich. Es ist, als wäre dieses Lied nur für uns gemacht.

Ich umgreife sie fester, um sie noch näher an meinem erhitzten Körper zu spüren. Jede weitere Sekunde, die vergeht, verliere ich mich mehr in ihr. Ich bin versucht meine Hände in ihr volles Haar zu schieben. Noch fester umgreife ich sie. Die Erde bebt, die Luft brennt, und das Universum scheint in diesem Augenblick nur für uns beide zu existieren.

Als der Song endet, blickt Mia zu mir auf. »Ich denke, wir sollten kurz eine Pause einlegen.«

»Wie du möchtest«, antworte ich geknickt. Ich könnte mit ihr die ganze Nacht weitertanzen, ohne einen Schluck Wasser zu benötigen.

Bei der Bar angekommen, lehnt sie sich an den Tresen und ich stelle mich dicht vor sie. Ihr zarter Körper wippt leicht zur Musik, während sie einen Schluck von ihrem Drink nimmt.

»Was machst du eigentlich beruflich?«

Fällt mir nichts Besseres ein, um mit ihr ins Gespräch zu kommen? Ich bin sonst nicht so auf den Mund gefallen.

»Ich bin Floristin und du?«

»Ein ganz kreativer Beruf, war es dein Traumberuf?«

»Ja, schon als kleines Mädchen habe ich Blumenkränze für die anderen Kinder gebastelt.« Mias Augen leuchten, während sie mir von den unzähligen Blumen erzählt.

»Scheint wirklich ein Traum zu sein.« Menschen, die genau das machen, wofür sie sich berufen fühlen, beneide ich.

»Ja, hast du deinen Traumberuf auch gefunden?«

»Auf eine gewisse Art ja, obwohl noch Luft nach oben ist.«

»Möchtest du mir nichts davon erzählen?«, fragt sie mit dieser weichen Stimme, die mir einen seltsamen Schauer über den Rücken laufen lässt. Es ist nichts Böses an der Frage, auch nicht in ihrer Stimme, trotzdem möchte ich nicht darüber sprechen.

»Mein Job ist nicht so besonders wie deiner«, lüge ich. Nicht weil sie es nicht wert wäre, die Wahrheit zu erfahren, nein, weil sie der Inbegriff von Perfektion ist. »Ich möchte dich wirklich nicht langweilen.«

»Wirke ich gelangweilt?« Sie zieht eine süße Schnute.

Sie ist eindeutig hartnäckig. Aber habe ich mir das ganze Berufsgequatsche nicht selbst eingebrockt? Warum habe ich die Frage nach ihrem Beruf gestellt, wenn ich sie selbst nicht beantworten möchte?

»Was, wenn ich Straßenkehrer bin?«

»Wenn es dich glücklich macht? Immerhin ist es ein wichtiger Beruf. Stell dir mal vor, es würden alle nur reiche Snobs werden wollen, wie dreckig unsere Stadt dann wäre.«

»Was, wenn ich ein Superstar bin?«

6. KAPITEL

MIA

»Willst du mich in die Irre führen? Wenn du ein Star wärst, würdest du nicht mit mir, dem Fußvolk, deine Zeit totschlagen, sondern drüben bei den VIPs den teuersten Champagner hinunterkippen.« Ich schüttle den Kopf.

»Aber was, wenn ich es doch wäre?«, fragt er interessiert.

»Lass mich mal überlegen.« Ich lege einen Finger an meinen Mund. Der Typ ist echt spaßig und jetzt muss ich ihn etwas zappeln lassen. Er gefällt mir von Minute zu Minute besser.

»Du würdest mir sofort die Klamotten vom Leib reißen, nicht wahr?« Er kommt einen Schritt auf mich zu, sodass ich seinen Atem auf meinem Gesicht spüre.

»Das hättest du wohl gerne.« Jetzt kann ich mir ein breites Grinsen nicht länger verkneifen.

»Vielleicht?« Maddox stützt seine Hände rechts und links von mir am Bartresen ab.

»Was, wenn ich die Flucht ergreifen würde?«, sage ich, während mein Herz davongaloppiert. Dieser Mann hat nicht nur Sex-Appeal, sondern auch diese Männlichkeit, die Frauenherzen schmelzen lässt.

»Was, wenn ich dich bitten würde zu bleiben?« Seine Stimme ist jetzt noch tiefer und ein Kribbeln durchfährt meinen Körper.

»Wenn es ehrlich rüberkommt, würde ich zumindest darüber nachdenken.« Ich halte seinem Blick stand, was in diesem Augenblick kein leichtes Unterfangen ist, denn die elektrisierende Energie, die sich zwischen uns auflädt, nimmt Dimensionen an, die ich mit Worten nicht beschreiben kann.

Er legt seine warme Hand an meine Wange und ich bin versucht, die Augen zu schließen. Doch ich muss wissen, was er als Nächstes tut.

»Mia ...« Maddox senkt langsam den Kopf zu mir herab. Er ist genauso aufgeregt wie ich, das kann ich an seinem schnellen Atem erkennen.

»Ja?«, hauche ich kaum hörbar. Alle Luft wird gerade aus meinen Lungen gesaugt, so angespannt bin ich.

»Ich werde dich jetzt küssen, das ist dir doch klar?« Kurz zucken seine Mundwinkel nach oben.

Ich nicke nur. In diesem Moment wünsche ich mir nichts sehnlicher. Er ist der erste Mann nach Tom, der mein Herz berührt, obwohl ich ihn kaum kenne. Warum fühle ich mich ihm so nah?

Vorsichtig legt er seine Lippen auf meine und erobert mit viel Gefühl meinen Mund. Oh Gott, was stellt er bloß mit seiner Zunge an? Er legt seine andere Hand auf meine andere Wange, und plötzlich spüre ich so unsagbare Emotionen zwischen uns. Diese Wärme, diese unschuldige Nähe. Es ist, als wäre es Schicksal, dass ich ihn heute Nacht hier getroffen habe.

Ich weiß nicht, wie lange wir so dastehen und uns küssen. Jemand tippt mir auf die Schulter. Wie im Rausch muss ich mehrmals blinzeln, bis ich Amber erkenne. Maddox lässt von mir ab und ich weiß nicht, ob mir das in diesem Augenblick recht ist.

»Sorry für die Störung, aber ich werde mich ins Zimmer verabschieden.«

»Ich werde natürlich mitkommen«, sage ich schnell.

»Du bist doch mit diesem ...« Amber mustert ihn ungeniert von oben bis unten.

»Maddox Walker«, antwortet er und streckt ihr die Hand entgegen.

»Ich bin Amber Jones, sehr erfreut.« Sie grinst ihn an, als hätte sie einen Superstar kennengelernt.

»Vielleicht möchtest du noch etwas mit uns trinken?«, fragt er und ich blicke irritiert zwischen den beiden hin und her. Versucht er gerade, Zeit herauszuschlagen?

»Überredet! Einen Mojito bitte!«

»Möchtest du auch noch etwas?« Maddox sieht mich mit seinen großen Augen an, sodass mir heiß wird.

»Dasselbe bitte.« Eigentlich habe ich schon genug Alkohol im Blut, doch heute ist mein Abend. Heute ist mir egal, was andere von mir denken, ich genieße den Moment. Denn ich kann die Wörter, die meine Mom zu mir gesagt hat, laut und deutlich in meinem Ohr hören.

Mad stellt sich ein Stück abseits von uns hin und bestellt die Drinks.

»Der Typ ist so was von heiß, Süße!«, kreischt Amber mir ins Ohr. »Wenn du ihn mit aufs Zimmer nehmen möchtest, kann ich mir bestimmt noch ein anderes besorgen.«

»Nein, natürlich nicht!« Ich schüttle meinen Kopf.

»Bist du völlig verrückt? Solche Männer muss man mit jeder Faser seines Körpers auskosten. Ich will gar nicht wissen, was der alles mit einer Frau im Bett anstellt. Allein wie er dich angesehen hat! Und euer Kuss …« Kurz hält Amber inne und blickt zu Maddox. »Der war eindeutig filmreif.«

»Er ist ein Flirt, mehr nicht.« In zwei Tagen bin ich wieder zu Hause bei meiner Familie. Meine Tochter würde bestimmt nicht mit einem Mann an meiner Seite klarkommen. »In mein Leben passt kein Typ, der aussieht wie ein Filmstar aus der Klatschpresse. Außerdem ist er sicherlich nur an einem interessiert – mich zu vögeln und dann wieder so schnell es geht aus meinem Leben zu verschwinden.«

»Du sollst ihn doch nicht gleich heiraten. Und was ist schon daran auszusetzen, ein bisschen Spaß zu haben? Immerhin wird außer dir und mir niemand davon erfahren.« Amber legt ihre Hände an meine

Oberarme. »Mia, bitte, du brauchst endlich mal wieder einen Fick. Wie lange ist es her, dass du rangenommen wurdest?«

»Vier Jahre. Aber ich komme klar, auch ohne Sex. Meine Tochter und mein Job erfüllen mich. Außerdem, was ist, wenn Tom ...«

»Mein Bruder ist seit mehr als vier Jahren verschwunden. Ich sage es nur ungern, aber meine Eltern haben ihn auch schon abgeschrieben. Wenn er noch lebt, hat er kein Interesse an dir. Und sollte er tot sein, musst du nach vorne blicken!«

Ich weiß, dass meine Freundin recht hat, doch den inneren Kampf, den ich seit Jahren führe, kann mir keiner abnehmen. Wenn ich wenigstens wüsste, was mit Tom passiert ist. Doch so kann es alles Mögliche sein.

»Ladys ...« Maddox reicht uns die Gläser und unterbricht damit mein Gedankenkarussell.

»Cheers!«, ruft Amber und unsere Gläser treffen zwischen uns aufeinander. Maddox' Blick heftet sich an mich, während er von seinem Drink trinkt.

»Ich muss kurz telefonieren!« Amber hält ihr Handy in die Höhe.

»Jetzt? Mitten in der Nacht?«, frage ich. Dabei werde ich das Gefühl nicht los, dass sie sich aus dem Staub machen möchte.

»Sorry, Notfall bei einem Klienten. Wartet nicht auf mich«, sagt sie und zwinkert mir mit einem Auge zu. Dann verschwindet sie in der Menschenmenge.

Einerseits freue ich mich, mit Maddox allein zu sein, andererseits macht es mir Angst. Nicht weil er gefährlich aussieht, sondern weil ich weiß, dass sich unsere Wege bald trennen werden. Hätte ich keine Tochter zu Hause, die meine ganze Aufmerksamkeit benötigt, wäre es einfacher, doch so ist alles kompliziert.

»Lust auf einen Spaziergang?« Maddox nimmt einen Schluck von seinem Whisky.

»Ja, warum nicht«, antworte ich mutig. Die Probleme, die mich belasten, werde ich heute nicht lösen können. Wir stellen unsere Gläser an der Bar ab und marschieren hinaus.

»Komm, ich zeig dir etwas.« Maddox greift nach meiner Hand und steuert direkt auf den Fahrstuhl zu. Will er mich etwa auf sein Zimmer bringen? Wäre es mir recht? Offiziell bin ich nicht vergeben. Außerdem muss ich Amber zustimmen, die letzten Jahre hat sich Tom nicht einmal gemeldet. Ich brauche kein schlechtes Gewissen zu haben, egal ob er lebt oder nicht. Ich muss nach vorne blicken und endlich einsehen, dass es mit Tom keine Zukunft geben wird.

»Wo bringst du mich hin?«, frage ich, als wir den Fahrstuhl betreten.

»Zu einem geheimen Garten.« Er lächelt mich an und augenblicklich entspanne ich mich durch die Ruhe, die er ausstrahlt. Er drückt den Knopf für das oberste Stockwerk und die Türen schließen sich. Wir beide sagen nichts, nur die Musik, die aus den Lautsprechern kommt, ist zu hören. Nach wenigen Sekunden öffnet sich die Lifttür und wir treten hinaus.

»Wir sind gleich da«, sagt er und nimmt abermals

meine Hand. Der Flur ist gefühlt eine Ewigkeit lang, bis wir zu einer breiten Balkontür kommen.

»Bereit?«, fragt er und hält zugleich die Türklinke fest.

»Ich denke ja.«

Er öffnet die Tür, und als wir nach draußen kommen, bin ich sprachlos. Ich wusste, dass dieses Hotel auf Blumen ausgelegt ist, doch was sich hier vor meinen Augen erstreckt, ist unglaublich schön. Das Geräusch, das jeder Tritt auf den Kieselsteinen unter meinen Füßen erzeugt, lässt mich schmunzeln. Alles erinnert an den Garten meiner Mutter. Zwar ist ihrer um einiges kleiner, doch auch mit genauso viel Liebe angelegt. Wir kommen an einem Rosenbeet vorbei und schlendern zu einem kreisförmigen Abschnitt. Am äußeren Rand sehe ich viele blühende gelbe und weiße Margeriten. Davor stehen Holzbänke. Die Wege sind mit großen Fackeln ausgeleuchtet, es herrscht diese romantische Stimmung, wie man sie sich bei seinem ersten Date wünscht. Doch das hier ist kein Date, rufe ich mir in Erinnerung. Das hier ist der Versuch, mich zu beeindrucken, der offenbar auf ganzer Linie gelingt.

»Ist das schön«, sage ich kaum hörbar. Mein Mund klappt auf vor Staunen.

»Komm, ich zeige dir einen Platz, der dir die perfekte Sicht auf den Sternenhimmel ermöglicht.« Maddox wirkt nervös, obwohl er keinen Grund dazu haben muss.

Wir erreichen eine dunkle Ecke, und erst jetzt

erkenne ich, dass eine quadratische, etwa fünf Meter große Liege nur wenige Zentimeter vor uns steht.

»Willst du mich jetzt verführen?« Meine Stimme vibriert, so nervös bin ich. Es ist eine Ewigkeit her, dass ich mit einem Mann Sex hatte. Kann man das verlernen? Irgendwie habe ich keine Ahnung mehr, was sich Männer von Frauen wünschen.

»Würdest du es wollen?«, raunt er an meinem Ohr und ein wohliger Schauer überzieht meinen Hals. Verdammt, schon sein Atem an meiner Haut lässt mich in Flammen aufgehen. Was passiert erst mit mir, wenn ich mich ihm hingebe? Soll ich es tun? Soll ich mich ernsthaft auf einen One-Night-Stand einlassen?

»Vielleicht?« Mehr bekomme ich nicht heraus, denn ich versinke in Maddox' Augen. Er steht dicht vor mir, umfasst wieder mit beiden Händen mein Gesicht. Diese Berührung hat etwas Beschützendes und zugleich Wärmendes.

»Solange du dir nicht sicher bist, wird zwischen uns beiden nichts passieren, keine Sorge. Ich spüre, wie angespannt du bist. Ich bin nicht hier, um die Chance zu nutzen und dich zu vögeln. Ich bin mit dir hierhergekommen, um mit dir die Stille zu genießen.«

Sieht er gerade tief in mein Innerstes? Woher weiß er bloß, wie verunsichert ich mich fühle? Kann er meine Gedanken lesen?

»Lass uns diese Nacht gemeinsam genießen. Heute Nacht gibt es nur uns zwei und diesen wunderschönen Sternenhimmel über uns.«

Er legt sanft seine Lippen auf meinen Mund. Unser

Kuss versprüht diese Energie, die man aus Filmen kennt. Es ist, als würde um uns alles versinken und uns ein goldener Zauber umhüllen. Nur wir zwei, keinen Gedanken an morgen verlieren.

Der Kuss ist magisch. Seine Zunge umkreist meine, nicht zu schnell und auch nicht zu langsam. Verführerisch neckt er sie und nimmt sie dann wieder in Besitz. Mein Herz klopft, jede Faser meines Körpers stürzt in einen Rausch aus Glück und Zufriedenheit. Wie kann man einen Menschen kaum kennen und diese Emotionen fühlen? Ist es der Alkohol, der mich auf Wolke sieben schweben lässt, oder seine unschuldige Nähe zu mir?

Als er von mir ablässt, bin ich enttäuscht. »Lass uns hinlegen, ich möchte dir etwas zeigen.«

Ich folge ihm zur Liege und wir legen uns darauf.

»Benötigst du eine Decke?« Er hält eine weiße Wolldecke in die Höhe.

»Nein, danke.«

Mein Körper glüht in seiner Gegenwart, doch das kann ich ihm kaum sagen. Wenn er wüsste, was sich gerade in mir abspielt, hätte er diese zuvorkommende Frage niemals gestellt. Wir legen uns nebeneinander und er greift nach meiner Hand, während wir zum Himmel starren. Sanft kreist sein Daumen über meinen Handrücken.

»Siehst du den hellen Stern da oben?« Maddox streckt den freien Arm aus und ich folge ihm mit den Augen. »Das ist der Planet Venus. Er steht für die meisten für die Liebe, aber er bedeutet noch viel mehr.

Nämlich Lebensfreude und Harmonie.« Augenblicklich wirkt er nachdenklich, als hätte er diese Eigenschaften irgendwo verloren.

»Bist du glücklich?«, frage ich und blicke zu ihm. Ich muss sehen, wie er darauf reagiert. Ich muss wissen, was in ihm vorgeht. Warum, das weiß ich nicht, denn morgen wird unsere gemeinsame Zeit der Vergangenheit angehören. Doch jetzt ist die Gegenwart wichtig.

Er dreht sein Gesicht zu mir und sieht mich an. »Ja, in diesem Augenblick bin ich der glücklichste Mensch auf Erden.«

Er küsst mich. Irgendwie ist es jetzt anders. So als würde er den Ballast, den er mit sich herumschleppt, ablegen. Welche Sorgen er wohl hat? Doch welcher Mensch hat nicht ein Päckchen zu tragen? Jeder wünscht sich ein gutes Leben, und trotzdem genießt fast keiner den Moment.

Als unser Kuss endet, schmiege ich mich an ihn. Ich lege den Kopf auf seine Brust und lausche seinem gleichmäßigen Herzschlag. Zugleich streichelt er sanft mein Haar. Es ist, als wären wir schon ewig zusammen, so vertraut fühlt es sich an.

»Hast du Geschwister?«, frage ich in die Stille.

»Nein und du?«

»Auch Einzelkind. Und deine Eltern? Sind sie noch verheiratet?«

»Ehrlich gesagt weiß ich das nicht. Ist mir auch egal.« Plötzlich nimmt seine Stimme einen seltsamen Ton an. »Manchmal ist man im Leben ohne sie besser dran.«

»Sind sie denn so abscheulich?« Ich drehe mich um und sehe nun in sein Gesicht. »Immerhin sind es deine Eltern.«

Ich liebe meine Mom und meinen Dad über alles. Ich wäre ohne ihre Hilfe und ihre aufmunternden Worte längst in meinem Selbstmitleid und Frust versunken.

»Ich weiß nicht, ob man sie in die Kategorie Eltern stecken kann. Manchmal trügt der äußere Schein.«

Diese Andeutungen machen mich nachdenklich. Was er wohl genau damit meint? Doch ich bohre nicht weiter nach. Ich merke, wie unangenehm ihm das Thema ist, denn er weicht meinem Blick aus und starrt zum Himmel.

»Schau, jetzt geht die Sonne auf.« Er richtet sich auf und ich tue es ihm gleich. Der Himmel ist noch dunkel, nur am Horizont erkennt man einen orangefarbenen Streifen. Zu den hell erleuchteten Hochhäusern bildet er einen wunderschönen Kontrast. Wenn die Nacht zum Tag wird, trifft Dunkelheit auf Licht. Mit ihm dieses Naturschauspiel zu beobachten ist bezaubernd und berührend zugleich. Denn ich weiß, es ist die Zeit gekommen, um Abschied zu nehmen.

»Ich muss jetzt los.« Meine Stimme zittert. Ich würde diesen Mann gern festhalten, aber ich kann nicht. Ich kann meine Verpflichtungen zu Hause nicht vergessen.

»Jetzt schon?«

»Es ist spät, ähm, früh.« Ich stehe auf und fahre mehrmals durch meine Haare.

»Kann ich deine Telefonnummer haben?« Er steht plötzlich dicht neben mir und wirkt wie ein kleiner

Junge, der um ein Stück Schokolade bittet. Mit diesem Dackelblick, dem keine Frau widersteht und zu dem man nur schwer Nein sagen kann. Doch ich weiß, es ist für mich das Beste.

»Diese Nacht war wunderschön und wird für mich unvergesslich bleiben, aber ab jetzt trennen sich unsere Wege. Es tut mir leid.« Ich senke den Kopf und blicke auf meine frisch geputzten schwarzen High Heels.

»Weil auf dich zu Hause ein Mann wartet?« Seine Frage versetzt mir einen Stich in die Brust.

»Du würdest es nicht verstehen, wenn ich es dir erkläre. Bitte lass uns den Abend so beenden, als würden wir uns schon morgen wiedersehen. Bitte«, hauche ich kaum hörbar.

Oh Gott, was tue ich da? Beginne ich zu weinen? Wegen eines Mannes, der mir nach diesen paar Stunden nicht so viel bedeuten sollte?

»Engel ...« Er fährt mit seinem Zeigefinger unter mein Kinn und drückt es hoch, sodass ich in sein Gesicht schauen muss. »Vielen Dank für diesen Abend, den du mir geschenkt hast.«

Er legt seine Lippen auf meine und ich öffne ihm bereitwillig den Mund. Der letzte Kuss übertrifft alles, was ich jemals empfunden habe.

7. KAPITEL

MADDOX

»**H**ör zu, Blade, heute ist ein wichtiger Tag für die Presse. Du musst endlich mal ohne diese seltsame geschminkte Maske raus! Die Frauen werden dich lieben und deine Platten werden sich tausendfach besser verkaufen.« Parker läuft vor mir auf und ab und reibt sich sein glattes Kinn.

»Du wolltest den Job als Agent, also leb jetzt damit! Mich gibt es nur mit dieser Maske, sonst trete ich heute nicht auf!«

Niemals werde ich ohne mein schwarz-weißes Halloween-Make-up auf die Bühne gehen. Die Zeiten sind vorbei, dass irgendjemand in der Öffentlichkeit mein wahres Gesicht zu sehen bekommt. Heute bin ich in der Position, wo ich selbst entscheiden kann, was ich will und wie ich es will.

Jesper wirft sich zu mir auf das Sofa und schaltet den Flachbildfernseher ein. »Parker, gib's auf! Wir versuchen ihm das schon seit fünf Jahren auszureden, seit ihm dieser Blödsinn mit der Maske eingefallen ist. Doch Maddox ist ein Sturkopf sondergleichen.«

»Aber die Leute warten darauf! Sie wollen sehen, wie du ohne dieses lächerliche Kostüm aussiehst.« Parker platziert sich direkt vor mir und versperrt mir die Sicht auf den Fernseher.

»Geh mir nicht mit diesem Schwachsinn auf den Sack! Wenn du nicht damit klarkommst, da drüben ist die Tür!«, knurre ich und springe vom Sofa auf.

Niemand soll wissen, wie Blade ohne Maske aussieht. Ich habe mir extra einen neuen Künstlernamen zugelegt. Viel zu lange haben andere Menschen mein Leben diktiert. Personen, die mich als Kind hätten beschützen sollen. Heute lasse ich mir von niemandem etwas sagen.

Ja, ich bin in den USA ein Superstar und mittlerweile auch in Europa. Ob es mich glücklich macht? Ein gewisser Teil von mir würde zu hundert Prozent Ja sagen, der Teil, der die Musik über alles liebt. Sobald ich jedoch die Bilder von mir in der Klatschpresse entdecke, mit irgendwelchen Geschichten, die irgendeinem Reporter eingefallen sind, hasse ich meine Arbeit auch wieder.

Ja, ich habe mich entschieden, ein Leben zu führen, von dem viele träumen, doch es macht auch einsam. Viele Frauen sehen meinen Ruhm, den ich mir sehr früh hart erarbeiten musste, ob ich wollte oder nicht, als gelungene Begleiterscheinung. Dabei haben sie noch nicht einmal mein wahres Gesicht gesehen. Lassen sich blenden von dem vielen Geld und den Fotografen. Sie glauben ernsthaft, wenn sie mit mir gesichtet werden, beginnt ihre Karriere. Ich bin kein Idiot, der nicht weiß, dass allein der Ruhm sie anlockt.

Doch letzte Nacht habe ich sie getroffen. Eine Frau, die mein wahres Gesicht kennt. Die nichts von meiner Bekanntheit ahnt. Aber ich musste sie gehen lassen. Sie ist vergeben und ich bin nun mal kein Arschloch, der sich in eine bestehende Beziehung einmischt. Ich bin gestern schon viel zu weit gegangen mit dem Kuss, doch sie ist so bezaubernd gewesen. Ihre großen dunkelbraunen Augen, ihre braune Löwenmähne. Ach, wie gerne würde ich jetzt meine Hände darin vergraben. Bei ihr fühle ich mich zum ersten Mal wie ein normaler Mann.

»Ist ja schon gut. In zehn Minuten müsst ihr startklar sein, denn es wird ein Interview im Wellnessbereich geben. Und scheut euch nicht, eure nackten Oberkörper etwas mit Öl einzuschmieren. Ihr wisst doch, die Frauen stehen drauf.«

Parker marschiert zur Tür. Dieser kleine Wichser.

Wir sitzen alle vier in der Sauna. Jesper, unser Gitarrist, krault sich seinen schwarzen Dreitagebart. Immer wieder versucht er, komisch zu sein, doch keiner von uns versteht seinen Humor. Rico, unser Weiberheld, zupft an seinen blonden Haaren herum, weil er Perfektionist ist. Für ihn zählt nur eines, gut aussehen und Frauen abschleppen. Und zu guter Letzt unser schüchternster im Bunde, Marc. Mit seinen roten Haaren und der hellen Haut wirkt er außergewöhnlich. Trotzdem bekommt er kaum den Mund auf. Was er auf dem Schlagzeug leistet, ist hingegen phänomenal.

Die Sauna ist nicht einmal eingeschaltet. Nur weil sich Parker einbildet, es wirke genial, wenn wir nur mit Handtüchern bekleidet darin hocken.

»Blade, zieh dein Saunatuch ein Stück runter!«, ruft Parker mir zu. Der Blondschopf geht mir verdammt noch mal auf die Nerven. Da die Reporterin sich schon eingefunden hat, tue ich es. Eine Sache habe ich bereits sehr früh gelernt: Versuche niemals, Konflikte vor der Presse zu lösen, das bringt nur Schwierigkeiten.

Parker lehnt sich an die Holzwand und verschränkt die Arme vor der Brust. Kritisch beobachtet er unsere Interviews. Jede einzelne Frage muss vorher von ihm genehmigt werden. Ich finde das idiotisch, denn ich weiß, auf welche Fragen ich antworte und auf welche nicht.

Die Scheinwerfer gehen an und die Kamera wird in Position gebracht. Die Reporterin wirkt chaotisch mit ihren vielen Zetteln, sodass ich mir ein Schmunzeln nicht verkneifen kann. Als ihr der ganze Stapel zu Boden fällt, schüttle ich den Kopf. Sie ist so nervös, als würde sie das zum ersten Mal machen.

»Warte, ich helfe dir.« Marc springt auf und ist dieser armen Person behilflich.

»Danke«, flüstert sie.

53

»Später Zeit für einen Drink?«, fragt Marc, der heute seinen roten Haarschopf mit Gel zurechtgelegt hat. Ihm muss die Frau sehr gefallen, wenn er sie sogar anspricht.

»Ja, sehr gerne«, antwortet sie in diesem hohen Tonfall, der sofort erahnen lässt, wie sie sich darüber freut.

Marc setzt sich wieder neben mich. Er ist das Küken bei uns in der Band, mit seinen fünfundzwanzig Jahren. Durch Zufall hat ihn Parker bei einem Volksfest entdeckt und für uns gewinnen können. Er spielt auf dem Schlagzeug wie ein Profi. Ich kenne keinen Besseren als ihn. Doch mit dem Ruhm, der sich bei uns eingestellt hat, kommt er nur bedingt klar. Oft verkriecht er sich im Hotelzimmer. Deshalb bin ich ziemlich verwundert, dass er die Reporterin angesprochen hat. Ob das eine gute Idee ist? Vielleicht sollte ich gleich erwähnen, dass sie eine Verschwiegenheitsklausel unterschreiben soll?

»Hallo, ich heiße Jessie Williams. Schön, dass ihr es einrichten konntet. Wir werden in fünf Minuten beginnen.« Sie reicht jedem von uns die Hand und setzt sich dann wieder auf ihren Stuhl.

»Na, Marc, willst du diese kleine süße Schnitte gleich vorweg für dich gewinnen? Ich dachte, jetzt wäre ich mal dran!«

Rico ist wie immer derjenige, der Unfrieden stiften muss. Keine Ahnung, was in seinem Kopf abgeht, aber da er als Bassist eine Koryphäe ist, nehmen wir es hin. In irgendeiner Art sind wir alle völlig verkorkst. Aber obwohl wir so gut wie jeden Tag zusammen sind, weiß keiner wirklich etwas Persönliches über die anderen. Woran das liegt? Sicher daran, dass keiner fragt. Nicht weil es uns nicht interessieren würde, doch wir sind Männer, die mit ihrem Scheiß jeder für sich alleine klarkommen müssen.

»Halt einfach deine Klappe!«, knurrt Jesper.

»Drei, zwei, eins, go!«, wirft der kleine Typ mit dem Scheinwerfer in der Hand ein. Augenblicklich werden wir zu Profis, wie es sich die Menschen da draußen von Rockstars wünschen.

»Ihr nennt euch The Royals, seid ihr denn blaublütig, oder wie kam der Name zustande?« Jessies Frage wurde uns schon hundertmal gestellt. Langsam wird es nervig, immer den gleichen Mist zu erzählen. Fallen den Journalisten denn keine neuen Fragen ein?

»Wir wollten damals die Könige der Rockmusik werden und wie man sieht, haben wir es geschafft.« Rico ist in Hochform mit seiner Prahlerei. Natürlich hat er recht damit.

»Ja, seit fünf Jahren gibt es euch und jeder Song ist ein Nummer-Eins-Hit, wirklich beachtlich. Schreibt ihr selbst eure Songs?«

»Blade ist unser Goldesel, was die Texte betrifft, und wir machen dazu die Musik.« Jesper klopft mir auf den Rücken und grinst breit.

»Jedes Bandmitglied hat seine Geschichte, bevor er zur Gruppe stieß, nur über dich, Blade, weiß man nichts. Es ist fast so, als wärst du erst im Moment der Bandgründung zum Leben erwacht. Was hast du vorher getan?«

Bam! Diese Frage ist mehr als unpassend, denn über meine Vergangenheit spreche ich nicht. Außer Parker weiß nämlich niemand, was ich vorher gemacht habe. Das war der Deal mit ihm, sonst ist die Band Geschichte. Mein altes Leben gibt es nicht mehr. Es erinnert nur mein richtiger Vorname daran, denn sogar meinen Familiennamen habe ich geändert. Dieser Neuanfang kam mir vor fünf Jahren mehr als gelegen.

»Wie du es schon erwähnt hast, es gibt keine Informationen und das wird auch so bleiben.« Meine Stimme hat diesen ernsten Unterton, der keine weitere Diskussion zulässt. Ich hasse es, wenn ich darauf angesprochen werde. Kurz schweift mein Blick zu Parker, der keine Miene verzieht. Hat er das so geplant? Wollte er mich aus der Reserve locken? Tja, Pech gehabt. Ich bin nicht stolz auf meine Vergangenheit. Früher war ich eine Marionette von anderen.

Die Reporterin richtet ihre Aufmerksamkeit auf meine Bandkollegen und ich klinke mich aus. Mir geht dieses Interview so was von am Arsch vorbei, und Parker ist jetzt bei mir völlig unten durch.

Mein Blick schweift zur Glastür, die den Blick auf den Hotelpool freigibt. Plötzlich entdecke ich Mia. Sorgsam breitet sie ihr Handtuch aus. Sie hat einen bunten Bikini an, der ihre makellose schlanke Figur perfekt zur Geltung bringt. Am liebsten würde ich jetzt hinaus zu ihr gehen, doch ich habe die Schminke im

Gesicht. Ob sie mich erkennen würde? Außerdem kann ich nicht einfach aufstehen und dieses idiotische Gequatsche hinter mir lassen. Mia legt sich auf die Liege und mein Mund wird trocken.

8. KAPITEL

MIA

Dieses Hotel ist einfach ein Traum. Ich kann mich gar nicht erinnern, je zuvor so einen schönen Wellnessbereich gesehen zu haben. Die Liegen sind vor dem Außenpool angelegt, und wenn man genug von der Sonne hat, geht man einfach nach drinnen, genießt die Sauna, Massagen oder die vielen anderen Annehmlichkeiten.

»Na, Süße, da hast du uns ja einen ausgezeichneten Platz ausgesucht.« Amber legt sich neben mich auf die Liege und setzt sich ihre übergroße schwarze Sonnenbrille auf.

»Es war leider nichts anderes frei.«

»Nein, ich meinte das ernst. Hast du da drinnen nicht die Band The Royals entdeckt?« Amber dreht sich um, sodass sie auf dem Bauch liegt. »Die werden gerade interviewt und wir haben freie Sicht, um es zu beobachten.«

»The Royals? Die sind hier?« Auch ich drehe mich um und starre hinüber. Erst jetzt entdecke ich die Bodyguards an den Terrassentüren. Die sind mir vorher gar nicht aufgefallen.

»Hast du meine Mail nicht gelesen, welche Stars heute Nacht auftreten?« Amber stützt ihren Kopf auf die Hand.

»Ehrlich gesagt hatte ich dazu keine Zeit, außerdem dachte ich, es kommen eher unbekannte Musiker hierher.« Ich zucke mit den Schultern.

»Na, du bist mir eine. Eigentlich hätte ich es ahnen müssen. Den Mist, den du gerade durchmachst, möchte ich nicht teilen. Hast du schon einen Befund von deiner Tochter?«

»Nein. Und die Warterei macht mich fertig. Was denken sich die Psychologen nur dabei? Zuerst werfen sie dir einen Brocken hin und dann musst du bis zum tatsächlichen Befund ewig warten.«

Schon der Gedanke daran lässt mich zappelig werden. Die Kindergärtnerin hatte mir damals im persönlichen Gespräch ihre Bedenken zu Lani kundgetan und mir geraten eine Psychologin aufzusuchen. Im Endeffekt ist bei mir nur hängen geblieben, dass meine Tochter aus der Norm falle und nicht altersgerecht handeln würde.

»Hey, schau, das ist doch der Sänger Blade«, kreischt Amber. »Ist der Typ heiß! Schau dir nur seinen nackten Oberkörper an. Ach, kann das Handtuch nicht rein zufällig zu Boden rutschen? Nur zu gerne würde ich wissen, wie groß sein gutes Stück ist.«

»Sabberst du gerade?« Ich schüttle den Kopf. Der Typ hat einen sexy Körper, doch warum versteckt er sein Gesicht hinter dieser dunkel geschminkten Maske? Ob er tatsächlich längeres Haar hat?

»Da kommen schon die anderen! Verdammt, sehen die gut aus. Die wären eine Sünde wert. Vielleicht bekommen wir heute Abend auch ein Autogramm?«

»Vielleicht?« Ich kann nicht glauben, dass ich genauso blöd zu den Typen hinstarre. Ich komme mir vor wie ein Groupie. Doch wann sieht man schon mal Weltstars?

»Entschuldigen Sie, kann ich Ihnen etwas zu trinken bringen?«, ertönt eine weibliche Stimme hinter uns, und Amber und ich drehen uns zeitgleich um.

»Bringen Sie uns eine Flasche Champagner.« Amber ist wieder in Feierlaune und ich muss sagen, langsam komme ich auf den Geschmack.

Abermals drehen wir uns um, doch leider ist die Band verschwunden. Nur noch zwei Männer, der eine dürfte der Kameramann sein und der andere sein Gehilfe, packen irgendwelche technischen Dinge in große schwarze Taschen.

»Na toll, jetzt sind sie weg.« Amber zieht einen Schmollmund.

»Heute Abend werden wir sie wiedersehen.« Mittlerweile muss ich zugeben, dass ich die Typen gerne aus der Nähe sehen würde. Wie sie wohl im wahren Leben sind? Man liest so oft in der Klatschpresse, dass Promis mit ihren Sonderwünschen schon viele Leute an den Rand des Wahnsinns getrieben haben. Ob sie auch so oberflächlich und arrogant sind?

Die Kellnerin kommt zu uns zurück und wir wenden uns ihr zu. Mit einem leisen Plopp entfernt sie den Korken und befüllt unsere Gläser.

»Danke«, sagen Amber und ich wie aus einem Mund. Mit einem Lächeln und einem lautlosen Nicken verschwindet die Bedienung zu den anderen Gästen.

»So, auf was trinken wir zwei Hübschen?« Amber hält das Glas in die Höhe.

»Auf das tolle Wochenende!« Unsere Champagnergläser klirren, dann nehmen wir jeweils einen Schluck.

»Erzähl mal, was ist mit diesem Schnuckelchen von heute Nacht noch gelaufen?« Amber fährt sich mehrmals mit den Fingerspitzen durch ihre blonden Locken. Sie sieht wie ein Engel aus, nur aus ihren braunen Augen leuchtet ein bisschen das Teufelchen.

»Nichts. Wir waren auf der Dachterrasse. Hast du gewusst, dass dort oben ein Megagarten angelegt ist?«

»Du warst ganz oben?«, fragt sie ungläubig, als hätte ich ihr gerade ein Märchen erzählt.

»Ja, warum?«

»Weil man dort nur mit einer besonderen Karte hinaufkommt. Das heißt, er muss ordentlich Geld besitzen oder die richtigen Kontakte haben.«

»Ich habe nichts mitbekommen von einer Karte. Da bildest du dir nur etwas ein. Bestimmt kann jeder dorthin.« Amber hat immer so eine blühende Fantasie. Maddox sah nicht aus wie einer dieser reichen Schnösel, die oft in meinen Laden kommen. Er war nett und zuvorkommend.

»Später sehen wir nach, aber ich bin mir da zu hundert Prozent sicher.«

»Vielleicht kennt er auch jemanden hier, der ihm die Karte besorgt hat.« Ich kann nur mit dem Kopf schütteln. Wenn sie davon überzeugt ist, dass sie recht hat, ist es besser, man stimmt ihr zu. Diskutieren ist bei ihr aussichtslos.

»Ihr hattet keinen Sex?« Amber wechselt so schnell das Thema, dass ich kaum mitkomme.

»Nein, er hat es nicht einmal versucht.« Ich erzähle ihr besser nicht, dass ich so viel Angst hatte, dass er es sogar gespürt hat. Amber würde mir nur wieder eine Standpauke halten, von wegen One-Night-Stands gehören zum Singledasein dazu.

»Echt jetzt? Irgendwie komisch, oder? Ob er verheiratet ist?«

»Keine Ahnung, darüber haben wir nicht gesprochen.« Ich blicke zum Pool. Wenn ich genauer darüber nachdenke, weiß ich tatsächlich nichts von ihm. Außer dass er auf seine Eltern nicht gut zu sprechen ist.

»Bestimmt hat er eine Frau zu Hause sitzen, sonst ist ein Mann nicht so sittsam.« Amber trinkt ihr Glas in einem Zug aus und befüllt unsere beiden Gläser erneut. »Wann seht ihr euch wieder? Oder hat er nicht nach deiner Nummer gefragt?«

»Er hat, doch ich habe sie ihm nicht gegeben. Du weißt selbst, dass in meine derzeitige Lebenssituation kein Mann hineinpasst.« Abermals schweifen meine

Gedanken zu meiner Tochter Lani. Sie benötigt jetzt mehr als alles andere meine Aufmerksamkeit.

»Wie lange willst du warten? Bis deine Tochter erwachsen ist?«

»Hör zu, Lani erwartet, dass ihr Dad irgendwann zur Tür hereinkommt.«

»Du hast ihr noch immer nicht die Wahrheit erzählt? Sie glaubt weiterhin, dass ihr Vater in Afrika ist und armen Kindern hilft?« Amber zieht beide Brauen nach oben und ihre Augen werden noch größer, als sie sowieso schon sind.

»Sie wird erst fünf. Und was ist, wenn ihr Vater doch noch lebt? Man hat bisher keine Leiche gefunden. Also könnte er jeden Tag bei uns zur Tür hereinschneien.« Vor mehr als vier Jahren ist er auf dem Weg zur Arbeit verschwunden, als wäre er vom Erdboden verschluckt worden. So als hätte er nie existiert.

»Würdest du ihn ohne Wenn und Aber zurücknehmen? Er ist zwar mein Bruder, aber wenn er tatsächlich abgehauen ist, dann soll er bleiben, wo der Pfeffer wächst!« Ambers Stirn legt sich in Falten.

Ich kann verstehen, dass sie wütend ist. Ihre Eltern und sie waren damals genauso betroffen wie ich. Keiner konnte sich erklären, wo er hin war. Laut Polizei gab es keine Hinweise auf ein Gewaltverbrechen. In den vergangenen Jahren habe ich sämtliche Gefühle durchlebt, von Trauer, Wut und Enttäuschung bis hin zu dieser Unsicherheit. Doch ich war mit Lani schwanger. Was hätte ich tun sollen? Ich musste nach vorne blicken und Verantwortung übernehmen. Ich hatte seit der

Geburt meiner Prinzessin nicht viel Zeit, um darüber nachzudenken. Als alleinerziehende Mutter, die kein Geld vom Vater bekommt, ist es sehr schwer durchzukommen. Ohne die finanzielle Unterstützung von Toms und meinen Eltern wäre ich wahrscheinlich auf der Straße gelandet.

»Ich denke schon. Immerhin ist er Lanis Dad.« Ich setze mich auf und beobachte, wie ein Vater gerade mit seiner kleinen Tochter im Pool spielt. Sie hat orangefarbene Schwimmflügel um und lässt sich immer wieder von ihm ins Wasser werfen. Jedes Mal ertönt ein freudiger Aufschrei, bevor sie ins kühle Nass fällt. Wie sehr würde ich Lani wünschen, auch so einen Dad zu haben. Einen Vater, der ihr Gute-Nacht-Geschichten vorliest oder ihre Tränen trocknet, wenn sie sich beim Fahrradfahren verletzt, und ihr Mut zuspricht, es noch mal zu versuchen.

»Liebst du ihn noch?« Amber richtet sich auf und legt ihre Hand auf meine.

»Keine Ahnung.«

Nach der letzten Nacht weiß ich nicht mehr, was ich für Tom fühle. Für mich stand Treue immer an erster Stelle. Aber gestern habe ich mich wieder als Frau gefühlt. Als jemand, der begehrenswert ist. Nicht nur als Mutter, Geschäfts- oder Putzfrau. Ich habe gespürt, dass mich dieser Mann, dem ich wohl nie mehr begegnen werde, attraktiv fand.

»Mia, du bist schon so viele Jahre meine beste Freundin. Ich kann nicht länger mitansehen, dass du dich hinter deiner Mutterrolle versteckst. Du bist auch

Frau, und Lani wird so etwas wie eine Vaterfigur benötigen. Fang endlich wieder an zu leben. So, wie es viele andere Frauen auch tun, die entweder verwitwet sind oder verlassen wurden. Jeder Mensch braucht Zärtlichkeit und Anerkennung, auch du.«

»Ich weiß. Doch derzeit stehen die Männer bei mir nicht gerade Schlange, wenn du verstehst, was ich meine.«

»Das wundert mich nicht.« Ambers Blick wandert zu meinem Verlobungsring. »Dieses Teil gehört runter, das schreckt jeden anständigen Mann ab.«

»Aber den hat mir doch Tom geschenkt. Dieser Ring erinnert mich immer wieder daran, dass er einmal ein Teil meines Lebens war.« Ich spüre, wie sich die Tränen in meinen Augen sammeln. Mein Herz zieht sich zusammen, als hätte es einen Krampf.

»Genau aus diesem Grund musst du ihn loswerden. Du bist Single oder Witwe und keine vergebene Frau, die jeden Augenblick heiraten wird.« Sie sieht mich mit ihrem mitfühlenden Blick an, den sie als Anwältin perfektioniert hat, um die Jury vor Gericht von ihren Worten zu überzeugen. Und sie ist gut darin, das kann ich euch sagen, denn im selben Moment streife ich den Ring vom Finger und lege ihn auf dem kleinen runden Glastisch neben der Champagnerflasche ab.

»Zufrieden?«

»Zumindest ist es ein Anfang. So, und nun lass uns darauf trinken.«

Ich nicke nur und unsere Gläser klirren, als sie aufeinandertreffen.

9. KAPITEL

MADDOX

Die Halle bebt! Das kann ich sogar durch die geschlossene Tür hören, während ich noch damit beschäftigt bin, die letzten freien Stellen im Gesicht mit weißer Theaterschminke zu bedecken.

Wie automatisch schlüpfe ich in die Rolle des wilden, ungezügelten Rockstars Blade. Ich werde zu dem Mann, den ich erschaffen habe, um von meinem wahren, stillen Ich abzulenken. Ich stülpe mir die schwarze Perücke über, die mein Haar etwas länger wirken lässt. Mittlerweile habe ich Übung darin, es allein zu schaffen, ohne die Hilfe eines Maskenbildners. Je weniger Leute mein wahres Gesicht kennen, umso besser ist es. Wie immer habe ich einen weißen Untergrund aufgetragen, danach meine Augen und Lider mit schwarzer Farbe bedeckt. Meine Lippen sind mit weißen

Zähnen versehen, wodurch ich mit einem Skelett Ähnlichkeit habe.

Plötzlich vernehme ich die rhythmischen Rufe der Meute draußen. »The Royals! Euer Volk wartet auf euch!« Immer wieder der gleiche Satz, der von dem Händeklatschen der Fans begleitet wird.

Ich sollte Glück verspüren bei der Liebe, die durch die feinen Spalten der Holztür hereinströmt. Leider fühle ich mich aber seit Wochen leer. Nicht ein Fünkchen Aufregung keimt in mir auf, als wäre ich ein gefühlskalter Mensch. Wie ich mich dafür hasse. Denn eigentlich sollte ich der glücklichste und stolzeste Mann auf Erden sein. Immerhin sind wir international bekannt und die Songs, die ich für die Band schreibe, haben in den letzten Monaten immer Platz eins in Amerika und Europa erreicht. Doch die leise Stimme, die mir zuflüstert, es sei Zeit aufzuhören, erklingt immer öfter in meinem Ohr. Ich kann sie nicht kontrollieren. Es ist wie ein innerer Ruf.

Doch ich kann ihm nicht folgen. Meinen Kumpels und Bandkollegen gegenüber habe ich eine gewisse Verantwortung zu tragen. Sie erleben den Erfolg erst seit fünf Jahren und wollen noch viel mehr, was ich auch verstehen kann. Sie hatten eine normale Kindheit, zumindest weiß ich, dass sie erst mit dem Beginn unserer Bandkarriere bekannt geworden sind. Ich lebe im Rampenlicht, seit ich mich erinnern kann. Schon als Baby haben mich meine Eltern zu Castingshows geschleppt. Ich war der perfekte Säugling für Werbung für Babynahrung, das haben sie damals schon stolz jedem Dahergelaufenen erzählt. Allein der Gedanke daran lässt mich erstarren.

»Blade, in fünf Minuten geht's los«, ruft Parker herein und verschwindet dann wieder. Nur das klackende Geräusch der Tür ist noch zu hören.

Er weiß, ich bin Profi genug, um pünktlich auf der Bühne zu erscheinen. Ich erhebe mich vom Stuhl und gehe hinaus. Der lange Flur ist kahl, ohne jegliches Fenster. Nur das Licht der Neonröhren lässt ihn hell erstrahlen, doch von Wärme ist nichts zu spüren.

»Es geht los«, schreit Jesper aufgeregt hinter mir und ich bleibe stehen.

»Was hast du da an?« Mein Blick bleibt an seinem schwarzen T-Shirt hängen. Eigentlich sollte darauf unser Logo mit der goldenen Krone zu sehen sein, doch es ist nur noch zum Teil erkennbar, denn das Shirt hat riesengroße Löcher.

»Cool, oder? Ist mir vorhin so in den Sinn gekommen.« Jesper fährt sich durch sein schwarzes Haar, weil ihm eine lose Strähne ins Gesicht gefallen ist.

»Mal sehen, was Parker dazu sagt, mir ist egal, was du anhast. Von mir aus kannst du auch nackt rausmarschieren, wenn es dich glücklich macht.« Ich will nur Musik machen und mit den Jungs keinen Schönheitswettbewerb gewinnen, doch ich weiß, wie wichtig es Parker ist, dass wir die Shirts tragen, die es draußen von uns zu kaufen gibt. Er sieht nur die Dollarzeichen.

Wir kommen der Bühne immer näher und die Rufe der Fans werden immer lauter. Marc und Rico stehen beieinander und diskutieren etwas mit Parker.

»Was ist?«, frage ich die drei, als sie plötzlich verstummen.

»Nichts!« Parkers Miene ist finster. Eine tiefe Furche hat sich auf seiner Stirn gebildet. »Was hast du mit deinem Shirt gemacht?« Er mustert Jes von oben bis unten.

»Sieht genial aus!« Marc hat seine roten Haare heute kerzengerade nach oben gestylt. Irgendwie sieht er aus, als hätte er zu lange in die Steckdose gegriffen.

»Ihr macht mich fertig! Wieso müsst ihr genau heute euren Stil ändern? Habt ihr noch alle Tassen im Schrank?« Parker fuchtelt mit den Händen, als würde er sich als Dirigent warm machen.

»Ach, es ist doch völlig egal, was wir anhaben, wir könnten genauso gut mit Müllsäcken umgeschnallt nach draußen gehen und trotzdem würden sie unsere Musik lieben.« Rico sieht mit seiner sonnengebräunten Haut und den blonden Haaren wie ein Sonnyboy aus. Nett und freundlich, als wäre er dafür geschaffen, ein Gutmensch zu sein. Doch er ist derjenige, der jede Nacht eine andere abschleppt, um sie danach eiskalt abzuservieren. Keine Ahnung, was in seinem verkorksten Kopf abläuft, aber es kann mir egal sein. Irgendwann wird er mit dieser Masche ziemlich auf die Schnauze fallen. Würde ihm recht geschehen. Doch ich bin kein Richter und werde nicht über meine Kollegen urteilen. Denn bin ich selbst so viel besser? Ich verstecke mich hinter dieser Maske, um Ruhe zu haben.

»The Royals! Euer Volk wartet!«, ertönen abermals

die Rufe von den Tausenden Menschen, die vor der Bühne auf uns warten.

»Nun raus mit euch!«, plärrt ein Kerl, der aussieht, als würde er Anabolika zum Frühstück einwerfen.

Wie automatisch werden wir zu den Personen, die unsere Fans von uns erwarten, und laufen auf die Bühne. Das Gekreische der Frauen schmerzt in den Ohren. Die Halle bebt. Zwar treten heute mehrere Bands auf, doch neunzig Prozent der Leute sind in erster Linie nur unseretwegen gekommen.

Die ersten Rosen und Stofftiere fliegen zu uns auf die Bühne. Ich blicke zu Rico, der provokant einen roten Spitzen-BH an seinem Finger kreisen lässt und dabei schelmisch grinst. Die Frauen rufen unsere Namen, ihre Hände sind nach oben gestreckt. Sie lieben es, wenn wir mit ihnen flirten.

Obwohl mir dieses Schauspiel auf den Sack geht, spiele ich mit und grinse in die Menge, während ich mich vor dem Mikro platziere. Marc gibt mit seinen Sticks den Takt an. Dann fängt Rico zu spielen an und unsere Show, die wir schon im Schlaf können, beginnt.

»Gut gemacht!« Parker klopft jedem von uns auf die Schulter, während wir zum VIP-Bereich marschieren. Nun heißt es für ein paar Fans Autogramme geben. Die Leute haben eine Menge Geld bezahlt, damit sie mit uns ein paar Wörter wechseln und natürlich auch ein signiertes Shirt oder eine signierte Karte absahnen können. Manchmal scheint das alles so unwirklich. Wir sind im Grunde ganz normale Menschen, aber wegen unserer Musik heben sie uns auf ein Podest.

Wir setzen uns an einen Tisch wie bei einer Pressekonferenz. Eine Megaschlange hat sich schon eingefunden. Wir beginnen mit dem üblichen Small Talk und signieren, dass die Finger schmerzen. Bis plötzlich sie vor mir steht. Ich erstarre, als sie mir ihr schönstes Lächeln schenkt. Sie erkennt mich nicht, das kann ich an ihrem schüchternen Blick sehen.

»Hallo, ich weiß, es warten viele hinter mir, aber wäre es möglich, dass Sie das Freundschaftsbuch meiner Tochter signieren?« Sie reicht mir ein rosarotes Buch, auf dem ein Einhorn abgebildet ist.

Ich schweige und nehme es mit einem Nicken an. Ich kann nichts sagen, ich habe zu viel Angst, dass sie meine Stimme erkennt. Ich öffne das Buch und sehe ein Foto von Mias Tochter. Erst jetzt wird mir bewusst, dass sie nicht nur vergeben ist, sondern auch eine Familie hat. Mias Tochter lacht auf dem Bild bis zu den Ohren. Ihre dunklen Augen, die denen ihrer Mutter gleichen, zeigen diese Unschuld, die Kinder haben, wenn sie behütet und glücklich aufwachsen können.

»Stimmt was nicht?«, fragt sie, als ich zu lange an dem Foto hängen bleibe.

Ich schüttle nur den Kopf und blättere zu einer freien Seite. Normalerweise würde ich nur ein Autogramm setzen und mit einem Standardspruch versehen, doch ich kann nicht widerstehen. Ich fülle die Seite komplett. Warum? Es ist das erste Freundschaftsbuch, das ich je in meinem Leben bekommen habe. Als Kind hatte ich keine Freunde, weil ich durch die vielen Auftritte so häufig unterwegs war und von einem Privatlehrer unterrichtet wurde. Dass dieses bezaubernde Stück noch dazu von Mia kommt, lässt mich nicht kalt.

Name: Blade

Geburtstag: Dezember 1983

Adresse: New York

Lieblingsessen: Pizza

Das Verrückteste, was ich je getan habe, war: Mit einer ganz besonderen Frau den Sternenhimmel anschauen.

Was ich dir wünsche: Dass du deine Kindheit mit vielen Freunden genießt und jede Sekunde Spaß hast.

Dann setze ich meinen Namen Blade darunter, schließe das Buch und blicke zu Mia auf. Hat sie glasige Augen? Als sich eine lose Träne den Weg über ihre Wange zu ihrem Mund bahnt, bin ich versucht aufzustehen und sie wegzuwischen. Aber ich weiß, dass ich allein mit meinem Kommentar im Freundschaftsbuch zu weit gegangen bin. Doch es ist die Wahrheit. Es war nicht nur das verrückteste, sondern auch das schönste Erlebnis, das ich je hatte. Die Zeit mit ihr als ganz normaler Mann zu erleben, werde ich nie vergessen.

»Danke«, haucht sie kaum hörbar und als sie nach dem Buch greift, berühren sich unsere Fingerspitzen. Ein elektrisierendes Gefühl fährt durch meine Finger direkt zu meinem Herzen. Mia zuckt zurück und ich bin mir ziemlich sicher, dass sie in diesem Moment das Gleiche gespürt hat wie ich. Ihre Augen werden groß und fixieren mich. Hat sie mich gerade erkannt? Weiß sie jetzt, wer ich wirklich bin?

Doch dieser Augenblick ist nur von kurzer Dauer, denn dann wird sie von meinem Bodyguard gebeten weiterzugehen. Am liebsten würde ich sie jetzt an der Hand nehmen und mit ihr hinauslaufen. Raus aus meinem goldenen Käfig. In ein Leben rennen, das nur uns beiden gehört. Doch sie ist nicht nur eine vergebene Frau, sondern noch dazu Mutter. Ich trage diesem kleinen Mädchen gegenüber eine gewisse Verantwortung, ihre heile Welt nicht zu zerstören. Dieses kleine Wesen hat es nicht verdient, dass seine Seele durch meinen Egoismus in tausend Splitter zerbricht.

10. KAPITEL

MIA

»Mia!«, höre ich in weiter Ferne meinen Namen. Ich sitze auf einer Holzbank, die schon bessere Zeiten erlebt hat. Vor mir rasen die Autos vorbei, doch ich bekomme davon kaum etwas mit. Mein Blick haftet an der Seite, auf der Blade, der Weltstar, nicht nur unterschrieben, sondern sogar jede einzelne Zeile ausgefüllt hat.

Ich kann noch immer nicht glauben, dass ich das gerade erlebt habe. Lani wird ausflippen, wenn sie erfährt, dass ihr Lieblingssänger in ihr Freundschaftsbuch geschrieben hat. Immer wieder lese ich die Wörter. Seltsam, dass auch er mit jemandem den Sternenhimmel angeschaut hat. So wie ich mit Maddox letzte Nacht.

»Mia, was tust du da?« Amber holt ein Taschentuch

aus ihrer Tasche und wischt akribisch die Bank ab, bevor sie sich neben mich setzt.

»Ich brauchte frische Luft.« Meine Finger gleiten über die Seite, auf der Blade sich verewigt hat. Als sich unsere Finger berührt haben, hätte ich schwören können, dass ich das Gleiche gespürt habe wie gestern bei Maddox. Dieses magische Gefühl, einen Mann unbedingt zu wollen.

Vielleicht brauche ich tatsächlich endlich mal unverbindlichen Sex. Denn Blade und Maddox haben rein gar nichts gemein. Mad wirkt so ruhig und entspannt. Blade dagegen schien nervös, als er vor mir saß. Wie ein getriebenes Tier, das lieber woanders wäre. Das sich nur ungern von uns Fans betatschen lässt.

»Hier an der Hauptstraße?« Amber zieht beide Brauen nach oben.

»Denkst du, dass ein Leben als Star glücklich macht?« Noch immer starre ich auf die Seite mit dem rosa Einhorn.

»Du machst dir doch jetzt nicht Gedanken über Blade. Süße, was ist los?« Amber kennt mich nur zu gut. Sie weiß, dass ich gerade den Boden unter den Füßen verliere. Keine Ahnung, warum.

»Ich glaube, ich bereue es, dass ich Maddox nicht meine Nummer gegeben habe. Ich weiß, es ist idiotisch. Doch irgendwie geistert er noch immer in meinem Kopf herum.«

»Ich habe gute Kontakte. Wenn du möchtest, können wir ihn finden.« Amber streichelt meinen Oberarm.

»Ach, und dann? Soll ich an seine Tür klopfen und

sagen, da bin ich? Du weißt, dass ich dazu zu feige bin. Morgen, wenn wir zu Hause sind, werde ich wieder in meinem Alltagstrott versinken und ihn vergessen. Immerhin stehen wichtige Termine an. Montag erfahre ich, was mit meiner Prinzessin los ist.«

Noch immer kann ich nicht glauben, dass sie tatsächlich eine Autismus-Spektrum-Störung haben soll. Ich bin verunsichert und weiß nicht, was der nächste Schritt ist. Wird sie dadurch überhaupt ein normales Leben führen können? Ein bisschen habe ich darüber recherchiert, doch das Krankheitsbild ist so weitreichend, dass fast jeder Mensch davon ein wenig in sich trägt.

»Mia, du bist eine starke Frau und Mutter. So wie dein kleiner Engel auch. Egal was dabei herauskommt, sie ist und bleibt deine Tochter, die du über alles liebst.« In Ambers Stimme liegen unermesslicher Mut und zugleich Mitgefühl.

»Ich weiß. Trotzdem mach ich mir Sorgen. Die Kindergärtnerin hat so getan, als wäre fast alles nur noch Chaos. Lani spricht kaum und hat nur wenige Freunde im Kindergarten. Was, wenn sie recht haben und sie keinen Anschluss findet? Jeder Mensch braucht doch Freunde, die einen ein Leben lang begleiten.« Ich spüre, wie sich die Tränen einen Weg in meine Augen bahnen. Die Vorstellung, dass Lani einsam in einer Ecke sitzt, weil niemand mit ihr spielen mag, und das nur, weil sie kaum spricht, zerreißt mir das Herz.

»Sie wird immer geliebt werden, denn sie ist bezaubernd und liebenswert. Sie hat ja jetzt auch Freundinnen, oder?«

»Ja, aber sie kommt bald in die Schule. Was, wenn sie tatsächlich mit allem überfordert ist?«

»Du weißt gar nicht, ob die Vermutungen der Kindergärtnerin stimmen. Und wenn doch, heißt das noch lange nicht, dass man nichts machen kann. Wie oft liest man von Wundern der Heilung? Und auch wenn Lani vielleicht gewisse Einschränkungen hat, bedeutet das nicht, dass sie kein erfülltes Leben führen kann.«

Ambers Ansprache bringt mich zum Lächeln. »Du hast ja recht.«

»So, und nun lass uns nach drinnen gehen. Ein bisschen Ablenkung wird dir guttun. Immerhin wollen wir noch auf die Party mit den Promis.«

Die Nacht war eindeutig zu kurz. Ich setze die Sonnenbrille auf, denn das grelle Sonnenlicht, das durch die Windschutzscheibe scheint, schmerzt in den Augen.

Schweigend fahren Amber und ich wieder zurück nach New York. Kurz habe ich mit meiner Mutter telefoniert. Lani gehe es gut, hat mir Mom versichert. Trotzdem bin ich froh, mein kleines Mädchen bald in die Arme schließen zu können. Im Radio spielt die Musik vom Konzert, da Amber unbedingt eine CD mit den Hits kaufen musste.

Die letzte Nacht war trotz meiner anfänglich getrübten Stimmung lustig. Amber hat wegen der langen Autofahrt heute auf Alkohol verzichtet. Ich hätte es auch tun sollen, denn mein Kopf schmerzt, als würde immer wieder jemand mit einem spitzen Messer hineinstechen. Doch ich habe dadurch meine Probleme verdrängen können und wieder ausgelassen getanzt. Also zumindest ein kleiner Pluspunkt.

Amber ist gut gelaunt und wippt zum Song von The Royals mit. Ich tue es ihr gleich, denn wenn ich das Wochenende Revue passieren lasse, war es ein voller Erfolg. Ich hatte eine unbeschreibliche Nacht mit einem faszinierenden Mann, einen persönlichen Eintrag von einem Star ins Freundschaftsbuch meiner Tochter und wunderbare Gespräche mit meiner besten Freundin. Was würde ich ohne sie bloß machen? Irgendwie habe ich das Gefühl, nach diesen Tagen mit ihr wieder alles bewältigen zu können.

Plötzlich vernehme ich komische Geräusche von draußen. Es klingt so, als würden wir irgendetwas hinter uns her schleifen.

»Hörst du das?«, frage ich Amber.

Sofort dreht sie das Radio leiser und fährt kurz darauf rechts ran. »Da wird sich bestimmt irgendein Ast verfangen haben, ich bin gleich wieder da.«

Amber steigt aus dem Wagen. Ich drehe mich um und beobachte, wie sie das Auto absucht.

»Verdammt!«, höre ich sie fluchen, als sie sich zum Boden bückt und nur noch ihr Hinterteil zu sehen ist. Sofort springe ich aus dem Wagen und gehe zu ihr.

»Was ist?« Ich blicke zu ihr runter, als sie den Auspuff anfasst.

»Aua!«, kreischt sie und pustet auf ihre Hand. »Ist das Ding heiß!«

Sofort laufe ich zur Beifahrerseite und hole die Wasserflasche, dann hetze ich zu ihr zurück.

»Danke«, sagt sie, als ich das kühle Nass über ihre gerötete Hand rinnen lasse.

»Ich rufe gleich einen Abschleppdienst an. Wie es aussieht, ist der Auspuff wohl abgebrochen. Kommst du zurecht?«

»Klar!«

Ich husche nach vorne und hebe meine Tasche auf den Sitz. Hektisch krame ich darin. Alles habe ich in der Hand, von Keksen über Kugelschreiber bis hin zu Tampons für alle Fälle. Nur das blöde Handy lässt sich nicht finden. Bis mir einfällt, dass ich es vorhin ins Seitenfach der Autotür gesteckt habe.

Erleichtert atme ich aus und hole es heraus. Dann gehe ich zurück zu meiner Freundin, die das Wasser noch immer langsam über ihre Hand rinnen lässt.

»Ich denke, es wird Zeit, sich nach einem neuen Wagen umzuschauen.«

»Niemals! Da ist nur der Auspuff heruntergebrochen, das lässt sich bestimmt reparieren.« Sie presst die Lippen zusammen und schüttelt energisch den Kopf.

»Wie du meinst.«

Ich kann nicht verstehen, warum sie an diesem Auto so festhält. Ich hole das Warndreieck aus dem Kofferraum und stelle es im vorgegebenen Abstand hinter uns auf die Straße.

»Schau, da kommt ein Bus.« Amber deutet in die

Richtung, aus der wir gekommen sind. Ein schwarzer Koloss nähert sich uns. Irgendwie wirkt er unheimlich. Amber springt auf die Straße und winkt wie wild mit ihrer verletzten Hand.

Ich renne zu Amber zurück, was mir die Schweißperlen auf die Stirn treibt. »Was tust du da? Willst du dich umbringen?« Ich zerre sie von der Straße runter.

»Vielleicht können sie uns helfen!« Amber reißt sich los und läuft erneut in Richtung Fahrbahn. Der Bus wird langsamer und hält schließlich vor unserem Auto. Unser SUV sieht neben diesem Reisebus aus wie ein Zwerg. Der ist sicher zehn Meter lang. Die Scheiben sind verdunkelt, sodass man nicht erkennen kann, ob sich Gäste darin befinden. Als sich die vordere Tür öffnet, halte ich die Luft an. Was, wenn da ein Psychopath drinsitzt und uns entführt? In gewissen Psychothrillern sieht man die unmöglichsten Dinge.

Gespannt starre ich hinüber, bewege mich aber keinen Zentimeter. Amber ist dagegen mutiger und stöckelt hin.

»Hallo, haben Sie zufällig Werkzeug mit? Mein Auspuff ist abgebrochen.«

Ich kann nicht verstehen, was die Person im Fahrzeuginneren zu ihr sagt. Langsam werde ich neugierig und nähere mich ihnen.

»Wir müssen nach New York.« Amber lächelt, und als ich zu ihr stoße, blicke ich in ein rundliches Gesicht. Der Fahrer ist etwa Mitte vierzig und sein Wohlstandsbauch lehnt am Lenkrad.

»Wenn ihr möchtet, können wir euch mitnehmen«,

ertönt eine Männerstimme. Ein Typ mit Dreitagebart tritt zwei Stufen herab. Er sieht gut aus mit den vielen Tätowierungen auf dem Arm. Als ich ihn genauer betrachte, wird mir klar, wer da vor uns steht. Es ist ein Bandmitglied der Royals. Am liebsten würde ich laut kreischen, doch das wäre jetzt unpassend.

»Echt? Das wäre großartig«, sagt Amber euphorisch. Mit den Royals nach Hause zu fahren wäre nicht nur genial, sondern der krönende Abschluss unseres Wochenendes. Doch warum tun sie das? Wir könnten doch genauso gut Reporter oder Stalker sein?

»Habt ihr denn keine Angst vor uns?« Kaum habe ich den Satz ausgesprochen, bereue ich ihn auch schon. Muss mein Mundwerk manchmal so vorlaut sein?

»Vielleicht solltet ihr vor uns mehr Angst haben. Immerhin sitzen in diesem Bus nur sexhungrige Kerle, die darauf warten, zwei so unschuldige Mädchen wie euch zu vernaschen.« Er verzieht keine Miene.

Mein Mund klappt auf, doch ich bringe kein Wort heraus.

»Lass deine blöden Witze, Jesper, die versteht keiner«, sagt ein weiterer Typ, der mit seinen roten Haaren aussieht wie Ed Sheeran. »Keine Angst, wir beißen nicht. Wir freuen uns immer auf nette Gesellschaft. Also kommt.«

»Wir holen nur noch unser Gepäck.« Amber ist flink wie eine Biene und läuft zum Auto. Ich folge ihr, ohne ein weiteres Wort zu verlieren.

»Bist du dir sicher, dass es eine gute Idee ist, mit

Rockstars mitzufahren?«, flüstere ich ihr zu, während sie den Kofferraum öffnet.

»Was soll den großartig passieren? Sei froh, dass wir so schnell nach Hause kommen. Jetzt haben wir immerhin einen klimatisierten Bus und müssen uns im Wagen nicht zu Tode schwitzen.« Amber hebt den ersten Koffer aus dem Wagen.

»Kann ich euch behilflich sein?«, fragt plötzlich eine tiefe Bassstimme. Ich drehe mich ruckartig um und blicke in zwei blaue Augen.

»Die drei Trolleys müssen noch mit«, sage ich.

»Wie lange wart ihr denn im Urlaub? Einen Monat?« Der Rothaarige hebt unser Gepäck aus dem Auto.

»Dann hätten wir wohl auch einen Bus benötigt«, scherze ich. Amber muss immer ihren halben Kleiderschrank einpacken, denn sie weiß nie, was sie anziehen möchte. Mit drei Koffern von ihr und einem von mir gehen wir zur Kofferraumtür des Busses, wo der Chauffeur wartet. Amber verschließt ihr Auto, legt den Schlüssel auf den Autoreifen und läuft dann zu uns.

Nachdem alles gut verstaut ist, marschieren wir die Stufen in den Bus hinauf. Kühle Luft kommt mir entgegen und ich überlege, ob ich nicht eine Jacke hätte mitnehmen sollen. Als ich oben ankomme, bleibt mir sprichwörtlich die Luft weg. Rechts und links befinden sich braune Ledersessel, sodass man denken könnte, man säße in einem gemütlichen Wohnzimmer. Ein großer Flachbildfernseher hängt an der Seite, ist aber nicht eingeschaltet.

»Ihr könnt euch gerne zu mir setzen. Ich bin übrigens Jesper.« Der Dunkelhaarige reicht uns die Hand.

»Was ist? Warum haben wir angehalten?«, plärrt ein blonder Typ, der aus einer Tür kommt, die ich bisher nicht bemerkt habe. Sie ist genauso verspiegelt wie die restliche Rückfront. Wenn ich mich richtig erinnere, heißt er Rico.

»Wir haben zwei hübsche Damen gerettet. Wie heißt ihr beide eigentlich?« Jesper mustert uns.

Nachdem wir uns bei den dreien vorgestellt haben, setzen wir uns hin. Seltsam, wo ist denn Blade? Haben sie ihn etwa in Washington zurückgelassen? Ich würde mich freuen, ihn noch mal wiederzusehen. Immerhin habe ich mich nicht einmal richtig bei ihm bedankt. Aber wahrscheinlich hätte das für ihn auch keine Bedeutung.

»Wo ist denn der vierte im Bunde?«, fragt Amber nun auch Jesper, der sich mit zwei Gläsern in der Hand zu uns setzt.

»Der hat sich wie unser Manager in sein Schlafzimmer zurückgezogen.« Jesper befüllt unsere Gläser mit Wasser. »Ich hoffe, Wasser passt? Bei uns ist Alkohol im Tourbus tabu, deshalb kann ich euch leider keinen Champagner anbieten.«

»Alles bestens, danke.« Amber lächelt breit. Rico setzt sich zu uns und es ist unverkennbar, dass er ihr gefällt. Jesper, Rico und sie versinken in ein Gespräch, das ich nicht weiter wahrnehme. Denn mich überkommt die Müdigkeit und meine Lider fallen zu.

11. KAPITEL

MADDOX

»S uchen Sie etwas Bestimmtes?«, ertönt eine Frauenstimme neben mir, während ich so tue, als würde ich am Kiosk nach einer Zeitung schauen. Immer wieder schiele ich zu Mias Blumenladen. Verstecke mich, so wie gestern im Bus. Was für ein Glück ich doch hatte. Jetzt weiß ich, wo sie arbeitet. Zumindest aus der Ferne kann ich sie beobachten.

»Ich komm schon zurecht, danke«, antworte ich, blicke aber weiterhin zum Eingang ihres Geschäfts. Ob sie da ist?

Mein Verhalten ist völlig idiotisch, doch ich habe nicht den Mut, bei ihr aufzukreuzen. Ich wäre schon zufrieden, sie kurz zu sehen. Wieso ich mich so dumm verhalte, kann ich mir selbst nicht erklären. Denn ein

Treffen mit ihr ist jetzt, wo ich weiß, dass sie eine Familie hat, ausgeschlossen.

»New York Times, bitte«, sagt eine Frau neben mir, während ich zu Mias Geschäft blicke.

»Maddox Walker?«, sagt dieselbe Stimme und ich wirble herum.

»Hallo«, antworte ich leise. Was überhaupt nicht zu mir passt. Doch als ich in die Augen von Mias bester Freundin blicke, rutscht mein Herz in die Hose.

»Was machst du denn hier?« Sie kommt einen Schritt auf mich zu. Am liebsten würde ich flüchten, doch wie würde das aussehen?

»Zeitung kaufen, so wie du«, erwidere ich knapp.

»Du löst Kinderrätsel?« Sie deutet auf den Aluständer.

»Nein, soll eher ein Geschenk werden«, lüge ich. Verdammt, mit ihr habe ich jetzt überhaupt nicht gerechnet.

»Komisch, dass wir uns neben Mias Laden treffen. Warst du sie schon besuchen?«

»Sie hat einen Laden hier?«, frage ich, als wüsste ich nichts davon.

»Ja, gleich da drüben. Komm, sie wird sich bestimmt freuen, dich wiederzusehen.« Sie bezahlt die Zeitung und stellt sich vor mich hin. Amber sieht mit ihren blonden Locken wie ein Engel aus, nur ihr graues Kostüm lässt erahnen, dass sie in einem Büro arbeitet. Sie ist hübsch, doch nicht vergleichbar mit Mia. Mia ist einfach perfekt, mit ihrer geraden, schmalen Nase und ihren gleichmäßigen vollen Lippen. Ihre dunkelbraune Mähne macht sie unwiderstehlich attraktiv.

»Ich denke, dass es keine so gute Idee wäre, bei ihr aufzukreuzen. Immerhin ist sie verlobt und hat ein Kind.«

Was ich auf keinen Fall möchte, ist Mia in Schwierig-keiten zu bringen. Sie hat es verdient, ein glückliches Leben mit ihrer kleinen Familie zu führen. Es steht mir nicht zu, mich zwischen sie und ihren Partner zu drän-gen, auch wenn ich mich noch so sehr nach ihr sehne.

»Mia ist nicht verlobt, wie kommst du darauf? Hat sie das gesagt?« Amber wirkt sichtlich überrascht.

»Sie hatte einen Verlobungsring am Finger.«

»Der ist doch nur dazu da, um aufdringliche Männer abzuschrecken. Aber das mit dem Kind stimmt. Wenn du sie also verarschst und auch noch ihr kleines Mädchen mit reinziehst, mach ich dich fertig.« Sie fuch-telt mit dem Zeigefinger vor meinem Gesicht wie eine Lehrerin. »So, nun komm, mein Gerichtstermin wartet nicht auf mich.«

Mein Herz hämmert wie wild, als wir uns Mias Laden nähern. Vor dem Eingang sind bunte Blumen-sträuße aufgestellt. Na großartig, ich habe nicht einmal ein Geschenk für sie dabei. Mit leeren Händen bei ihr aufzukreuzen, gefällt mir gar nicht.

Kurzerhand schnappe ich mir einen rosa-weißen Strauß und öffne die Glastür. Ein frischer blumiger Duft strömt mir in die Nase. Das Geschäft ist mit seinen etwa sechzig Quadratmetern überschaubar.

»Mia!«, ruft Amber. Sie blickt kurz zu mir zurück

und hält bei dem Blumenstrauß, den ich in der Hand halte, inne. »Ich habe einen Kunden mitgebracht«, fährt sie dann fort.

Ich fühle mich wie mit sechzehn, als ich zum ersten Mal ein Mädchen um ein Date gebeten habe. Mein Blut rauscht durch meine Adern, nicht einmal bei den Auftritten bin ich so nervös wie jetzt. Vielleicht sollte ich gleich wieder umdrehen und verschwinden? Was, wenn ich zu viel in die Nacht interpretiert habe? Ich bin ein erfolgreicher Star, der Millionen von Menschen mit seinen Songs beglückt, doch in diesem Moment fühle ich mich wie ein Versager. So, als wäre ich nicht gut genug für sie.

Eine grüne Tür öffnet sich. Mia hält eine weiße Vase mit roten Rosen in der Hand, wodurch ich zuerst keinen Blick auf ihr bezauberndes Gesicht werfen kann.

»Guten Tag, was kann ...« Mia bricht mitten im Satz ab, als sie mich entdeckt. Ich kann ihre Mimik nicht einordnen. Ist es die Überraschung, die ihr ins Gesicht geschrieben steht, oder doch eher Enttäuschung?

»Hey, deine Freundin hat mich draußen am Kiosk aufgegabelt. Einen schönen Laden hast du.« Ich versuche, mit Small Talk das Eis zu brechen. Obwohl ich mich selbst gerade frage, wieso ich solchen Bullshit von mir gebe.

Mia stellt die Vase auf einem Glastisch in der Mitte des Raumes ab und kommt auf mich zu. »Hallo, danke.« Sie blickt auf den Blumenstrauß, den ich fest umklammere.

»Den würde ich gerne kaufen«, erkläre ich.

»Soll ich ihn dir in Papier einpacken?«

»Nicht nötig, denn er wird gleich wieder verschenkt.«

Die Luft zwischen uns brennt. Ich spüre ihre Anspannung mit jeder Faser meiner Haut. Doch auch ich bin nicht gerade entspannt. Diese Frau macht mich zu einem hirnlosen Typen, der kaum bis drei zählen kann.

»Okay«, sagt sie gedehnt.

»Ich muss dann auch los! Man sieht sich!«, ruft Amber in den Raum, bevor die Glastür hinter ihr ins Schloss fällt.

Verdammt, diese Stille. Wenn ich darüber nachdenke, war mir Ambers Anwesenheit lieber. Doch jetzt sollte ich etwas Schlaues und Cooles sagen, um Mia zu beeindrucken.

»Was ...«, ruft Mia Amber hinterher. »... wolltest du eigentlich?«, fragt sie nun kaum hörbar und verdreht die Augen. Dabei sieht sie süß aus. Wie sie wohl ist, wenn sie richtig zornig ist?

»Sie hat es aber eilig.« Kurz blicke ich über meine Schulter zurück, bevor ich Mia meine ganze Aufmerksamkeit schenke.

»Eigentlich ist sie immer spät dran, doch heute muss es ein ziemlich wichtiger Termin sein, wenn sie nicht einmal zum Kaffee bleibt.« Sie geht an dem kleinen weißen Verkaufspult vorbei und stellt sich hinter die Registrierkasse.

»Was macht sie denn?«

»Sie ist Familienanwältin und sehr gut im Geschäft.

Fast jede zweite Ehe wird geschieden, dann die Sorge-rechtsstreits, für Amber gibt es eine Menge zu tun.«

»Ziemlich traurig, oder? Da sollte man den Glauben an die ewige Liebe wohl nicht wirklich ernst nehmen.«

»So pessimistisch würde ich das auch wieder nicht sehen. Immerhin steht es fünfzig-fünfzig. Also ist es nicht aussichtslos.«

»Ja, vielleicht.« Mit ihr hätte ich bestimmt eine reale Chance. Sie ist einfach zu perfekt, um nicht zu mir zu passen.

»Vierzig Dollar wären es für den Blumenstrauß«, sagt Mia und tippt auf dem Gerät herum.

Ich reiche ihr das Geld und unsere Fingerspitzen berühren sich dabei. Wieder verspüre ich dieses unbe-schreibliche Gefühl. Jedes Mal, wenn ich sie fühle, über-kommt mich nicht nur Wärme in meiner Herzgegend, sondern auch dieses Glücksgefühl.

»Danke«, sagt sie, während sie das Geld in die Geld-lade legt. Sie umfasst mit einer Hand eine Haarsträhne und zwirbelt sie um den Finger. Es lässt sie noch jünger wirken, als sie ohnehin schon aussieht.

Kurz herrscht eine unangenehme Stille zwischen uns. Warum reiche ich ihr nicht einfach den Strauß und frage, ob sie mit mir einen Kaffee trinken gehen möchte? Warum benehme ich mich, als hätte ich keine Eier? Sie ist der Mensch, der meinen persönlichen Raum zum Strahlen bringt, und trotzdem stehe ich nur da und starre sie an.

»Ich muss dann auch weitermachen.« Ihre Stimme ist ruhig. Sie wirkt wie ein Fels, dem auch die wildeste

Gischt nichts anhaben kann. Nur das Zwirbeln an den Haaren lässt erahnen, dass sie nervös ist.

»Verstehe, ich will dich auch nicht aufhalten. War schön, dich wiederzusehen.« Ich drehe mich um und marschiere zur Tür.

Was tue ich da? Nun stehe ich vor der Frau, die vielleicht meine innere Leere füllen kann, und verschwinde wie ein Feigling einfach so?

Ich bleibe an der Tür stehen und halte den Türgriff fest umklammert. Ich bin ein cooler Typ, rede ich mir wie ein Mantra ein. Vielleicht gibt sie einem Mann wie mir eine Chance, wenn ich mich wie ein anständiger Kerl bemühe und sie umwerbe! Genau, also, Maddox Walker, krieg deinen Arsch hoch und mach!

Ich drehe mich ruckartig um und stapfe zurück zum Tresen, wo Mia mich mit großen Augen ansieht.

»Ist was nicht in Ordnung?«, fragt sie.

»Ähm ...« Ich fasse mir an den Hinterkopf, reibe ihn, um meine Nervosität zu unterdrücken. »Hättest du Zeit und Lust, heute Abend mit mir essen zu gehen?«

Ich höre ein Geräusch und bemerke, dass gerade ein Kunde hinter mir den Laden betreten hat. Ich versuche, es zu ignorieren, doch das scheint fast unmöglich. Mias Augen wenden sich von mir ab und plötzlich leuchten sie so stark, dass es mich fast umhaut.

Ich folge ihrem Blick. Zuerst entdecke ich eine Frau Mitte fünfzig, die Mia sehr ähnlichsieht, nur das graue Haar weist darauf hin, dass sie um einiges älter ist. Sie hat die gleichen weichen Züge und dieses herzliche Lächeln, das mich an Mia verzaubert hat.

Mia stürmt an mir vorbei. »Hallo, Lani!«

Ich blicke ihr entgeistert nach. Mia wirbelt das kleine Mädchen einmal um ihre eigene Achse und gibt ihm einen Kuss auf die Wange. Bestimmt ist es ihre Tochter. Das Mädchen muss etwa fünf Jahre alt sein und flüstert ihr etwas ins Ohr, das ich nicht verstehe. Wenn man die drei Frauen so nebeneinander sieht, ist unverkennbar, dass hier drei Generationen aufeinandertreffen. Das kleine Mädchen ist mit seinen dunklen Knopfaugen zuckersüß. Doch als sich unsere Blicke treffen, versteckt sie sich hinter ihrer Mutter. Die drei kommen auf mich zu.

»Maddox, vielen Dank für die Einladung, doch momentan ist es ziemlich schwierig.«

Bam! Nun ist sie da, die Abfuhr, die ich befürchtet habe. Ohne weiter darüber nachzudenken, hetze ich aus dem Blumenladen. Gerade mal ein »Bye« habe ich hervorgebracht.

Ich drehe mich kein einziges Mal um. Erst als ich draußen ankomme, bemerke ich, dass ich den Blumenstrauß noch immer in der Hand halte.

Eigentlich wollte ich Mia damit eine Freude bereiten, doch so einfach gebe ich nicht auf. Ich habe in ihren Augen gesehen, dass sie die Entscheidung nur wegen ihrer Familie getroffen hat. Was genau der Grund ist, wenn sie doch Single ist, verstehe ich nicht. Aber ich werde schon noch dahinterkommen.

12. KAPITEL

MIA

»**M**ami, wer war das?«, fragt Lani, als sie hinter mir hervorkriecht.

»Nur ein Kunde. Wie war es im Kindergarten?« Ich knie mich zu ihr und nehme ihr den rosaroten Einhorn-Rucksack ab. Wie sehr sie dieses Stück liebt. Vor zwei Jahren haben wir ihn zufällig auf einem Jahrmarkt entdeckt. Seitdem muss das Ding überall mit dabei sein. Einmal haben wir ihn bei meiner Mutter vergessen und ich musste spät in der Nacht noch mal zurück zu ihr fahren und ihn holen.

»Ganz gut«, antwortet Lani knapp. »Darf ich hinten mit den alten Blumen einen Strauß binden?«

»Natürlich, du weißt ja, wo der Kübel steht.« Ich gebe ihr einen Kuss auf die Stirn. Jeden Tag lasse ich extra für sie Blumen zum Spielen übrig. Ich weiß zu gut, was es bedeutet, damit arbeiten zu dürfen. Meine Mom hat mich schon als kleines Kind immer dabei unterstützt und nun tue ich es ihr gleich.

Für meine Kindheit bin ich meiner Mutter unendlich dankbar, denn ich durfte so sein, wie ich bin. Und nun, wo ich merke, dass Lani etwas anders ist als die anderen Kinder, nimmt Mom sie auch so, wie sie ist. Sie wird nicht verurteilt, und ihr wird auch nicht gesagt, sie solle mehr reden oder offener gegenüber anderen sein. Nein, vielmehr wird sie von meinen Eltern darin bestärkt, dass es etwas Positives ist, anders als die »Normalos« zu sein.

Wer entscheidet schon, wann man normal ist? Ist denn nicht jeder tief in seinem Innersten irgendwie schräg? Ich bestimmt, denn sonst hätte ich Maddox Walker, dem heißesten Typen, den ich in den letzten Jahren kennengelernt habe, keine Abfuhr gegeben.

»Der Mann vorhin war aber gutaussehend.« Meine Mutter blickt nochmals zur Tür, als würde sie hoffen, dass er zurückkommt.

»Findest du?«, frage ich und marschiere zum Verkaufstresen.

»Er hat dich zum Essen eingeladen, oder?« Mom folgt mir und bleibt vor dem Tresen stehen.

»Nein, wie kommst du darauf?«

»Na ja, du hast doch vorhin von einer Einladung gesprochen. Außerdem habe ich das Gefühl, dass er ernsthaftes Interesse an dir hatte, so, wie er nach deiner Abfuhr aus dem Laden gestürmt ist.« Mom sortiert die Glückwunschkarten am Ständer, als müsste sie mir nicht einmal ins Gesicht schauen, um die Wahrheit zu wissen. Sie ist wie eine Hellseherin. Zumindest glaube ich das. Noch nie habe ich es geschafft, ihr etwas vorzumachen, obwohl ich mich dabei wirklich anstrenge.

»Wie gesagt, er war nur ein Kunde.« Ich versuche meine Stimme monoton klingen zu lassen, um ja keinen Grund zu liefern, weiter darüber zu sprechen.

»Aber ein sehr heißer«, wiederholt sie. »Ich könnte auf Lani aufpassen, wenn du möchtest.«

»Danke, nicht nötig. Ich habe nicht vor auszugehen.«

Nach dem Gespräch heute im Kindergarten ist mir die Lust auf so etwas vergangen. Abermals haben sie mich unter Druck gesetzt, damit ich endlich mit Lani eine Therapie mache. Alles haben sie mir aufgezählt, Logopädie, Ergotherapie, Psychotherapie. Nach dem Gespräch hatte ich das Gefühl, mein Kind kann so gut wie nichts. Ist das wirklich so? Zu Hause habe ich den Eindruck, dass alles ganz normal läuft. Gut, Lani ist besonders schüchtern, aber ist man deshalb gleich Autist?

Heute Nachmittag hätte ich den Befund der Psychologin bekommen sollen. Weil sie krank ist, musste sie den Termin jedoch auf nächste Woche verschieben. Irgendwie war ich erleichtert, denn ich bin unsicher, ob ich die Ergebnisse hören möchte.

Für mich ist Lani das bezauberndste Kind überhaupt. Sobald sie einen Raum betritt, fühle ich die Liebe und die Herzlichkeit, die sie in sich trägt. Davon habe ich heute in den Worten der Kindergärtnerin nichts gespürt. Ständig wird an den Kindern nach Fehlern gesucht, nach dem, was sie alles nicht können. Warum wird nicht der Fokus auf das gelegt, was sie besonders gut machen? Jedes Kind hat seine Begabungen. Und was wird bei Elterngesprächen besprochen? Das, was sie nicht gut können.

Am liebsten würde ich den Kopf in den Sand stecken. So tun, als würde ich von allem nichts mitbekommen. Aber was ist, wenn sie recht haben und Lani Unterstützung benötigt und ich nur zu stur bin, es zu sehen?

»Aber ...«

»Nichts aber!«, sage ich etwas zu schroff, denn meine Mom zuckt zusammen. »Du weißt genau, was alles bei mir ansteht. Allem voran die Diagnose von Lani. Denkst du ernsthaft, ich habe da noch Bock auf ein Techtelmechtel mit einem Mann? Lani benötigt jetzt mehr als alles andere meine Aufmerksamkeit.«

»Lass dich von den Leuten nicht fertigmachen. Die wissen gar nicht, welches Potenzial in Lani steckt. Sie ist schlau und wissbegierig. Sie wird ihren Weg gehen, egal was die anderen sagen. Ich weiß das nur zu gut. Als du klein warst, hast du auch vor allem Angst gehabt. Doch es ist ein Lernprozess, die Ängste zu überwinden. Und ehrlich gesagt hoffe ich, dass du deine Angst, dich wieder auf eine Beziehung einzulassen, ebenfalls ablegst.« Mom kommt auf mich zu und greift nach meinen kalten Fingern.

»Ich habe keine Angst vor einer Beziehung. Ich habe nur keine Zeit dafür. Das ist ein großer Unterschied.«

»Lass wieder die Liebe in dein Herz einkehren. Dein

Kind wird erwachsen werden und auf eigenen Beinen stehen. Und dann?« Moms mitfühlender Blick macht mich fertig.

»Bis dahin vergehen noch so viele Jahre. Darüber kann ich mir Gedanken machen, wenn es so weit ist.«

»Deine Sturheit macht mich wahnsinnig!« Mom fährt sich durch ihr graues Haar. »Wann hörst du mal auf deine Mutter?« Sie würde mich nie anschreien, doch ihr Ton wird eindeutig lauter.

»Wenn ich deiner Meinung bin.«

Nachdem meine Mutter Lani bei mir abgegeben hat, fahren wir in unsere kleine, aber feine Wohnung. Es ist mittlerweile dunkel geworden. Kurz blicke ich in den Rückspiegel zu Lani. Mit weit aufgerissenen Augen sieht sie auf die Straße.

Den ganzen Nachmittag habe ich über die Worte meiner Mutter im Laden gegrübelt. Und noch immer spuken sie in meinem Kopf herum. Vielleicht sollte ich wirklich mal ein Date wagen. Ich muss ihn ja nicht meiner Tochter vorstellen. Gut, Mad werde ich wohl nach meiner heutigen Aktion nie wiedersehen und ein weiterer Mann steht leider auch nicht in der Warteschleife. Verdammt noch mal, wie stellen die anderen Frauen das nur an, dass sie sich ihre Männer aussuchen können wie ein neues Kleid? Ich könnte Amber fragen, ob sie mit mir am Wochenende in einen Club geht. Da tummeln sich unzählige Typen und es wird sich bestimmt einer für mich finden lassen.

In der kleinen Zwei-Zimmer-Wohnung angekommen, hänge ich den Schlüssel an das weiße Schlüsselbrett, das zu einem Herz geformt ist. Dieses Stück hat mir damals Tom zum Einzug in unsere erste gemeinsame Wohnung geschenkt. Das Brett habe ich noch, nur das Apartment dazu konnte ich mir allein nicht mehr leisten.

»Hast du Hunger?«, frage ich meine Tochter, während sie aus ihren Riemchensandalen schlüpft.

»Ja«, antwortet sie knapp und läuft in die Wohnküche. Ich folge ihr und beobachte sie, wie sie sich zu ihrem Barbiehaus setzt, ihre Lieblingsbarbie herausholt und zu kämmen beginnt. Ich kann mir ein Schmunzeln nicht verkneifen, so niedlich ist sie beim Spielen.

Während sie mit dem An- und Ausziehen ihrer Puppen beschäftigt ist, bereite ich unser Abendessen vor. Nudeln mit Thunfisch-Knoblauch-Soße sind schnell gekocht.

»Lani, Essen ist fertig«, sage ich und stelle unsere Teller auf den Tisch. Sie kommt an den Esstisch und setzt sich neben mich hin.

»In wenigen Wochen hast du Geburtstag, weißt du schon, was du dir wünschst?« Ich nehme mein Glas und trinke einen Schluck Wasser.

»Ein Pony und dass Dad endlich nach Hause kommt.«

Ich muss mich zusammenreißen, um das Wasser nicht geradewegs auszuspucken. Nach mehrmaligem Husten fange ich mich wieder. »Liebes, ich habe dir doch erklärt, dass er so bald nicht heimkommen wird.«

Meine Stimme vibriert, zugleich fühle ich mich schlecht, weil ich sie anlügen muss. Aber ich bin noch nicht dazu bereit, ihr die ganze Wahrheit zu sagen.

»Warum?« Lani legt die Gabel zur Seite.

Jede Mutter kennt die schlimmen Warum-Fragen. Oft weiß man ja auf die vielen Warums eine Antwort, doch diesmal habe ich das Gefühl, dass ich endlich damit aufhören muss, sie anzulügen.

»Er hilft den Menschen in Afrika, damit sie lernen, sich selbst zu versorgen. Den Leuten geht es nicht so gut wie uns hier. Sie brauchen deinen Dad dringender.« Die Worte gleiten mir leicht von den Lippen, dennoch fühle ich mich jetzt noch mieser. Zwar stimmt es, dass die Menschen dort Hilfe benötigen, nur ist nicht Tom der Wohltäter.

»Ich brauche ihn auch!« Sie schiebt den Teller weg und verschränkt die Arme vor der Brust. »Ich will, dass er endlich kommt!« Sie verzieht ihr Gesicht.

»Lani, es tut mir wirklich sehr leid und auch deinem Dad, aber wir können es nun mal nicht ändern.« Ich lege eine Hand auf ihre Schulter und streichle sie sanft.

Sie kreischt auf, dann läuft sie weinend in ihr Zimmer. Nur der laute Knall der Tür ist noch zu hören.

Ich spüre, wie sich die Tränen in meinen Augen sammeln. Ich will nicht weinen und trotzdem tue ich es. Meinen Kopf in die Hände gestützt, lasse ich meinen Gefühlen freien Lauf. Wieso habe ich ihr nicht von Anfang an gesagt, dass ihr Vater vielleicht tot ist?

Vielleicht, weil ich bis heute noch hoffe, dass er zur Tür hereinschneit und uns in seine Arme schließt.

13. KAPITEL

MADDOX

»Hey, Alter, was ist los? Konzentrier dich endlich!«, knurrt Rico, als ich abermals den Einsatz verpasse. Der Blondschopf mit seinen vielen Tätowierungen auf dem Arm geht mir auf den Sack. Er ist durch und durch verkorkst und glaubt ernsthaft, dass er der Hero ist.

Ich habe auf der Heimreise von Washington nach New York einen Song geschrieben und ich denke, dafür ist Mia verantwortlich. Sie ist nicht nur meine Traumfrau, sondern meine Muse. Die Worte fliegen nur so aus meinem Kopf aufs Papier. Und die anderen waren so davon begeistert, dass sie heute sofort ins Tonstudio mussten, um die Musik zum Text aufzunehmen.

Doch ich kann mich nicht konzentrieren. Noch immer sitzt mir die Abfuhr von Mia von vor zwei Tagen im Nacken. Ich überlege, was ich anstellen könnte, damit sie mit mir ausgeht. Es soll nicht plump sein, aber auch nicht so übertrieben, dass sie merkt, wie wohlhabend ich bin. Trotzdem möchte ich etwas Besonderes machen.

»Blade, wenn du eine Pause brauchst, ist das kein Thema.« Marc klopft mir leicht auf die Schulter.

»Jetzt eine Pause? Bist du verrückt? Wir bezahlen für jede Stunde!« Ricos Stirn legt sich in tiefe Falten und sein gebräuntes Gesicht verfärbt sich rot.

»Als würden dir die paar Dollar wehtun«, wirft Jesper von der Seite ein und schüttelt den Kopf. »Ich hätte auch Lust auf einen Kaffee und eine Kippe.«

»Habt ihr euch gegen mich verschworen?« Ricos Gitarre baumelt vor seinem Körper, während er mit den Armen fuchtelt.

Ich kann nur den Kopf schütteln und marschiere hinaus. Ich brauche frische Luft. Die letzten Wochen standen wir unter Druck. Noch mehr arbeiten, noch mehr Songs aufnehmen. Kurz halte ich beim Kaffeeautomaten an, drücke auf Schwarz ohne Zucker und beobachte, wie der Becher herunterspringt. Langsam rinnt die dunkle Flüssigkeit hinein. Ich vernehme die Schritte meiner Bandkollegen, aber ich starre weiter auf den Kaffee, als wäre er ein Wunder. Ich hole den Becher heraus und drehe mich geradewegs in die andere Richtung, als wäre ich auf der Flucht vor ihnen. Mein Glück ist nur, dass Parker heute wegen einer Grippe nicht hier ist. Er hat sich wohl im Bus erkältet und liegt mit Fieber zu Hause. Wenn er meinen Durchhänger mitbekäme, würde er Fragen stellen, auf die ich keine Antwort geben kann oder möchte.

Anfangs war mir Parker sympathisch, doch umso besser ich ihn kennenlerne, umso farbloser wirkt er. Ohne jegliche Sensibilität seiner Umwelt gegenüber. Genau wie für Rico zählt für ihn nur eines, und das heißt, noch mehr Geld ranschaffen. Er quetscht die Menschen bis aufs Blut aus, damit er sich einen weiteren Luxusschlitten besorgen kann. Als hätte Parker mit seinen zehn Stück der unterschiedlichsten Marken nicht schon genug. Immerhin kann er jeweils nur mit einem Wagen fahren, der Idiot.

Ich stelle mich etwas abseits vom Ausgang hin und nippe an meinem heißen Getränk, dann werfe ich den Kopf in den Nacken und starre zum Himmel. Eine dunkelgraue Wolke schiebt sich langsam vor die Sonne. Dennoch wird es keinen Regen geben, wenn nur eine einsame dunkle Wolke über uns schwebt. Sie wirkt genauso verloren wie ich.

»Na, findest du deine Antworten im Himmel?« Marcs Stimme ist weich und warm. Er würde sich gut als Sänger machen, doch er ist viel zu schüchtern, um ganz vorne auf der Bühne zu stehen. Dabei sind die Frauen schlichtweg verrückt nach seinen roten Haaren und den Sommersprossen auf seiner Nase. Doch er ist so in sich gekehrt, dass er das nicht einmal mitbekommt. Mich wundert es, wie er die ganze Aufmerksamkeit erträgt.

»Ist dieser Scheiß es wert?«, frage ich und blicke weiter hinauf.

»Was meinst du? Willst du etwa das Handtuch werfen?«

»Nein, natürlich nicht.«

»Seit Washington bist du so nachdenklich. Ist es wegen der Kleinen?«

Plötzlich bin ich hellwach, reiße den Kopf herum und blicke in Marcs blaue Augen. »Welcher Kleinen?«, frage ich beiläufig und trinke einen kräftigen Schluck von meinem Kaffee.

»Bei dieser VIP-Veranstaltung hast du mit einem ziemlich hübschen Mädchen getanzt und der Kuss wirkte nicht, als wäre es ein emotionsloses Aufeinandertreffen eurer Lippen.« Marc sieht mich mit diesem spitzbübischen Lächeln an, als wüsste er genau, was in meinem Kopf abgeht.

»Du hast es gesehen?«, frage ich rein rhetorisch, um Zeit zu gewinnen. Denn ich wusste, dass er in der VIP-Lounge war. Er ist der Einzige, der kaum Alkohol trinkt und natürlich auch zu später Stunde völlig klar im Kopf ist.

»Sie weiß nicht, wer du bist, oder?« Marc steckt die Hände in seine verschlissene dunkelgraue Jeans.

»Nein.« Mir rutscht das Herz fast in die Hose bei dem Gedanken daran.

»Das dachte ich mir, als sie dich um ein Autogramm in dem Freundschaftsbuch gebeten hat. Niemand kann so schauspielern, außer er ist Johnny Depp. Nur gut, dass du durch mich jetzt weißt, wo sie zu finden ist, oder?« Seine makellosen weißen Zähne kommen zum Vorschein, als er breit grinst.

»Wie kommst du darauf?« Nun verstehe ich nur Bahnhof.

»Ich habe doch dafür gesorgt, dass unser Tourbus bei den zwei Frauen angehalten hat und wir sie bis zu ihrem Blumenladen mitgenommen haben.«

»Du hast was? Wieso?« Ich habe mich schon die ganze Zeit gewundert, warum wir die beiden aufgesammelt haben. Normalerweise sind wir nicht die Wohltäter und laden wildfremde Leute zu uns ein. Die anderen wissen nur zu gut, dass ich das nicht will. Ich habe zu große Angst, dass meine wahre Identität ans Licht kommt. Dann stünden zu viele Fragen im Raum, die ich nicht beantworten möchte.

»Ich habe Augen im Kopf. Und ich habe gesehen, wie du beim Interview in der Sauna immer zu ihr geblickt hast. Und als sie dann zum Signieren vor dir stand, konnte ich förmlich hören, wie du bei ihrem Anblick unterm Tisch einen Ständer bekommen hast. Diese Frau bedeutet dir mehr als nur ein Fick, oder? Sie ist die eine. Die dich nervös macht, die da drinnen ...« Er klopft mir mit der Hand auf die Brust. »Dein Herz schneller schlagen lässt.«

»Vielleicht. Ich weiß es doch selbst nicht.«

Fünf Jahre arbeiten Marc und ich schon zusammen. Jetzt sprechen wir zum ersten Mal nicht nur über unseren Job als Musiker. Aber hatte ich denn früher etwas anderes zu erzählen? Mein ganzes Leben ist von der Musik geprägt. Jede Frau, die bisher in mein Leben trat, sah immer nur den Star. Schon als Jugendlicher wusste ich nicht, ob die Mädchen nur mit mir ausgingen, um ins Fernsehen zu kommen. Doch Mia ist die Erste, die ich kennenlerne, die absolut nichts von mir weiß. Und das muss auch so bleiben.

»Wo liegt das Problem?«

»Ach, ich habe keine Ahnung, wie ich sie beeindrucken kann, ohne gleich als reicher Schnösel daherzukommen.« Ich fahre mir nervös durchs Haar.

»Bring ihr Blumen?«

»Sie hat selbst einen Blumenladen, das ist vielleicht nicht so passend.«

»Wieso? Gerade darum würde ich davon ausgehen, dass sie es liebt, Blumen um sich zu haben.«

»Aber ist das nicht zu normal? Ich brauche etwas, das sie von den Socken haut und ihr die Sprache verschlägt.« Ich leere meinen Becher und werfe ihn neben mir in den Mülleimer.

»Du bist doch ein kreativer Kopf, da wird es für dich kein Problem sein, etwas zu finden.« Er klopft mir auf den Oberarm.

»Leute, es geht weiter!«, ruft Rico uns zu und verzieht wieder sein Gesicht. Er ist und bleibt ein Arschloch.

Wir marschieren zurück ins Tonstudio und alle nehmen ihre Positionen ein. Die Jungs beginnen zu spielen.

Ich schließe meine Augen und sofort erscheint vor mir Mias wunderschönes Gesicht.

14. KAPITEL

MIA

Mit zittrigen Beinen gehe ich die Treppe hinauf. Das Treppenhaus strahlt mit den bunten Zeichnungen an den Wänden Wärme und Behaglichkeit aus. Meine Hände sind klatschnass und ich reibe sie immer wieder an meiner Jeans trocken. Doch es ist hoffnungslos. So sehr ich den Termin bei der Psychologin auch herbeigesehnt habe, um endlich Antworten zu bekommen, jetzt habe ich Angst, was sie zu mir sagen wird.

Was, wenn Lani tatsächlich Autistin ist? Bin ich eine schlechte Mutter, weil ich es nie bemerkt habe? Was, wenn es stimmt, was in den Medien gesagt wird, dass autistische Menschen in Amerika kaum Aussicht auf eine Arbeit haben? Wie jede Mutter wünsche ich mir für mein Kind nur das Beste. Vor allem ein normales Leben, und dazu gehört auch ein Job, damit sie sich später mal selbst erhalten und ernähren kann. Ich werde nicht ewig leben und wer soll dann für sie aufkommen?

Im ersten Stock angekommen, klingle ich an der Tür von Dr. Josie Charming. Sie heißt nicht nur charmant, sie ist es auch. Als ich das erste Mal mit Lani bei ihr war, hat sie gleich einen Draht zu ihr gefunden. Sie strahlt diese Ruhe und Ausgeglichenheit aus, bei der man sich sofort entspannt.

Die Tür springt auf und Dr. Charming lächelt mich an. »Guten Tag, Ms. Bailey, kommen Sie doch herein.«

Sie schiebt die Tür weiter auf und ich gehe hinein. Ihre Praxis sieht keinesfalls wie eine herkömmliche Arztpraxis aus. Man könnte eher meinen, eine normale Wohnung zu betreten. Der Flur ist hell erleuchtet und man kommt direkt in einen Raum, der genauso gut ein Wohnzimmer sein könnte. In der Mitte befindet sich eine große Sitzlounge mit orangefarbenem Stoffbezug. An der Wand sind unzählige Holzboxen aufgestellt, die mit den unterschiedlichsten Spielsachen befüllt sind. Dr. Charming hat sich auf Kinderpsychologie spezialisiert und einen sehr guten Ruf. Darum habe ich mich nach dem Gespräch mit der Kindergärtnerin an sie gewandt.

»Nehmen Sie doch Platz.« Sie deutet mit der Hand zum Sofa. »Kann ich Ihnen ein Wasser anbieten?«

»Ja, sehr gerne.« Mein Hals ist trocken und ich habe Schweißausbrüche an allen erdenklichen Stellen an meinem Körper. Ich setze mich hin und wische abermals meine Hände trocken. Verdammt noch mal, wieso muss ich so nervös sein? Immer wieder rufe ich mir die Worte meiner Mutter in Erinnerung. »Lani ist und bleibt deine Tochter, die du über alles liebst, egal was die anderen über sie sagen.«

Sie stellt das Glas vor mir auf den Tisch. Mit einer dicken Akte in der Hand setzt sie sich schräg gegenüber von mir in einen Ohrensessel.

Kurz räuspert sie sich. »Ms. Bailey, ich werde Ihnen nun die Einzelheiten erklären, die letztlich zu meinem Befund geführt haben. Lani ist ein sehr herzliches und liebevolles Kind und mit der richtigen Unterstützung wird sie auch ein halbwegs normales Leben führen.« Sie schiebt sich eine blonde Haarsträhne hinters Ohr und überkreuzt ihre Beine.

Plötzlich beginnt um mich herum alles zu verschwimmen. *Unterstützung? Sie ist wirklich Autistin?*, schießt es durch meinen Kopf. Dabei hat Dr. Charming dieses Wort noch nicht einmal in den Mund genommen.

Während sie mir erzählt, dass Lani nach der durchgeführten Intelligenztestung ganz normal in die Schule gehen kann, macht sie deutlich, dass meine Tochter Therapien benötigen wird, um besser mit Menschen umgehen zu lernen.

»Sie ist sehr in sich gekehrt und die Fragen, die Sie mir zu Lani beantwortet haben, dazu die Dinge, die ich in unseren Sitzungen beobachtet habe, zeigen deutlich, dass Lani eine Autismus-Spektrum-Störung hat.«

Ich habe das Gefühl, nicht mehr klar denken zu können. Ich starre Dr. Charming an, trotzdem bekomme ich von ihren Worten kaum noch etwas mit.

»Sie haben bisher alles sehr gut gemacht, Ms. Bailey. Nun sollten Sie die richtigen Wege einschlagen, um Lani mehr zu fördern.« Dr. Charming legt die Akte auf ihren Schoß und verschränkt die Finger ineinander.

»Was bedeutet das?«, frage ich, weil ich auf diese Diagnose nicht gefasst war. Gut, ich wusste, dass sie schon im Raum stand, doch ich hatte gehofft, etwas anderes zu hören. Ich war mir sicher, dass sich die anderen täuschen. »Wird sie sich dann überhaupt jemals selbst versorgen können?«

»Natürlich. Sie muss eben lernen, wie sie mit Gefühlen umgeht. Sie müssen sich vorstellen, dass diese Kinder eine andere Wahrnehmung haben. Meistens sind sie so wie Lani sehr intelligent. Nur haben sie oft Schwierigkeiten damit, Freundschaften aufzubauen oder die Gefühlsregungen ihrer Mitmenschen einzuschätzen. Sie benötigen einen klaren Tagesablauf und Hilfe. Doch durch Therapien können sie alles erlernen.«

Ich nehme einen kräftigen Schluck vom Wasser, während sie mir erzählt, was sie an Lani noch alles beobachtet hat. Dass sie keine Emotionen zeigt, ist nur ein Teil der Wahrheit. Ich sitze da und höre zu, werde jedoch das Gefühl nicht los, sie würde gar nicht von meinem Kind sprechen. Lani ist schüchtern, ja. Doch sie hat Freunde im Kindergarten. Zwar nicht viele, aber ist das gleich ein Hinweis? Ich habe das Gefühl, in dem großen Sofa zu versinken. Ich kann nicht glauben, was sie zu mir sagt. Ist sie nicht dafür ausgebildet, eine richtige Diagnose zu stellen?

Unzählige Dinge erzählt sie mir über Lani, und von

Minute zu Minute wird mir mein eigenes Kind fremder. Ich nehme Lani zu Hause völlig anders wahr. Das muss alles ein großes Missverständnis sein, oder etwa nicht?

Dr. Charming reicht mir den Befund und dazu eine Notiz zu Elternratgebern über Autismus-Spektrum-Störung. Zugleich empfiehlt sie mir, so bald wie möglich mit einer Therapie zu beginnen, damit Lani auf die Schule vorbereitet wird.

Wie ferngesteuert laufe ich wenig später durch die Straßen von New York. Ich hätte den Bus nehmen können, um schneller zum Blumenladen zu kommen. Aber ich muss erst mal meine Gedanken sortieren. Zum Glück habe ich meinen Wagen beim Blumenladen stehen gelassen, denn meine Nerven liegen blank. Diese Diagnose stimmt mit dem Bild, das ich von meiner Tochter habe, überhaupt nicht überein. Was, wenn doch alles ein großer Irrtum ist?

Als ich vor dem Laden ankomme, wische ich meine Augen trocken und atme mehrmals tief ein und aus, bevor ich die Tür öffne und eintrete.

»Hallo, Amelia!«, rufe ich, als ich meine Angestellte nirgends sehe.

»Hey, wie war dein Gespräch?« Amelia kommt aus dem Arbeitsraum. Die grüne Schürze, die sie um ihre Taille gebunden hat, hat fast den gleichen Ton wie ihre Haare. Sie wirkt äußerlich ausgeflippt und vielleicht für viele schräg. Doch sie ist ein herzlicher, einfühlsamer

Mensch und ich bin dankbar, sie als meine Mitarbeiterin zu haben.

»Frag lieber nicht.« Ich stelle mich zu ihr an den Verkaufstresen und lege meine braune Kunstledertasche ab.

»So schlimm?« Amelia streichelt meinen Arm und zieht eine Schnute.

»Keine Ahnung. Ich muss erst mal eines dieser Bücher für Eltern von Kindern mit Autismus-Spektrum-Störung durchackern, damit ich einen Überblick darüber bekomme, was Lani haben soll.« Das Buch, das ich mir in einem Buchladen besorgt habe, lege ich auf den Verkaufstisch.

»Das klingt ja ziemlich kompliziert. Bist du dir sicher, dass sie sich nicht geirrt haben? Vielleicht solltest du eine zweite Meinung einholen? Man hört so oft, dass sich Ärzte in ihren Befunden täuschen. Immerhin sind sie ja auch nur Menschen.« Amelias aufmunternde Worte beruhigen meinen Pulsschlag etwas.

»Vielleicht sollte ich wirklich eine zweite Meinung einholen«, murmle ich leise vor mich hin. Meine Gedanken schweifen wieder zu Lani.

»Ich weiß, der Zeitpunkt ist jetzt nicht günstig, aber ein Kunde möchte von dir einen Gastraum für ein Fest dekoriert haben. Er hätte gerne, dass du heute Nachmittag zu dieser Adresse kommst.« Amelia reicht mir den Zettel mit der Anschrift.

»Ein bisschen Ablenkung wird mir guttun. Außerdem benötigen wir dringend neue Aufträge. Laut Dr. Charming braucht Lani Therapien, die mit meinen

Einkünften kaum zu finanzieren sind.« Bei dem Gedanken an die offene Rechnung der Psychologin wird mir schlecht. Dabei ist das nur der Anfang, wenn ich alles richtig machen will, um meiner kleinen Prinzessin die bestmögliche Förderung zu bieten.

»Du wirst sehen, es wird alles gut. Lass dich nicht unterkriegen. Lani ist ein wundervolles Kind, sie wird es meistern.«

»Bestimmt.« Ich sage es so selbstbewusst, wie ich nur kann. Dabei bin ich unsicher, mit jeder Faser meines Körpers. »Wie heißt der Kunde?«

»Verdammt. Ich wusste doch, ich habe etwas vergessen. Sorry, aber ich habe nur die Adresse und die Uhrzeit notiert.« Sie senkt den Blick zu Boden.

»Alles gut, ich werde ihn schon finden. Zumindest kenne ich das Lokal. Gibt es sonst noch etwas?«

»Kann ich morgen freihaben? Ich muss mit meiner Mutter zum Arzt.« Amelias blasses Gesicht verliert nun den letzten Hauch von Rosa.

»Natürlich. Geht es ihr wieder schlechter?« Ich jammere ihr von den Problemen meiner Tochter vor und vergesse, dass ihre Mutter derzeit um ihr Leben kämpft. Die Leukämie hat sie vollends im Griff und es besteht keine Aussicht auf Heilung. Wieso muss das Leben so ungerecht sein? Seit Monaten warten sie auf einen Spender, aber es findet sich kein geeigneter. Ich habe mich in der Datenbank für Stammzellenspende registrieren lassen, aber kam leider nicht infrage.

»Ja, die Ärzte machen sich mittlerweile ernsthafte Sorgen. Wenn nicht bald ein Spender auftaucht, ist es wohl vorbei.« Amelias dunkelbraune Augen werden glasig.

»Sie finden jemanden, davon bin ich überzeugt.« Meine Worte lassen kurz ein Lächeln über ihr wunderschönes Gesicht gleiten. Sie ist mit ihren zwanzig Jahren noch so jung. Sie sollte ihre Jugend genießen und auf Partys herumschwirren. Leider besteht ihr Alltag daraus, bei mir Geld zu verdienen, um die Medikamente für ihre Mutter bezahlen zu können. Ihr Vater ist abgehauen, als ihre Mom krank wurde. Er hat nicht die Kraft gefunden, für sie da zu sein. Zum Glück ist mein Dad ein ganz anderer Typ und gibt mir Hoffnung, dass es da draußen auch starke Männer gibt.

Die Eingangstür springt auf und unterbricht unser Gespräch. Eine ältere Frau mit einem Rollator kommt herein. »Hallo, ihr Hübschen!«, ruft sie mit freundlicher Stimme in den Raum.

Sie hebt die Stimmung augenblicklich und wir lachen herzlich zur Begrüßung. Während Amelia sich ihr widmet, verschwinde ich aus dem Laden und mache mich auf den Weg zu dem mysteriösen Kunden.

15. KAPITEL

MADDOX

Meine Hände sind feucht wie vor einem Auftritt. Nur dass mir diesmal keine Show bevorsteht. Es ist das erste Mal, dass ich etwas ganz Normales mache.

»Haben Sie alles eingepackt?« Ich ziehe eine Braue nach oben.

»Ja, Sir. Ich habe alles dreimal kontrolliert. Hier ist noch die Rechnung.« Die Kellnerin ist ein kleines, zartes Persönchen und lächelt selbstsicher.

Ich reiche ihr das Bargeld, um keine Rückschlüsse auf meine Person zuzulassen. Ich möchte wie ein normaler Bürger alles bar bezahlen und nicht mit meiner schwarzen American-Express-Kreditkarte. Sofort wäre klar, dass ich nicht nur reich bin, sondern zu den wohlhabendsten Persönlichkeiten in Amerika zähle.

»Vielen Dank und einen wunderschönen Tag!«, sagt sie noch, bevor ich mit der Decke unterm Arm und dem Picknickkorb zur Tür hinausmarschiere. Ich bin nervös, das spüre ich, doch ich stelle mich kerzengerade neben den Eingang und warte auf die schönste Frau, die mir je begegnet ist. Mia.

Abwechselnd schaue ich nach rechts und links, ob ich sie entdecke. Was wird sie wohl sagen, wenn sie mich hier trifft? Hoffentlich hat sie Lust auf ein Picknick mit mir. Bisher lief mein Leben alles andere als normal ab. Meine Gedanken schweifen zu meinem sechsten Geburtstag ab.

»Mad, wir können los!«, ruft meine Mutter aus dem Flur. Ich baue gerade meinen Lego-Traktor zusammen, den meine Tante Grace gestern als Geburtstagsgeschenk vorbeigebracht hat. Sie wollte mich eigentlich heute an meinen Geburtstag besuchen, doch wie immer stehen Termine an, die sich laut meinen Eltern nicht verschieben lassen.

»Ich komme gleich!« Nur noch das Rad befestigen, schießt es mir durch den Kopf. Dann kann ich das tolle Auto gleich mal ausprobieren. Der rote Traktor sieht so schön aus mit der großen Schaufel davor.

Als ich den letzten Gummireifen befestigt habe, hebe ich das Auto hoch, schwenke es hin und her und schaue es von jeder Seite an. Genau so eins habe ich mir schon immer gewünscht. Obwohl wir in Geld schwimmen, bekomme ich von meinen Eltern nur Dinge, die für meine Gesangskarriere wichtig sind. Letztes Jahr habe ich ein Tonstudio im Keller bekommen, damit wir nicht immer wegfahren müssen. Viele würden das megagenial finden, doch für mich ist das kein Spielplatz, sondern Arbeit.

Die Tür wird aufgerissen und ich erwache aus meinen Träumereien, in denen ich mit dem Traktor durch die Gegend düse.

»Mad, jetzt komm endlich!«, zischt meine Mom aufgeregt. »Die Reporter warten nicht auf dich!« Sie steuert auf mich zu, entreißt mir das Geschenk und wirft es achtlos auf mein Bett.

»Aber Mom! Das habe ich von Tante Grace bekommen!« Ich spüre, wie sich in meinen Augen Tränen anbahnen.

»Damit kannst du später spielen.« Sie packt mich am Arm und zerrt mich hinaus in den Flur. »Wie du wieder aussiehst.« Sie zupft an meinem Hemdkragen herum. Es ist nichts Liebes daran, sodass ich zusammenzucke. Bisher haben mir meine Eltern noch nicht einmal zum Geburtstag gratuliert. Vielleicht kommt es ja später? Nach dem Termin bei dem Fernsehsender?

Ich muss laufen, um mit meiner Mutter Schritt zu halten. Ich werde mich heute von meiner besten Seite zeigen, damit sie am Nachmittag mit mir auf einen Spielplatz gehen. Von anderen Kindern habe ich erzählt bekommen, wie grandios die Parks in New York sind. Es gibt dort angeblich große Klettergerüste und Schaukeln. Ich kann mich nur vage daran erinnern, dass Tante Grace mit mir auf einem kleinen, abge-

schotteten Spielplatz war. Leider durften keine anderen Kinder rein, weil wir dort waren. Mein Gesicht lächelt derzeit aus so vielen Zeitungen, dass ich nicht einmal in eine normale Schule gehen, sondern Privatunterricht bekommen werde. Wie es sich wohl anfühlt, in die Schule zu gehen, mit den vielen anderen Kindern?

»Maddox?«, ertönt neben mir eine weiche Stimme, die mich aus diesem Albtraum zieht.

»Hallo, Mia! Schön, dich wiederzusehen.« Meine Mundwinkel wandern wie automatisch nach oben.

»Das ist ja ein Zufall, dich schon wieder zu treffen. Leider muss ich los, denn da drinnen wartet auf mich ein wichtiger Termin.« Sie zwirbelt eine braune Haarsträhne um ihren Finger. Sie wirkt nervös und gehetzt.

»Ich bin dein Termin.« Ich trete von einem Bein auf das andere und mustere Mias Gesicht.

»Du?«, fragt sie und ihre Augen werden groß.

»Entschuldige, dass ich dich so überrumple, aber hättest du Zeit und Lust, mit mir ein Picknick im Central Park zu machen?« Ich halte den Korb hoch und Mia wirft mir ein Lächeln zu, das sofort mein Herz mit Wärme flutet.

»Du gibst wohl nicht so leicht auf?«

»Nein.« Ich räuspere mich. »Bitte verbringe diesen zauberhaften Tag mit mir. Schau, die Sonne scheint ...« Ich deute mit der Decke nach oben. »Es ist angenehm warm, also für ein Picknick der beste Tag, meinst du nicht?«

»Okay, aber nur für eine Stunde. Dann muss ich weiter.«

»Super!« Am liebsten würde ich in die Luft springen, so freue ich mich. Doch ich will nicht wie ein Idiot wirken und lächle breit.

»Kann ich dir etwas abnehmen?«

»Nein, danke. Geht schon.«

Wir gehen nebeneinander und ich bereue bereits, ihr nicht die Decke in die Hand gedrückt zu haben. Denn so habe ich keine Hand frei, um ihr den Arm um die Taille zu legen. Aber vielleicht ist es auch gut so. Sie sieht mit dem blauen Trägertop und der enganliegenden Jeans zum Anbeißen aus. Mein Herz klopft auf Hochtouren, während wir durch den Park spazieren. Wir kommen zu einer großen Wiese, wo sich schon viele Pärchen, Familien und junge Leute eingefunden haben.

»Schau, da drüben ist ein schattiges Plätzchen«, sage ich.

»Das ist perfekt.«

Ich breite die rot-weiß karierte Decke auf dem Boden aus und Mia streicht sie glatt. Wir setzen uns nebeneinander. Das Gemurmel der anderen Leute tritt in den Hintergrund, genauso wie das Vogelgezwitscher, denn meine ganze Aufmerksamkeit gilt Mia. Ich öffne den Korb und hole die Glasdosen heraus.

»Kann ich dir bei etwas helfen?« Sie dreht sich zu mir und beobachtet mein Tun. Ich spüre, wie meine Hände zittern, und hoffe, dass sie es nicht bemerkt. Ich habe mit Picknicks nicht viel Erfahrung. Wenn man es genau nimmt, ist es mein erstes überhaupt.

»Stelle ich mich etwa dumm an?« Ich blicke in ihre Augen, die die Natur widerspiegeln.

»Nein, du machst es wirklich perfekt. Deine Idee zu diesem Ausflug ist genau zum richtigen Zeitpunkt gekommen.« Sie weicht meinem Blick aus und öffnet die Glasdosen, die ich auf der Decke aufstelle. Irgendetwas beschäftigt sie. Ist jetzt der passende Moment, um nachzuhaken?

»Dann bin ich ja beruhigt.« Nachdem ich die Truthahnsandwiches und das Besteck für den Salat hingelegt habe, hole ich die Wasserflasche und eine Flasche Orangensaft heraus. »Saft oder Wasser? Oder beides?«, frage ich.

»Beides klingt hervorragend.« Sie lächelt und steckt sich einen Karottenstick mit Dip in den Mund.

»Wie lange betreibst du schon den Blumenladen?« Ich öffne den Tetra Pak. Ein bisschen Saft verschütte ich über meine Hose, aber mit einer schnellen Handbewegung wische ich ihn ab, in der Hoffnung, dass Mia meine Tollpatschigkeit nicht mitbekommt.

»Erst ein paar Monate, aber es war die beste Entscheidung, die ich jemals getroffen habe.« Mia nimmt die Becher und hält sie mir entgegen.

»Warum?« Ich leere den Fruchtsaft in die Plastikbecher.

»Mein letzter Boss war ein griesgrämiger Sturkopf. Für ihn zählten nur Zahlen und Fakten. Er selbst war alleinstehend und hatte keine Familie. Er hatte kein Verständnis, wenn ich für meine Tochter Lani wegmusste.«

»Dir bedeutet dein Kind sehr viel, oder? Wie alt ist sie?« Ich stelle die Packung neben uns ab und greife nach der Wasserflasche.

»Sie ist vier, wird aber in wenigen Wochen fünf. Sie ist mein Leben. Ohne sie wäre ich nicht zu der Person geworden, die ich heute bin.« Mia stellt die Becher vorsichtig auf der Wiese ab. Sie nimmt die nächsten zwei, damit ich sie mit Wasser füllen kann.

»Hat sie einen besonderen Wunsch?«

»Ja ...« Mia presst die Lippen zusammen, bevor sie weiterspricht. »Ein Pony und ihren Dad.«

Sofort bereue ich meine Frage, denn die Traurigkeit steht ihr ins Gesicht geschrieben. Trotzdem kann ich die Frage, die mir auf der Zunge brennt, nicht zurückhalten. »Das Pony ist ziemlich typisch für Mädchen, oder? Aber den Dad? Ist er etwa ...«

»Keine Ahnung, ob er tot ist.« Sie nimmt mir die heikle Frage einfach so ab, als würde sie über das Normalste auf der Welt sprechen. »Er ist, als ich schwanger war, von einem Tag auf den anderen spurlos verschwunden. Er hat keine Nachricht hinterlassen und die Polizei hat keine Hinweise zu seinem Aufenthaltsort gefunden. Sie haben bald die Suche eingestellt, weil es auch keine Indizien für ein Gewaltverbrechen gab. Von seinen Eltern ist er sogar für tot erklärt worden. Dennoch hoffe ich jeden Tag aufs Neue, dass er zur Tür hereinkommt. Lani wünscht sich ihren Vater mehr als alles andere auf der Welt.« Sie stellt den Becher neben die Wasserflasche und trinkt einen kräftigen Schluck von ihrem Wasser.

Oh mein Gott! Was für eine furchtbare Geschichte. Sie muss eine sehr schwere Zeit hinter sich haben.

»Liebst du ihn noch?« Die Worte kommen aus meinem Mund, obwohl ich die Antwort darauf eigentlich nicht hören will. Ich will die Traumblase, in der ich schwebe, nicht zerstören. Aber was, wenn ich mich in etwas verrenne?

»Ich weiß es ehrlich gesagt nicht. Ich weiß nicht, ob du es verstehst, aber ich hatte nie einen richtigen Abschluss. Es gab keine ordentliche Trennung durch ein Begräbnis, wo ich ihn im Sarg gesehen habe. Ich habe den Satz ›Es ist aus, ich will nichts mehr mit dir zu tun haben‹ nie von ihm gehört.« Mias Augen werden glasig und ich kann verstehen, dass sie nicht weiß, wo ihr Herz hängt. Wie soll sie in dieser Situation abschließen können?

»Und deine Tochter?«

»Sie glaubt, ihr Dad wäre in Afrika und würde dort Schulen für notleidende Kinder bauen, damit sie wie sie mal zur Schule gehen können. Und diese Lüge, die ich ihr immer wieder auftische, macht mich nicht nur fertig, sie zerfrisst mich innerlich. Dennoch bringe ich es nicht übers Herz, ihr zu sagen, dass ich nicht weiß, was mit ihrem Dad ist. Denn wenn er tot ist, hat sie keine Chance, ihn kennenzulernen. Sollte er abgehauen sein, glaubt sie vielleicht, sie sei der Grund. Egal wie man es dreht und wendet, es ist Bullshit. Sorry für den Ausdruck, aber mir ist jetzt nichts Besseres eingefallen, was meine Situation erklären würde.« Mia schiebt sich eine lose Haarsträhne hinters Ohr.

»Die Bezeichnung trifft genau ins Schwarze.« Ich würde ihr gerne aufmunternde Worte sagen wie »Es wird schon wieder gut«, doch das wäre nur ein blöder Spruch, wie man ihn immer wieder von anderen hört und sowieso nicht glaubt.

»Komm, lass uns das Essen genießen. Immerhin hast du dir mit den Sandwiches wirklich Mühe gegeben. Außerdem habe ich Hunger.« Sie wechselt das Thema, was ich verstehe. Ich kann ihr in Bezug auf ihre Probleme nur zuhören und keine Ratschläge geben. Denn was könnte ich als Single, der nicht einmal weiß, was es bedeutet, eine normale Familie zu haben, für Tipps geben?

»Sehr gerne.« Ich löse die Frischhaltefolie und gebe ihr ein Sandwich. »Ich muss gestehen, dass ich dafür nur bezahlt habe. Ich bin nicht besonders gut im Kochen.«

»Aber du hast zumindest das Richtige gewählt. Ich liebe griechischen Salat und Truthahn.« Sie nimmt die Gabel und steckt den ersten Bissen in den Mund. »Mhm, lecker«, sagt sie mit halb vollem Mund, was sie niedlich aussehen lässt.

Ich beiße vom Sandwich ab. Während wir essen, schweigen wir. Es ist kein ungutes Gefühl, kein Wort mit ihr zu wechseln.

Wir schauen einer Familie zu, die sich vor uns hinsetzt und alles Mögliche drapiert. Vom Sonnenschirm bis hin zu Kissen, dazu noch einen Korb und eine Kühltasche. Mit einer Familie muss man wohl mehr einpacken. Die Mutter richtet das Essen her, während der Vater mit den Kindern Ball spielen geht. Wie schön es sein muss, ein ganz normales Familienleben zu führen. Wie oft habe ich mir als Kind gewünscht, mit meinen Eltern so einen Tag zu verbringen. Ganz zwanglos und unkompliziert.

»Es war sehr lecker, vielen Dank.« Mia legt die Gabel hin und reibt sich den Bauch. »Jetzt sehe ich fast schwanger aus, dank dir.« Mia kichert und ich finde den Gedanken seltsamerweise wunderschön. Ich kenne sie kaum und habe schon die Familienplanung im Kopf. Bin ich jetzt völlig durchgedreht?

»Na ja, deinen Bauch muss man wohl eher mit der Lupe suchen, meinst du nicht?«, scherze ich.

»Ach, du Charmeur.« Sie wirft eine Serviette zu mir und strahlt, dass sie sogar der Sonne die Show stiehlt. »Jetzt wäre es doch Zeit für ein Spiel, oder? Was meinst du, hast du Lust dazu?«

»Ein Spiel? Ich habe nichts eingepackt.«

»Eine Mutter hat immer etwas in der Tasche. Warte, lass mich mal suchen.« Sie nimmt ihre Kunstledertasche und kramt darin herum. »Ich hab's!«, ruft Mia und hält eine rot-schwarze Schachtel in die Höhe.

»Ich kenne das Spiel nicht, das musst du mir erklären.« Mein Blick haftet an der Schrift auf der Schachtel und ich lese UNO.

»Du willst mich jetzt verarschen, oder? Jedes Kind kennt UNO.«

Plötzlich fühle ich mich klein und hilflos. Der Gedanke, dass jedes Kind das schon mal gespielt hat, zeigt mir wieder, welch armselige Kindheit ich doch hatte. Am liebsten würde ich mir ein Loch graben und mich darin verkriechen, so peinlich ist mir das.

16. KAPITEL

MIA

Maddox' Mimik wird ernst und ich merke, dass ich gerade voll ins Fettnäpfchen getreten bin. Seine Unkenntnis ist wohl nicht gestellt. Ich versuche, es mir nicht anmerken zu lassen, und spiele ihm vor, dass ich ihm nicht glaube. Dann erkläre ich ihm gespielt fröhlich die Regeln des Spiels, das so simpel aufgebaut ist, dass er schnell begreift, wie es funktioniert.

Die Minuten, was sage ich, Stunden verfliegen im Eiltempo, während wir uns gegenseitig necken. Manchmal gewinne ich und dann wieder er. Es ist, als wären wir in unserer eigenen Welt versunken. Wir lachen so viel, dass mir oft die Freudentränen kommen. Ich kann nicht glauben, dass Mad so ein schlechter Verlierer ist. Ich krümme mich vor Lachen, wenn ich ihn dabei beobachte, wie er angestrengt versucht zu gewinnen. Und wenn er verliert, verzieht er sein Gesicht, was ich sonst nur bei kleinen Kindern sehe. Es ist, als wäre Mad in diesem Moment nicht älter als zehn, so sehr freut und ärgert er sich. Dieser Mann scheint ein großes Geheimnis zu sein. In einem Moment ist er ruhig und sachlich, im anderen verspielt und lebendig, als würde er alles zum ersten Mal erleben.

Während Maddox die Karten mischt, wandert mein Blick auf die Uhr und ich schrecke förmlich hoch. »Verdammt, ich muss los! Sorry, aber ich muss meine Tochter von meiner Mutter abholen.« Ich erhebe mich.

Maddox legt die Karten zur Seite und steht auf. »Darf ich dich zurückbringen?«, fragt er und seine dunklen Augen fixieren mich. »Ich habe das alles schnell eingeräumt.« Er deutet auf die Decke, wo noch ein paar Überbleibsel des Salates und den Gemüsesticks liegen. Die Sandwiches und die Schokomuffins haben wir tatsächlich alle aufgegessen.

Wenn ich darüber nachdenke, würde ich am liebsten noch mehr Zeit mit ihm verbringen. »Das ist nicht notwendig.«

»Ich möchte es aber sehr gerne tun.« Er beherrscht diesen Hundeblick, dem man nicht widerstehen kann. Ein Blick, wie Kinder ihn auf Lager haben, wenn sie sich etwas von ganzem Herzen wünschen. Bei dem man Ja sagen muss, weil man sie einfach so unsagbar liebt und sie nicht traurig sehen kann.

»Gut, du kannst mich zu meinem Wagen begleiten, aber nur, wenn du dir helfen lässt.«

»Okay.«

Wir beugen uns beide nach unten und jeder verschließt eine der Glasdosen. Wir legen die Dosen zeitgleich in den Korb, wodurch sich unsere Hände berühren. Da ist er wieder, unser Moment. Wir schauen uns in die Augen. Ich erkenne in seinen das warme Gefühl, das gerade mein Herz flutet. Stück für Stück erobert er es mit seiner normalen und liebevollen Art.

Seine Hand greift nach meiner und ein Kribbeln bahnt sich den Weg von meinem Arm aufwärts in mein Herz. Es ist gleichzeitig aufregend und schön. Mad ist für mich eigentlich ein Fremder, denn auch nach diesem wunderschönen Nachmittag habe ich keine Ahnung, wer er wirklich ist. Was seine Geschichte ist, bevor wir uns trafen. Doch in diesem Moment ist das für mich nicht wichtig. Ich warte nur darauf, was als Nächstes passiert.

Sein Daumen reibt über meinen Handrücken, während wir uns wieder aufrichten. Die Zeit, die sich vor wenigen Sekunden im Eiltempo zu bewegen schien, ist nun stehen geblieben. Es ist, als würde die Erde sich nicht mehr drehen. Als würde es nur noch uns beide geben.

Er zieht mich näher an sich, sodass meine erhitzten Nippel unter meinem Shirt seine harte Brust berühren. Während er meine Hand hält, wandert seine andere Hand langsam meinen Arm hoch. Ganz zart gleiten seine Fingerspitzen über meinen nackten Oberarm und das feine Kitzeln, das sich dabei ausbreitet, bringt mich zum Lächeln. Immer weiter tasten sich seine Finger nach oben, bis er seine warme Hand an meine Wange legt.

Ich lecke mir über die Lippen, um sie ein bisschen zu befeuchten. Mein Mund fühlt sich staubtrocken an, so als würde ich schon einen ganzen Tag in der brütenden Hitze der Sahara laufen, ohne Aussicht auf einen Tropfen Wasser. Hier ist es mittlerweile heiß wie in der Wüste, und das nur, weil er sich langsam meinem Mund nähert, der erwartungsvoll leicht geöffnet ist.

Seine Lippen treffen auf meine. Ich schmecke den Orangensaft auf meiner Zunge. Sein Kuss lässt mich in den siebten Himmel schweben und um mich herum scheint sich plötzlich alles in Luft aufzulösen wie bei einer Fata Morgana. Nur er und ich.

Meine freie Hand wandert seinen Rücken entlang. Ich kralle mich in sein Shirt, als würde es mir Halt geben. Die Angst, mich in ihm zu verlieren, ist da, doch mein Herz lässt dem Verstand keine Macht.

Ich spüre, wie sich eine lose Träne den Weg über meine Wange bahnt.

»Weinst du?«, haucht Maddox an meinem Mund.

»Nein. Ich muss nur niesen. Kennst du das Gefühl, wenn du kurz davor bist und doch nicht kannst?« Ich weiß, die Ausrede klingt absurd, aber ich kann ihm nicht erzählen, dass ich mich in ihm gefunden habe.

»Ja, das kenne ich und es ist ein schreckliches Gefühl.« Er lächelt. Seine dunklen Augen wirken warm wie die Spätnachmittagssonne, die mir geradewegs ins Gesicht strahlt.

Plötzlich kommt mir in den Sinn, dass ich eigentlich

schon bei meiner Mutter auf der Matte stehen sollte. Ich wende mich von Mad ab und packe die restlichen Dosen ein. Währenddessen bringt er die Becher zum Mülleimer. Ich beobachte ihn dabei. Sein Knackarsch sitzt perfekt in der engen Jeans, die er trägt. Verdammt, wieso habe ich ihm nicht an den Hintern gegriffen? Es hätte ihn bestimmt nicht gestört. Doch vielleicht die Familien, die um uns sind?

Als er auf mich zukommt, kann ich mir ein Grinsen nicht verkneifen. Sein weißes Shirt liegt locker auf seiner harten Brust, trotzdem konnte ich vorhin spüren, wie durchtrainiert sie ist.

Er stellt den Korb an die Seite und rollt die Decke zusammen. Ich muss kichern, als ich bemerke, dass er damit nicht zurechtkommt. Er ist so bemüht, alles richtig zu machen, dass es lustig ist zu sehen, dass nicht alles glattläuft. Nach mehrmaligem Auseinander-klappen und Wiederzusammenrollen bin ich versucht, ihm zu helfen. Aber kränke ich ihn dann nicht in seinem männlichen Stolz?

»Soll ich dir helfen?«, frage ich dann doch, weil er mir langsam leidtut.

»Irgendwie verstehe ich die Logik dabei nicht.« Er schüttelt den Kopf, wobei er eine seltsame Grimasse zieht, und ich kichere automatisch. »Lachst du mich etwa aus?«

»Das würde ich nie wagen. Komm, ich mach das. Immerhin bin ich Mutter und habe mit Picknickdecken meine Übung.«

Ich nehme ihm die Decke ab und breite sie noch mal

ganz aus, bevor ich sie zusammenfalte. Danach rolle ich sie zusammen, während mich Mad genau beobachtet. Als ich fertig bin, reiche ich ihm die Decke.

»Vielen Dank. Was würde ich bloß ohne dich tun?« Es liegt keine Verärgerung in seinem Tonfall, viel eher klingt es ehrlich.

»Wahrscheinlich wärst du dann morgen noch hier.« Ich boxe ihm leicht in den Arm.

Wir lachen beide, während wir uns auf den Weg zurück zum Restaurant machen. Er klemmt diesmal die Decke unter seinen Arm, damit er auf derselben Seite den Korb tragen kann. Dann umfasst er wie selbstverständlich meine Hand.

Ab und an schiele ich zu ihm rüber. Ich erkenne in seinem Gesicht das gleiche breite Grinsen, das auch mich ziert. Wir gehen wie zwei Smileys den Weg entlang, was ziemlich komisch aussehen muss, denn die Menschen, die uns unterwegs begegnen, lächeln permanent zurück.

Wir kommen bei meinem alten Ford Taurus an. Seine Metalliclackierung hat schon bessere Zeiten gesehen, aber er war günstig. Und er hat einen guten Motor, meinte mein Dad, als ich ihn vor fünf Jahren gekauft habe. Er hatte recht, der Motor läuft noch immer.

»Wir sind da.« Ich bleibe neben meinem Wagen stehen und krame in meiner Tasche nach dem Autoschlüssel. »Da ist er ja«, sage ich und halte den Schlüsselbund in die Höhe. Das Bild meiner Tochter baumelt daran und ich werde nervös. Ich bin schon mehr als eine Stunde über der Zeit, was überhaupt nicht zu mir passt.

Mad umfasst meine Hände. Er sieht mich mit diesem warmherzigen Blick an, bei dem mein Herz ein paar Hüpfer mehr macht. »Bekomme ich deine Telefonnummer?« So, wie er die Frage stellt, komme ich mir vor wie siebzehn.

»Bist du dir sicher, dass du dich wieder mit einer alleinerziehenden Mutter treffen möchtest?« Ich weiß, dass Kinder viele Männer abschrecken. Vor allem dann, wenn es nicht ihre eigenen sind.

»Mia …« Er fährt mit der Hand unter mein Kinn und schiebt es sanft hoch, sodass ich in seine dunkelbraunen Augen schauen muss, die mich an die Schalen von Haselnüssen erinnern. »Ich möchte dich wiedersehen. Am liebsten würde ich dich jetzt nicht mal gehen lassen, aber ich kann deine Verpflichtungen gegenüber deinem Kind verstehen. Und wenn du dich dazu bereit fühlst, möchte ich auch deine wundervolle Tochter kennenlernen. Sie ist nicht nur ein Teil deines Lebens, sie gehört zu dir.«

Ich suche sein Gesicht ab, um irgendwas zu erkennen, was auf eine Lüge deuten könnte, doch da ist nichts. Ich bin mir sicher, dass er ehrlich zu mir ist. Das fühlt sich so gut an, dass ich dafür keine Worte finde. Wäre er ein guter Vater? Könnte Lani ihn mögen? Würde sie ihn überhaupt akzeptieren? Jetzt will ich darüber nicht nachdenken, denn dass ich ihm meine Tochter vorstelle, wird so bald nicht passieren. Zuerst muss ich mehr über Maddox erfahren und herausfinden, ob er mich nicht nur ins Bett locken möchte.

»Gibst du uns eine Chance?«, fragt er und reißt mich damit aus meinen Gedanken.

»Okay.« Ich sage ihm meine Telefonnummer und er klingelt mich an, damit ich auch seine Nummer habe.

»Ich werde dich bis zum nächsten Treffen vermissen«, raunt er an meine Lippe, bevor er sie küsst. Der Kuss ist wie zuvor sinnlich, mit so viel Gefühl, dass mir ein wohliger Schauer den Rücken hinunterläuft.

17. KAPITEL

MADDOX

Ich beobachte, wie Mia gekonnt den Wagen ausparkt und davonfährt. Als sie an der Kreuzung links abbiegt und aus meinem Sichtfeld verschwindet, marschiere ich zu meinem Wagen, den ich eine Straße weiter geparkt habe. Es wäre ihr bestimmt aufgefallen, wenn ein schwarzer Lamborghini vor dem Restaurant gestanden hätte. Sicher hätte sie keine Rückschlüsse auf mich gezogen, doch ich muss mir unbedingt ein anderes Auto zulegen. Mit diesem Wagen kann ich sie nicht abholen und zum Essen ausführen. Sie würde Fragen stellen, die ich noch nicht beantworten kann. Der heutige Tag war viel zu schön, mit ihr diese Normalität zu leben. Ich sollte ernsthaft in Erwägung ziehen, meinen Job als Sänger an den Nagel zu hängen.

Ich hole mein Handy aus der Hosentasche und

entdecke unzählige Anrufe von Parker und meinen Bandkollegen. Dazu kommen noch massenhaft Nachrichten, die ich öffne, bevor ich einen von ihnen zurückrufe.

Parker: Dringendes Meeting um fünfzehn Uhr im Studio.

Parker: Wo bist du?

Und so geht es weiter, was mir den Magen umdreht. Ich drücke auf Parkers Nummer und nach nur einem Läuten hebt er ab.

»Wo bist du!«, knurrt er ins Telefon. Kein »Hallo, wie geht's«, was mir noch mehr die Laune verdirbt.

»Ich hatte zu tun.« Meine Antwort ist knapp, aber ich habe keine Lust, ihm von Mia zu erzählen. Sie muss vorerst mein Geheimnis bleiben, bis ich weiß, ob ich diesen verdammten Superstarjob an den Nagel hänge.

»Was hattest du so Wichtiges zu tun, dass du nicht im Studio aufkreuzen konntest?« Ich kann mir sein verzerrtes Gesicht genau vorstellen. Ich kenne ihn mittlerweile über fünf Jahre, er wird sich einfach nie ändern. Alles muss so laufen, wie er es sich vorstellt.

»Ich denke, das geht dich nichts an.« Meine Stimme ist ruhig, obwohl ich spüre, wie sich mein Hals zuschnürt.

»Komm in mein Apartment, es sind alle bei mir. Es ist wirklich wichtig. Der Anwalt kostet eine Menge Geld, während er auf dich wartet.«

»Anwalt?«, frage ich irritiert.

»Komm einfach her, dann erkläre ich dir alles.« Er legt auf, ohne sich zu verabschieden.

Ich schüttle den Kopf und fahre los.

Meine Bandkollegen sitzen wie aufgefädelt auf dem großen Sofa in Parkers Wohnung, als ich zu ihnen stoße. Sein Apartment ist kühl eingerichtet. Alles aus Beton und Glas. Man könnte fast meinen, er sei ein Industriejunkie.

Nachdem wir uns alle begrüßt haben, stelle ich mich neben Parker, der in der Küche eine Flasche Champagner öffnet.

»Also, was macht der Anwalt hier?«, frage ich in rauem Ton, weil es mir auf den Sack geht, wie er uns hierher kommandiert hat, ohne jegliche Informationen.

»Gleich. Die anderen wissen auch noch nichts, also gedulde dich.« Er kramt Champagnergläser aus dem Schrank und reicht mir sechs Stück. Gemeinsam gehen wir ins Wohnzimmer zurück. Ich stelle die Gläser auf dem Betontisch vor mir ab und setze mich zu Marc.

Den Anwalt erkenne ich sofort, denn er trägt einen Maßanzug und hat eine rote Krawatte um seinen Hals geschnürt. Die dicke Brille lässt seine Augen größer wirken, als sie sind. Parker füllt die Gläser mit Champagner, dann reicht er uns eines nach dem anderen. Ich habe keine Lust auf Alkohol. Viel lieber würde ich jetzt bei mir zu Hause sein und in den Erinnerungen an den Nachmittag schwelgen.

»Also, Leute, haltet euch an euren Gläsern fest, denn ich habe für euch den Megaauftrag organisiert. Ihr werdet jetzt in die Liga der Weltstars aufsteigen!« Parkers Augen leuchten und ich könnte fast schwören, dass die Dollarzeichen herausblitzen.

»Jetzt rück schon raus mit der Sprache«, wirft Rico von der Seite ein und fährt sich durch sein blondes Haar, das perfekt gestylt ist.

»Wir haben Japan und China für uns erobert«, sagt Parker stolz und stellt sich breitbeinig hin. »Wir werden in vier Monaten dort in allen großen Städten auf Tournee gehen. Wisst ihr, was das bedeutet? Ihr habt für ewig ausgesorgt! Ihr braucht nur noch diesen Vertrag zu unterzeichnen, den Dr. Miller mitgebracht hat, und wir können mit den Vorbereitungen beginnen!« Parkers Euphorie schwappt auf die anderen über.

»Echt? Das ist ja mega!« Jesper springt auf und hält das Glas in die Höhe. »Lasst uns das gebührend feiern! Ich rufe gleich ein paar Mädels an, die sich bestimmt freuen, mit uns heute Nacht durchzumachen.«

»Zuerst müsst ihr alle den Vertrag unterzeichnen.« Parker hält einen dicken Stapel Papiere in die Höhe.

Mir wird augenblicklich schlecht. Der Gedanke daran, mehrere Monate nicht in Mias Nähe zu sein, verursacht mir ein schlechtes Gefühl. Es ist, als hätte ich was Verdorbenes gegessen.

»Ist das nicht genial?«, sagt Marc freudestrahlend zu mir.

Ich starre ihn an, als würde ich nicht verstehen, was er gerade zu mir gesagt hat, denn am liebsten würde ich aufstehen und gehen. Ich kann diesen Freudentaumel nicht ertragen. Ich habe das Gefühl, als würde gerade ein Vulkan ausbrechen und mich in die Flucht schlagen. Im Eiltempo kommt das Lavagemisch aus Angst und Unzufriedenheit geradewegs auf mich zu. Ich kann Mia noch nichts von meinem Job erzählen. Wie würde sie reagieren, wenn ich ihr erkläre, dass ich für mehrere Monate weg muss? Gleichzeitig weiß ich, dass dies für unsere Band eine grandiose Chance ist, die wir nicht ausschlagen sollten.

Wie von Sinnen stehe ich auf und marschiere zur Küche. Ich brauche Wasser, um meinen trockenen Hals zu spülen. Der Druck, der sich in mir aufbäumt, macht mich wahnsinnig. Ich öffne den Schrank, aus dem Parker die Champagnergläser geholt hat, und schnappe mir ein Glas. Ich drehe den Wasserhahn auf, fülle es und nehme sofort einen kräftigen Schluck. Das kühle Wasser rinnt meine Kehle hinunter, hilft aber nur bedingt, den Kloß hinunterzuspülen, der sich in meinem Hals gebildet hat.

»Ist alles okay bei dir?« Marc steht plötzlich neben mir und mustert mich. »Es ist wegen dieser Frau, oder?« Ich wusste gar nicht, dass Marc so ein guter Beobachter ist. »Hast du sie seitdem wiedergesehen? Ich meine ja nur, vielleicht verrennst du dich da in etwas.« Marcs Stimme ist leise, wodurch die anderen aus dem Nebenraum nichts mitbekommen. Ich drehe mich um, damit ich die anderen nicht sehen kann, und starre in die Küche, die aus schwarzem Stein gemacht ist.

»Ich hatte mit ihr heute ein Date und es war ...« Mein Blick schweift hinunter zu dem schwarzen Marmor. »Wunderschön.« Ich muss schmunzeln bei der Erinnerung an unser UNO-Spiel. Es hat so viel Spaß gemacht.

»Was willst du damit sagen? Dass du diese Tour nicht machen möchtest, oder?«

Ich blicke auf und schaue in seine enttäuschten blauen Augen. Ich weiß, dass ihm die Band alles bedeutet. Für ihn gibt es nichts anderes. Vor wenigen Tagen ging es mir ja auch so. Doch Mia hat mein ganzes Bild vom Leben verändert. Durch sie merke ich, wie schön es sein kann, ein ganz normaler Mann zu sein. Nicht immer von einem Konzert zum anderen zu hetzen.

»Ehrlich gesagt, ich weiß es nicht.« Ein Seufzer entweicht mir. »Mia ist so anders als alle anderen Frauen, die ich bisher kennengelernt habe. Sie sieht nicht nur den Ruhm und das Geld. Sie sieht mich. Vielleicht ist für mich die Zeit gekommen, aus der Band auszusteigen.«

»Du willst was?«, grölt Parker hinter mir, sodass ich kurz zusammenzucke. »Du hast einen Vertrag! Und nur wegen einer Tussi wirst du nicht deine ganze Karriere in den Sand setzen!« Er stapft zu mir und stellt sich vor mich hin.

»Sie ist keine Tussi, sie heißt Mia! Ist das klar?« Ich richte mich auf und blicke Parker direkt in die Augen. Meine Hand ballt sich zur Faust. Ich presse sie so fest zusammen, dass die Fingernägel sich in mein Fleisch bohren.

»Frauen kommen und gehen. Du wirst schnell deine Freude an diesem Mädchen verlieren, und dann? Dann stehst du mit nichts da. Sei kein Idiot! Wirf nicht alles einer Frau zuliebe in den Sand.«

»Nur weil du von einem Bett zum anderen wanderst,

heißt das noch lange nicht, dass uns das allen reicht.«
Meine Augen bilden Schlitze.

»Also, vor wenigen Wochen hast du es genossen, keine Verpflichtungen zu haben. Denk an den Dreier, den du mit der Rothaarigen und der Blondine hattest.« Parkers schiefes Grinsen könnte ich ihm augenblicklich aus dem Gesicht prügeln. Dieser Vollpfosten hat doch gar keine Ahnung, was wirklich zählt. Mia ist herzlich, menschlich und vor allem mitfühlend.

»Halt einfach die Klappe!«, fährt Marc ihn an. Wenn ich mich richtig erinnere, ist dies das erste Mal, dass er die Stimme gegen unseren Manager erhebt.

»Du hast sechs Wochen, um diesen Vertrag zu unterzeichnen, und ich rate dir nicht nur als Manager, sondern auch als Freund, es zu tun.«

Parker verlässt den Raum. Die Luft scheint wieder klarer zu sein. Ich atme hörbar ein und aus. Bedenkzeit ist zumindest ein Anfang.

18. KAPITEL

MIA

Ich tänzle die Stufen hoch zur Wohnung meiner Mutter. Der Nachmittag war so schön. Ich klingle und wippe mit den Füßen auf und ab. Nach wenigen Sekunden öffnet mein Dad die Tür. Er hat sein blau-weiß kariertes Lieblingshemd an und dazu trägt er seine schwarze Kordhose.

»Hallo, Mia, heute bist du aber spät dran. Lani wartet schon auf dich.« In Dads Stimme schwingt kein Vorwurf mit, es ist eher eine Feststellung.

»Mommy, Mommy!«, höre ich Lani rufen, bis sie geradewegs auf mich zustürmt. Ich hocke mich hin und sie fällt mir in die Arme. Ich drücke sie an mich und gebe ihr dann einen Kuss auf die Stirn.

»Hallo, meine Prinzessin.« Ich streichle ihr über das

braune Haar und stecke ihr eine Haarsträhne hinters Ohr.

»Komm rein, möchtest du mit uns mitessen? Du weißt ja, deine Mutter kocht immer gerne etwas mehr.« Dad umarmt mich und gibt mir einen Kuss auf die Wange.

»Hat Lani schon gegessen?«, frage ich, während ich im Flur meine Schuhe abstreife.

»Wir sind gerade beim Tischdecken.« Dad nimmt mir die Tasche aus der Hand und hängt sie an die Garderobe.

»Dann nehmen wir die Einladung gerne an. Immerhin muss ich dann zu Hause nichts mehr kochen.« Ich lächle und folge Dad in die Küche.

»Hallo, Liebes!«, ruft Mom. Sie steht konzentriert vorm Herd und rührt eifrig um. Der Duft von gebratenem Fleisch und Kraut strömt mir in die Nase.

»Kann ich dir noch etwas helfen?«, frage ich, als ich neben ihr zum Stehen komme. »Wie ich sehe, gibt es Rotkohl und Rinderroulade?«

»Es ist Johns Lieblingsessen. Da er heute meine Lampe im Badezimmer montiert hat, muss ich ihn verwöhnen.« Mom sieht mich an und legt den Kochlöffel zur Seite.

»Dad hat so ein Glück mit dir, und ich natürlich auch.« Ich umarme Mom, zugleich schließe ich kurz die Augen.

Mutter schiebt mich ein Stück von ihr weg, dann mustert sie mein Gesicht. »Irgendetwas ist heute anders bei dir. Du hast dieses Leuchten in den Augen, das ich schon Jahre nicht mehr gesehen habe. Ist der Befund von der Psychologin etwa gut ausgefallen?«

Augenblicklich ist meine Euphorie vom Nachmittag verschwunden. Die Diagnose habe ich in den letzten Stunden völlig verdrängt.

»Ist es etwa so schlimm?«

Ich spüre, wie sich meine Augen automatisch mit Tränen füllen. Und es ist nicht die Zwiebel daran schuld, die neben mir auf der Küchenarbeitsplatte liegt und nur darauf wartet, zerkleinert zu werden.

»Was hat sie gesagt?«, fragt Mom, mit dieser einfühlsamen Stimme, die ich nur zu gut kenne.

»Lani hat eine Autismus-Spektrum-Störung, das ist eine Form von Autismus, wenn ich sie richtig verstanden habe.« Ich wische die Tränen, die über meine Wange kullern, weg, aus Angst, Lani könnte zu uns stoßen und mich sehen. Ich möchte nicht, dass sie merkt, welche Sorgen mich diesbezüglich plagen. »Sie sagte, ich solle so bald wie möglich mit den Therapien beginnen. Ach, Mom, was soll ich jetzt bloß tun? Alles, was sie mir über Lani erzählt hat, erscheint mir so falsch. Es war, als würde sie nicht von meinem Kind sprechen.« Ich lege die Hand auf meine Stirn und reibe darüber, als würde mir das mehr Klarheit verschaffen.

»Sie ist und bleibt deine Tochter, egal was andere über sie sagen. Wenn du dir nicht sicher bist, dann hol eine zweite Meinung ein. Erst wenn du hundert Prozent überzeugt bist, dass sie recht haben, solltest du Maßnahmen ergreifen.« Mom umfasst mein Gesicht und legt ihre Stirn auf meine, zugleich sieht sie mir in die Augen. »Du bist ihre Mutter. Es ist deine Entscheidung, welche Schritte du gehst. Es gibt auch kein Richtig oder Falsch. So, wie du es machst, ist es für den Moment passend. Sollte dich später einmal das Gefühl überkommen, die Richtung wäre falsch gewesen, kannst du sie immer noch korrigieren.« Moms aufmunternde Worte beruhigen mich. Ich weiß nicht, wie sie es immer wieder schafft, mich aus ausweglos scheinenden Situationen hinauszumanövrieren und mir Mut zu machen.

»Ja, vielleicht hast du recht. Ich sollte eine zweite Meinung einholen.«

Mom löst sich von mir und rührt im Rotkohl herum. »Gute Lösung.« Sie lächelt.

Ich weiß, egal welche Entscheidung ich treffe, sie würde sie für gut befinden. Denn meine Mom ist kein Mensch, der sich einmischt, schon gar nicht beeinflusst. Sie hat mir bereits als kleines Kind immer vertraut, den richtigen Weg einzuschlagen. Sei es bei der Männerwahl, in der Schule oder im Job.

»Also, was war jetzt für dein besonderes Strahlen verantwortlich?« Sie sieht kurz zu mir, dann wieder in ihren Topf. Dabei bilden sich neben ihrem Mund kleine Schmunzelfältchen.

»Ich hatte ein Date.« Ich beginne die Zwiebel zu schneiden und unterdrücke das nervöse Zittern, das sich in meinen Fingerspitzen auszubreiten versucht.

»Mit diesem heißen Typen von letztens?« Sie schaltet die Herdplatte aus und schiebt den Topf zur Seite.

»Ja. Es war nicht geplant. Er hat mich mit einem

Picknick überrascht.« Meine Augen beginnen zu tränen, doch diesmal ist tatsächlich die große Zwiebel dafür verantwortlich. Mein Grinsen lässt erahnen, wie glücklich ich mich gerade fühle.

»Und? Wie seid ihr verblieben?« Meine Mutter würde mich nie nach Details zu meinem Date fragen. Nicht weil es sie nicht interessiert, sondern weil sie der Meinung ist, manche Dinge müssten Mütter nicht wissen.

»Er möchte mich wiedersehen.« Ich versuche, es beiläufig klingen zu lassen, denn ich bin mir noch nicht sicher, wo die Reise mit ihm hingeht. Was, wenn er dann doch den Schwanz einzieht wegen Lani? Außerdem muss ich beim nächsten Treffen viel mehr über ihn und sein Leben erfahren. Wo er arbeitet, was seine Freizeitaktivitäten sind. Ich weiß nur, dass er auf seine Eltern nicht gut zu sprechen ist, was nichts Außergewöhnliches ist. Ich denke, so geht es vielen, und das macht sie deshalb nicht zu schlechten Menschen. Doch wenn ich meine Familie so beobachte, könnte ich mir nie vorstellen, nur einen Tag, ohne sie auszukommen. Die Gespräche und die Wärme, die mich umhüllt, wenn ich bei ihnen bin, machen mich glücklich und zufrieden. Ich möchte mir nicht vorstellen müssen, wie es anders wäre, denn ich bin für das, was wir haben, unendlich dankbar.

»Und du? Möchtest du …«

»Er heißt Maddox Walker.«

»Diesen Maddox wiedersehen?« Mom geht zum

Kühlschrank und holt die Schnittbohnen heraus. Sie wäscht sie unter kaltem Wasser.

»Ich denke schon. Er ist so anders. Ich weiß auch nicht, aber er wirkt in manchen Dingen wie ein kleiner Junge. Er kannte nicht einmal das Spiel UNO, kannst du dir das vorstellen?« Ich nehme das Holzbrett mit den geschnittenen Zwiebeln darauf und leere es in Mutters Salatschüssel, in der bereits die Bohnen liegen.

»Dieser arme Junge hatte wohl keine schöne Kindheit?«, sagt Mom und zieht eine Braue nach oben, während sie ihre Hände am Geschirrtuch abtrocknet. Ich bin erstaunt, wie sie das sofort kombiniert, obwohl sie ihn überhaupt nicht kennt.

»Ich denke nicht. Ich weiß nur, dass er keinen Kontakt zu seinen Eltern hat.« Was wohl genau vorgefallen ist?

»Der Arme. Vielleicht solltest du ihn mal zu uns zum Essen einladen. Dann siehst du wenigstens gleich, ob er familientauglich ist.«

»Was? Nein!«, rufe ich entsetzt aus.

»Wieso?« Sie sieht mich entgeistert an. Mom gibt Essig und Öl in den Salat, würzt ihn mit Salz und Pfeffer.

»Weil ich ihn noch nicht Lani vorstellen möchte.« Und euch auch nicht, denke ich. Wenn ich es laut ausspreche, würde ich meine Mom kränken. Sie liebt es, Gäste einzuladen und zu bewirten. Vor allem wenn es neue Bekanntschaften von mir sind. Tom hatte genau zwei Dates mit mir, bis ich ihn ihnen vorstellen musste. Ich muss aber anmerken, dass sie zwar neugierige

Menschen sind, mir aber niemals reinreden würden, mit wem ich mich treffen darf oder nicht.

»Ich würde ihn gerne nächsten Sonntag zum Essen einladen. Frag ihn. Ihr müsst euch ja nicht knutschend in den Armen liegen, dann bekommt Lani auch nichts mit.« Mom nimmt die Salatschüssel und geht hinaus zum Esstisch. Ich stehe mit offenem Mund da. Ich würde gerne kontern, aber nun hat die Hausherrin gesprochen, die in solchen Dingen keinen Widerspruch duldet. Manchmal kann sie dann doch ziemlich stur sein. Wie peinlich das für mich ist, aber ich weiß, wenn wir das Essen hinter uns gebracht haben, wird sie mich in Ruhe lassen. Hoffe ich zumindest.

19. KAPITEL

MADDOX

Obwohl ich schon drei Jahre in dieser Wohnung wohne, genieße ich zum ersten Mal den Blick über die Skyline von New York. Mit der Kaffeetasse in der Hand setze ich mich auf das Ledersofa und beobachte, wie sich der Himmel Schritt für Schritt erhellt.

Normalerweise sitze ich um diese Uhrzeit schon in meinem Kreativzimmer, wie ich es nenne. Dort habe ich in den letzten Jahren meine Songs geschrieben. Es ist kahl und leer. Nur der Schreibtisch und die Gitarre befinden sich darin. Bisher hat es mir gutgetan, mich dort zu verkriechen und die Songs zu schreiben, die uns in den Himmel der Superstars katapultiert haben. Doch heute scheint mir dieser Ort nicht passend.

Es ist, als wäre durch Mia mein ganzer Alltag auf wunderbare Weise bunt geworden. Mit ihr an meiner

Seite strahlt die Welt in diesem besonderen Licht, das ich zuvor nie gespürt habe. Aber wird sie meine Lüge verstehen? Wird sie mich dann noch immer sehen wollen? Wenn ich mit ihr etwas Wahres aufbauen möchte, muss ich ihr meine Geheimnisse bald offenbaren. Wird sie mich dann noch immer mit diesem neugierigen Blick ansehen? Oder wird sie mich hassen?

Der Gedanke daran versetzt mir einen harten Stich in der Brust. Sie zu verlieren, sie nicht noch einmal so zu küssen, wie ich es gestern getan habe, lässt die Wahrheit wieder in weite Ferne rücken.

Mein Handy tänzelt über den Glastisch vor mir und ich hoffe, dass es Mia ist. Leider ist Parkers Name darauf zu lesen. Kurz überlege ich, nicht abzuheben, doch dann entscheide ich mich, es zu tun.

»Guten Morgen, was gibt es?« Mein Tonfall könnte freundlicher sein. Er macht einen guten Job für uns und eigentlich hat er es nicht verdient, von mir so mies behandelt zu werden. Aber seit ich Mia kenne, haben sich meine Prioritäten irgendwie verschoben. Die Band ist für mich nicht mehr die Nummer eins.

»Guten Morgen. Du vergisst den Auftritt morgen in Vegas nicht? Der Flug geht heute Nachmittag um sechzehn Uhr.« Parker klingt etwas außer Atem, da er wahrscheinlich wieder mal auf dem Laufband rennt. So wie jeden Morgen. Vor ein paar Monaten hat er mir erklärt, dass es ihm hilft, den Kopf freizubekommen. In solchen Situationen wirkt er wieder menschlich und nahbar. Leider sind es immer nur sehr kurze Momente.

»Natürlich nicht.« Diesen Auftritt hatte ich mehr als

verdrängt. Wieder zwei Tage, an denen ich Mia nicht sehen kann. Also gibt es nur einen Ausweg. Ich muss bei ihr im Laden vorbeischauen. Ob sie sich freut?

»Gut. Übrigens, Blade ...« Parker macht eine Pause, als würde er die Worte gut abwägen. Ich weiß genau, was jetzt kommen wird. »Gib für eine Frau nicht die Chance auf, so bekannt zu werden wie Michael Jackson. So eine Möglichkeit kommt nicht zweimal im Leben.«

»Ich sagte schon, ich werde es mir überlegen«, knurre ich. Das Thema Mia möchte ich mit ihm nicht durchkauen. Er ist nicht mein bester Freund.

»Okay, dann bis heute Nachmittag.« Er legt auf. Seltsam, dass er nicht weiter nachgebohrt hat.

Mia. Mia. Immer wieder kommt mir ihr Name in den Sinn. Vielleicht ist es an der Zeit, ihr endlich die Wahrheit über mich zu erzählen. Vielleicht muss ich über meinen Schatten springen und es riskieren, sie in meine Welt hineinzulassen. Vielleicht wäre sie darüber ja gar nicht so verärgert, wie ich annehme? Dann kann ich auch auf die Tournee gehen. Was sind schon ein paar Monate im Vergleich zu einem gemeinsamen Leben? Parker hat recht. Es ist eine Megachance. Wer kann schon behaupten, auf der ganzen Welt bekannt zu sein?

Zwei Stunden später stehe ich wenige Meter vor Mias Blumenladen mit zwei Coffee-to-Go-Bechern und frischen Bagels in der Hand. Sie wird es verstehen. Sie wird mich trotzdem noch weiterhin sehen wollen, wiederhole ich wie ein Mantra in Gedanken, um mir Mut zu machen. Ich atme mehrmals hörbar ein und aus, bevor ich die Eingangstür öffne. Ein leises Klingeln ertönt.

»Guten ...« Sie bricht mitten im Satz ab, als sie hochblickt und mich sieht. Sie ist gerade dabei, einen Blumenstrauß für eine ältere Dame mit Rollator zu binden. »Hallo«, sagt sie jetzt mit diesem wundervollen Lächeln, das ich an ihr so bezaubernd finde.

»Hallo«, antworte ich und geselle mich zu der älteren Dame, die bestimmt frisch vom Friseur kommt, so perfekt sind ihre kurzen silbergrauen Haare in Form gebracht.

»Möchten Sie noch grünes Beiwerk dazu?«, fragt Mia die Frau, die mich von oben bis unten mustert.

»Ja, ja. Lassen Sie sich ruhig Zeit, meine Liebe. So etwas Schnuckliges haben meine alten Augen schon lange nicht mehr gesehen.« Sie lächelt und ihr Blick bleibt eindeutig an meinem Hintern hängen.

»Passt es Ihnen so?« Sie hält den Blumenstrauß der Dame entgegen.

»Vielleicht noch Rosen?«, erwidert sie und leckt sich kurz über die Lippen.

Mia geht an uns vorbei, holt ein paar rote Rosen aus der Vase und steckt sie mit einer leichten Handbewegung in den Strauß.

»Was meinen Sie, wir zwei könnten doch ein Käffchen trinken gehen?« Die Frau streicht mir über den Arm und zwinkert mir zu.

»Ms Clark, Sie sind wohl immer für ein Date bereit.«
Mia kommt auf uns zu.

»Na, bei so einem hübschen Mann kann man doch
auch mal die Initiative ergreifen.« Sie kichert und ich
muss lachen.

»Ms Clark, leider bin ich schon an diese Frau vergeben. Aber sollte sich daran was ändern, sind Sie natürlich die Erste, die es erfährt.« Ich lege meine Hand um
Mias Taille und merke, wie sich ihre Wangen rosa
färben.

»Dieses Mädchen sollten Sie unbedingt festhalten,
sie ist nämlich einer der herzlichsten Menschen, die ich
je kennengelernt habe.« Sie zieht mich ein Stück zu sich
runter und flüstert mir ins Ohr: »Wissen Sie, ich komme
jeden Tag Blumen bei ihr holen, weil ich mich danach
wie neugeboren fühle. Sie empfängt mich immer mit
diesem sonnigen Lachen. Halten Sie sie fest, sie wird
Ihre Seele zum Strahlen bringen.« Sie kneift mir in die
Wange. »Was bekommen Sie jetzt für die Blumen?«

Insgeheim muss ich der alten Dame zustimmen. Mia
lässt nicht nur Räume erstrahlen, sie sieht das Besondere in den Menschen. Macht mich und viele andere
mit ihrer Anwesenheit glücklich. Wie wird sie wohl auf
meine Lüge reagieren?

»Bis dann, vielleicht sehen wir uns wieder?« Ms
Clark steckt den Blumenstrauß in den Korb vor ihrem
Rollator.

»Bestimmt«, erwidere ich, obwohl ich nicht weiß, ob
Mia mich noch sehen möchte, wenn ich ihr die Wahrheit über mich erzählt habe.

Nachdem ich das leise Klingeln der Türglocke vernommen habe, marschiere ich auf Mia zu, die hastig ihre Hände an der grünen Schürze abwischt. Ich bleibe nur wenige Zentimeter vor ihr stehen und stelle das Frühstück auf dem Tresen ab. Dann wende ich mich wieder ihr zu. Mia sieht mich mit ihren großen Augen an.

»Guten Morgen, schöne Frau. Haben Sie gut geschlafen?« Ich umfasse ihr Gesicht. Ich spüre, wie sich die Energie zwischen uns auflädt wie bei einer Schnell-ladestation. In diesem Moment gibt es wieder nur uns beide.

»Ja«, haucht sie kaum hörbar. Ich kann nicht leug-nen, dass mich ihre Nervosität scharf macht. Das Ziehen in meiner Lendengegend versuche ich zu unterdrücken. Mir schießt der Gedanke durch den Kopf, sie auf den Tresen zu hieven und zu vögeln. Verdammt, muss sie sich gut anfühlen. Ich könnte stundenlang in ihr Gesicht schauen. Der innere Drang, sie zu küssen, ist so stark, dass ich meine Lippen ohne ein weiteres Wort auf ihre presse. Diesmal ist der Kuss nicht langsam, sondern wild und hart. Kurz entweicht ihr ein leises Stöhnen in meinen Mund. Ich umfasse mit beiden Händen fest ihre Taille und ziehe sie in meine Arme.

Ihre Hände wandern an meinem Rücken entlang hinab zu meinem Po und als sie ihre Finger hineinkrallt, spüre ich, wie sich das Blut in meinen Schwanz pumpt. Verdammt, schmeckt sie gut.

Ich wühle meine Hand in ihr Haar und unsere Zungen umkreisen einander, als gäbe es kein Morgen mehr. Ich drücke sie an den Tresen und hebe sie mit einem Ruck hinauf. Sie spreizt ihre Beine, sodass ich mich an sie lehnen kann. Am liebsten würde ich ihr hier an Ort und Stelle die Kleider vom Leib reißen. Wie lange werde ich es noch aushalten, nicht in ihr zu sein? Ich möchte sie an jeder erdenklichen Stelle küssen, darum lasse ich von ihren vollen Lippen ab, wandere zu ihrem Ohrläppchen und knabbere abwechselnd leicht und hart daran. Wieder entweicht ihr ein leises Gurren. Ich schmunzle. Dann erkunde ich ihren schlanken Hals, übersäe ihn mit saugenden Küssen, vergrabe mein Gesicht in ihrer vollen Mähne.

»Wir müssen aufhören«, sagt Mia keuchend. Es ist unverkennbar, wie ihr Körper auf mich reagiert, und das törnt mich noch mehr an. Sie will mich. Mich, den normalen Mann, der genauso gut von Beruf Klempner sein könnte. Sie will nicht den Star, der aus der Klatschpresse lacht.

»Warum?«, frage ich rein rhetorisch, weil ich die Antwort zwar kenne, aber in diesem berauschenden Moment nicht hören will. Ich möchte jetzt nicht von ihr ablassen. Ich möchte sie jetzt sofort für mich ganz allein.

»Was, wenn ein Kunde hereinkommt? Was wird der wohl von mir ... von uns denken?« Sie gräbt ihre zarten Finger in mein Haar und lässt den Kopf in den Nacken fallen, damit ich noch besseren Zugang zu ihrem Hals habe. Ich weiß, dass sie es jetzt genauso braucht wie ich, aber ich weiß auch, dass wir aufhören müssen, um es auf später zu verlegen. Ich muss eine Lösung finden, damit wir endlich mal ungestört sind, damit ich sie so verwöhnen kann, wie sie es verdient hat.

Ich lasse von ihr ab, habe aber weiterhin meine Hände um ihre Taille gelegt. Sie sieht mich mit einem lüsternen Blick an, der mir durch Mark und Bein geht und abermals das Blut in meinen Schwanz schießen lässt.

»Warum bist du eigentlich gekommen?« Sie schiebt eine lose Haarsträhne aus meiner Stirn.

Sofort hat mich die Realität wieder eingeholt.

Ich bin heute gekommen, um mein Geheimnis zu lüften, möchte ich sagen, doch dann kommt nur heraus: »Ich habe Frühstück für dich mitgebracht und wollte dich gerne sehen.«

»Das ist aber lieb von dir. Was meintest du vorhin, wenn es mit uns nicht klappt, wird sie es als Erstes erfahren?« Sie gibt mir einen knappen Kuss auf die Lippen und wendet sich dann dem Kaffee zu, der neben uns steht.

»Das war nur so daher gesagt, weil sie so eine nette Frau ist.« Kurz räuspere ich mich, um das schlechte Gewissen loszuwerden. »Ich wusste nicht, ob du Milch oder Zucker brauchst, deshalb habe ich beides extra einpacken lassen.« Ich ziehe aus einer Papiertüte Zucker und kleine Milchpäckchen heraus.

»Ah, okay. Milch und Zucker.« Sie öffnet den Pappbecher. Ich schütte die Milch und zwei Packungen Zucker hinein. »Übrigens muss ich mit dir etwas Wichtiges besprechen.« Sie nimmt das Holzstäbchen und rührt im Kaffee herum. Irgendetwas liegt plötzlich in der Luft. Ich kann es nicht zuordnen, denn Mia sieht mich nicht an. Sie wirkt plötzlich verkrampft.

»Und das wäre?« Ich lege meinen Zeigefinger unter ihr Kinn und drücke es sanft nach oben, damit ich in ihre Augen sehen kann. Sie ist nervös. Warum? Sie sollte doch nach dem letzten Kuss wissen, dass sie mir alles bedeutet und nichts so schlimm sein kann, dass ich die Flucht ergreife.

»Du kannst gerne Nein sagen«, platzt es aus ihr heraus. »Du musst dich zu nichts verpflichtet fühlen.« Sie knabbert an ihrer Lippe und zwirbelt eine Haarsträhne um ihren Zeigefinger.

»Zu was? Ich verstehe gerade nur Bahnhof. Habe ich etwas falsch gemacht?« Ich suche ihr Gesicht ab, um mehr Informationen aus ihr herauszubekommen.

»Nein, natürlich nicht.« Sie schüttelt den Kopf. Kurz schweift ihr Blick zur Seite, dann wieder zu mir. »Möchtest du am Sonntag zum Mittagessen zu meinen Eltern kommen? Sie möchten dich kennenlernen. Ich habe ihnen schon gesagt, dass du bestimmt keine Zeit hast.«

Sie sagt das so schnell, dass ich Mühe habe mitzukommen. Sie will mich ihren Eltern vorstellen? Mich? Noch nie im Leben war ich bei den Eltern einer Freundin zu Hause. Hatte ich überhaupt schon eine richtige Freundin? Waren es nicht eher nur Affären?

»Ist gut, dann sage ich meiner Mutter Bescheid, dass du nicht kommst.« Sie schiebt mich zur Seite und springt vom Tresen.

»Wie? Natürlich komme ich.« Obwohl ich keine Ahnung habe, wie so ein Elterntreffen abläuft, werde ich es für Mia hinbekommen. Das kann doch nicht so schwer sein. Ein bisschen Small Talk führen, essen und dann ist der Tag auch schon wieder rum.

Sie bleibt abrupt stehen und dreht sich zu mir um. »Bist du dir ganz sicher? Meine Tochter Lani wird auch dabei sein. Was bedeutet, dass es zwischen uns keinen zärtlichen Austausch geben darf.« Sie zieht eine Braue nach oben und deutet mit dem Finger auf mich und dann auf sich selbst.

»Das ist zwar wirklich schwer, aber ich werde es hinbekommen. Ehrenwort.« Ich hebe die rechte Hand, als würde ich im Gerichtssaal einen Eid schwören. Meine Beine stehen eng beieinander wie bei einem Soldaten, wenn er salutiert.

Sie kommt auf mich zu. Ihre Augen leuchten nun noch mehr als sonst. Sie hält vor mir inne und mein Atem stockt. »Danke.«

Ihre Arme umschlingen meinen Hals und sie küsst mich zärtlich.

20. KAPITEL

MIA

Wie ferngesteuert rühre ich immer wieder die Kartoffeln um, die in der Pfanne brutzeln. Ich kann noch immer nicht glauben, dass Maddox und ich morgen bei meinen Eltern zu Mittag essen werden. Wie wird Lani auf ihn reagieren? Wird sie ihn mögen? Ob sie überhaupt ein Wort mit ihm spricht? Kurz blicke ich über meine Schulter und beobachte, wie Lani damit beschäftigt ist, ihr Puppenhaus neu einzuräumen. Wie vertieft sie darin ist, sorgsam alles mit einem Geschirrtuch abzuwischen und danach an seinen Platz zu stellen. Durch das Klingeln an der Tür werde ich aus meinen Grübeleien gezogen.

Ich laufe zur Eingangstür und betätige den Knopf der Sprechanlage. »Ja, bitte?«

»Ich bin es, Amber.«

Ich drücke den Knopf, der die Außentür entriegelt. Ein kurzes Dröhnen ertönt. Ich schließe die Wohnungstür auf und öffne sie. Die klackenden Geräusche ihrer Absätze werden immer lauter, als sie den zweiten Stock erreicht.

»Hallo, Süße.« Amber gibt mir rechts und links einen Kuss auf die Wange. Wie immer ist sie mit ihrem Designerkostüm perfekt angezogen. Es ist in Weiß gehalten, nur ihre roten Stilettos und der gleichfarbige Schal um ihren Hals bilden einen Kontrast.

»Hey, was verschlägt dich zu mir?« Zwar bin ich es gewohnt, dass sie ohne Vorankündigung auf der Matte steht, doch nicht an einem Samstagabend. Da zieht sie normalerweise mit Kollegen um die Häuser und macht die Stadt unsicher. Manchmal erinnert sie mich an Samantha aus *Sex and the City*. Sie ist auch so ein männerverschlingender Vamp. Manchmal sagt Amber zwar, dass sie gerne eine ernsthafte Partnerschaft hätte, doch dann verfällt sie wieder dem unsagbaren Charme der jungen Männer.

»Ich dachte mir, vielleicht hättest du Zeit und Lust, mit mir spontan auszugehen? Du könntest deine Mutter anrufen, damit sie auf deine Tochter aufpasst.« Sie schiebt sich an mir vorbei und streift sich im Flur die Schuhe ab, die großartig aussehen. Vielleicht sollte ich mal wieder shoppen gehen, kommt es mir in den Sinn. Dann erinnere ich mich schlagartig daran, dass ich die Rechnung der Psychologin noch immer nicht bezahlt habe.

»Ach, Amber. Du weißt doch, dass ich so spontan nicht ausgehen kann.« Ich schließe die Tür.

»Gut, dann trinken wir zumindest gemeinsam ein paar Gläschen Wein. Hast du einen zu Hause?« Sie hängt ihren Blazer an die Garderobe und folgt mir in die Küche.

»Natürlich habe ich Wein zu Hause.« Ich lache und muss daran denken, dass ich zwar keine Trinkerin bin, aber mir ab und an schon gerne ein Gläschen am Abend genehmige. Leider hatte ich in den letzten Wochen keine Zeit dafür. Sobald ich das zweite Gutachten zu Lanis Verhalten habe, werde ich bestimmt klarer sehen.

»Hallo, Lani!«, ruft Amber ihr zu.

»Hallo, Amy!« Lani springt hoch und läuft zu ihr. Amber geht auf die Knie und ich muss daran denken, dass ich heute staubsaugen wollte, denn die Krümel vom Frühstück liegen noch auf dem Boden.

Mit einer freudigen Umarmung begrüßen sich die beiden und in diesem Moment kann ich nicht glauben, dass meine Tochter irgendeine Störung haben soll. Amber gibt ihr einen Kuss auf die Wange.

»Hmm, es duftet gut.« Amber steht auf und wischt sich die Knie ab. Sie liebt zwar die Ordnung, würde mir aber niemals Vorhaltungen machen wegen dem Chaos, das sehr oft bei mir in der Wohnung herrscht. Neben dem Job und meiner Prinzessin schaffe ich kaum den Haushalt. Manchmal wünsche ich mir eine Putzfrau, doch leider ist dafür das Budget zu klein. Hin und wieder kommt meine Mutter vorbei und räumt bei mir auf. Was würde ich bloß ohne sie tun?

»Möchtest du mitessen? Ich habe Hühnchen mit Kartoffeln gekocht. Es ist genug da.« Wie immer musste es bei mir schnell gehen. Für großartige Menüs habe ich keine Zeit, außer es ist Sonntag.

»Da sage ich nicht Nein. Soll ich schon mal den Tisch decken?«

»Ja, bitte.« Ich stelle mich an den Herd und gebe die Kartoffeln in eine Schüssel.

»Möchtest du mir helfen, Lani?« Amber würde das Mutterdasein bestimmt stehen. Doch bei ihrem Arbeitspensum und den wechselnden Männern wird das wohl kaum so schnell passieren.

»Ja!«, ruft meine Tochter und springt aufgeregt in die Küche.

Im Nu ist der Tisch gedeckt und während wir essen, wird viel gelacht. Amber kann so witzig sein und es freut mich, Lani so ausgelassen zu sehen. Wenn wir Fremden begegnen, ist sie still und in sich gekehrt. Auch im Kindergarten ist das alles nicht so einfach.

Nachdem ich Lani ins Bett gebracht habe, geselle ich mich zu Amber auf mein kleines Sofa. Sie hat bereits die Flasche Rotwein geöffnet und die Gläser befüllt.

»Also, was ist der Grund für deinen Besuch heute?« Irgendwie werde ich das Gefühl nicht los, dass etwas nicht stimmt. Samstag ist nicht der Tag, an dem sie bei mir auf der Couch sitzt und über das Wetter philosophiert.

»Kannst du dich noch an unser Wochenende in Washington erinnern?« Sie reicht mir das Glas Wein.

»Natürlich. Warum?« Als könnte ich diesen Trip

jemals vergessen. Ohne diesen Ausflug hätte ich niemals Maddox kennengelernt, der nun sogar bei meinen Eltern zum Essen eingeladen ist.

»Wir haben auf der Heimreise ein paar Bandmitglieder von den Royals kennengelernt.« Sie nimmt einen kräftigen Schluck, als wäre sie sichtlich nervös.

»Ja. Mehr oder weniger.« Ich nippe am Glas. Amber schafft es, die Spannung zu steigern, bis sie einem Gummiband gleicht, das man nur noch wenige Millimeter dehnen kann, bis es wegspringt.

»Mich hat dieser heiße Rico angerufen. Du weißt schon, der blonde Typ, dem alle Frauen zu Füßen liegen.« Sie dreht das Glas hin und her. Ich bin es nicht gewohnt, dass sie ein Kerl so aus der Fassung bringt.

»Ihr habt Telefonnummern ausgetauscht?«, frage ich ungläubig. Ich kann mich daran überhaupt nicht erinnern.

»Ja, als du noch im Land der Träume warst.«

»Wie kam es dazu? Bist du etwa jetzt sein Groupie?« Ich muss grinsen. Der Gedanke, dass sie auf allen Konzerten kreischend vor der Bühne steht, würde sogar zu ihr passen.

»Nein, er war auf der Suche nach einer Anwältin. Anscheinend hat er ziemlichen Ärger am Hals. Er braucht Rechtsbeistand.«

»Haben diese Reichen denn nicht genug Anwälte um sich?«

»Keine Ahnung, normalerweise schon. Jedenfalls hat er in acht Wochen einen Termin bei mir in der Kanzlei.«

»Das klingt doch super, oder?« Irgendwie erkenne

ich in ihren Augen keine Freude. Es ist fast so, als wäre sie enttäuscht.

»Beruflich gesehen ja. Doch diesem Mann geht sein Ruf in der Klatschpresse voraus. Der vögelt alles, was nicht bei drei auf den Bäumen ist. Und du weißt, ich darf keinen Sex mit Klienten haben, sonst bin ich nicht nur meinen Job, sondern auch meinen guten Ruf als Anwältin los.« Sie leert ihr Glas und füllt es erneut mit Wein.

»Ach, jetzt verstehe ich. Du hättest ihn gerne in dein Bettchen gelockt.« Ich lache laut auf und lasse mich in die blauen Kissen zurückfallen.

»Ja, natürlich, was denkst du denn? Dieser Mann ist nicht nur heiß im üblichen Sinne, er ist bestimmt eine Granate im Bett. Dieser Typ ist alles, was sich meine Muschi wünschen würde. Verdammt! Und nun muss ich meine Vagina am besten einfrieren, damit sie nicht zu glühen beginnt, wenn er in meinem Büro sitzt.« Ambers entsetzter Blick ist Millionen wert. Sie ist wirklich ein Unikat und ohne sie wäre mein Alltag wahrscheinlich ziemlich grau. Obwohl, seit Maddox in mein Leben getreten ist, scheint alles bunter zu werden.

»Acht Wochen sind eine lange Zeit, hast du so viele Termine?«

»Irgendwie ist meine Assistentin mit ihm zu keinem früheren Termin gekommen. Entweder hatte ich keine Zeit oder er. Aber was soll ich jetzt bloß tun? Ich weiß, dass mein Körper bei so einem Schnuckelchen kaum unter Kontrolle zu halten ist. Hast du seine Augen gesehen? Er muss mit Terence Hill verwandt sein, sonst kann ich mir das einfach nicht erklären. Ich weiß, dass er Frauen in den Sexhimmel befördern kann.« Amber leert wieder ihr Glas.

»Na gut, das ist wirklich ein Problem. Was willst du jetzt tun?«

»Mir einen riesengroßen Vibrator zulegen, den ich im Büro hinterlege, damit ich mich, kurz bevor er kommt, noch um mich selbst kümmern kann.«

»Das ist ja mal eine Idee! Auf deinen XXL-Vibrator!« Ich proste ihr zu, dass die Gläser klirren.

»So, genug von mir gesprochen, was ist jetzt mit diesem Maddox? War er noch mal bei dir?«

Ich erzähle ihr, was in den letzten Tagen alles so passiert ist. Als ich zu dem Punkt komme, dass er morgen Mittag bei meinen Eltern zum Essen eingeladen ist, bleibt ihr Mund offen stehen.

»Echt jetzt? Er kommt tatsächlich schon mit zu deinen Eltern?«

»Du kennst doch meine Mom.«

»Ja, das tue ich. Aber alle Ehre, dass er sich das nach so kurzer Zeit antut. Verdammt, muss der Typ auf dich stehen.«

»Ich glaube ja. Er ist so anders. Ich weiß auch nicht, aber es ist, als würde ich ihn schon ewig kennen. Dabei weiß ich nicht einmal, was er beruflich macht oder wo er wohnt.«

»Ist das denn wichtig?«

»Irgendwie ja. Was, wenn er keinen Job hat?«

»Warum fragst du ihn nicht einfach?« Amber füllt mein halb volles Glas auf.

»Ich hoffe, dass das morgen meine Mom übernimmt.«

»Du bist noch immer der gleiche Schisser wie vor zehn Jahren.« Sie fährt mit ihrer Hand durch meine Haare.

»Hör auf!« Mit einer gespielt ernsten Miene schiebe ich ihre Hand weg.

21. KAPITEL

MADDOX

Das Taxi hält direkt vor einem Backsteinhaus, das etwa fünf Geschosse hat. Nachdem ich bezahlt habe, steige ich aus dem Wagen. Kurz wandert mein Blick nach oben zum Himmel, an dem heute keine einzige Wolke zu sehen ist. Es ist warm. Trotzdem habe ich mir ein Sakko über mein Hemd gezogen. Ich spüre, dass ich zu schwitzen beginne. Ist es die Angst, etwas Falsches zu sagen? Was, wenn sie mich nicht mögen? Das wird Mia bestimmt beeinflussen.

In der einen Hand halte ich den Blumenstrauß für Mias Mom und eine Tüte mit Lanis Geschenk. In der anderen Hand habe ich eine Flasche Whisky. Mia hat mir erzählt, dass ihr Vater am Sonntagnachmittag gerne ein Gläschen trinkt. Ich habe nicht den teuersten gewählt, nicht weil ich zu knausrig bin, sondern weil sonst sofort Fragen im Raum stehen würden, wie ich mir so etwas Teures leisten kann. Noch immer weiß Mia nicht, wer ich wirklich bin, und ich bin wütend auf mich selbst, weil ich so ein Schisser bin. Sie hat es nicht verdient, von mir belogen zu werden. Dennoch ist heute nicht der Zeitpunkt, es zu beichten.

Ich gehe die paar Betonstufen hinauf und scanne die unterschiedlichsten Namen, bis ich bei Bailey hängen bleibe und klingle. Nach nur wenigen Sekunden öffnet sich schon die Eingangstür. Ich atme hörbar tief ein, dann betrete ich das Gebäude. Im Treppenhaus sind an der Wand bunte Bilder mit weißen Rahmen aufgehängt.

»Hallo.« Mia tritt aus der Tür und kommt mir die paar Stufen entgegen.

»Hallo, Sonnenschein.« Wir bleiben im Treppenhaus stehen. Sie steht eine Stufe höher, dadurch sind wir fast gleich groß. »Darf ich dir zur Begrüßung einen Kuss geben oder ist das jetzt unpassend?«

»Einen ganz kurzen.« Sie lächelt und küsst mich. Das ist für mich eindeutig zu wenig, aber ich weiß, dass jeden Moment ihre Tochter herauskommen und uns erwischen könnte.

»Du siehst bezaubernd aus.« Ich mustere sie von Kopf bis Fuß. Sie trägt ein blaues Kleid mit rosa Rosen darauf, das ihr gerade bis zum Knie geht. Sofort muss ich daran denken, wie es wohl wäre, meine Hand unter ihr Kleid wandern zu lassen.

»Danke. Komm, lass uns nach drinnen gehen.«

Ich folge ihr nach oben. Sie schließt hinter mir die Tür und ich streife die schwarzen Lederschuhe ab.

Ein Mann kommt aus einem Raum. Sein Haar ist schon etwas schütter und ergraut. Sein blau-weiß kariertes Hemd hat er in die Jeans gesteckt. Er geht mit offenen Armen auf mich zu.

»Hallo, ich bin John, Mias Dad.« Er umarmt mich, als würden wir uns schon ewig kennen, und klopft mir sanft auf den Rücken. »Schön, dass du kommen konntest.« Er drückt mich von sich weg.

»Hallo, ich bin Maddox Walker, aber das wissen Sie wahrscheinlich schon.«

»Bei uns im Hause Bailey gibt es kein Sie, also wenn es für dich in Ordnung ist, können wir ruhig beim Du bleiben.« Johns Augen strahlen die gleiche Wärme aus, die ich von Mia so gut kenne.

»Sehr gerne. Mia hat mir erzählt, dass du gern mal ein Gläschen Whisky trinkst, also dachte ich, vielleicht schmeckt dir der Glendronach.« Ich reiche ihm die Flasche mit der braunen Flüssigkeit.

»So ein großzügiges Geschenk wäre doch nicht nötig gewesen. Aber vielen Dank dafür.« Er klopft mir väterlich auf den Oberarm. Ob die achtzig Dollar zu viel waren? Die Flasche kam mir so verdammt billig vor, dass ich fast ein schlechtes Gewissen hatte. Doch der Verkäufer meinte, es sei ein Mittelklasse-Whisky.

Wir kommen in den Wohnbereich, ein hellbrauner Holztisch ist bereits mit einem gelben Blumenarrangement und Tellern gedeckt. Eine Frau mit grauen, schulterlangen Haaren kommt aus der Küche, wie ich annehme, denn sie wischt ihre Hände an der rot-weiß geblümten Kochschürze ab. Ich erkenne, von wem Mia ihre Liebe zu Blumen geerbt haben muss.

»Hallo, Maddox. Schön, dass du kommen konntest. Ich bin Mary.« Auch sie umarmt mich mit einer Herzlichkeit, die ich so bisher nicht kannte. Sie wirken wie eine dieser Vorzeigefamilien aus dem Fernsehen. Nur, dass dies nicht gespielt ist.

Wir lösen uns aus der Umarmung. »Vielen Dank für die Einladung. Die Blumen sind für Sie. Ach, ich meine dich.«

»Hat dich mein Mann schon geimpft?« Sie blickt kurz über meine Schulter zu John, dann wieder zu mir, und lächelt dabei. »Fühl dich einfach wie zu Hause. Setz dich hin, wo du möchtest.«

»Wo ist denn Lani?«, frage ich, als ich sie nirgends im Raum entdecke.

»Sie hat sich im Schlafzimmer versteckt.« Mia lächelt. »Wie immer, wenn jemand Neues zu Besuch kommt. Ich hole sie gleich.« Mia verlässt den Raum und John bedeutet mir, dass ich mich auf einen der Stühle setzen soll.

»Wo sitzt du immer?« Nur zu gut weiß ich von meinem Dad, wie wichtig es ist, den Platz des Familienoberhauptes nicht zu besetzen. Oft war er stocksauer, wenn ich es gewagt habe, ihm seinen Platz streitig zu machen.

»Wo etwas frei ist. Wir haben keine Sitzordnung. Solange meine Frau nicht zu weit von mir entfernt ist, ist alles in bester Ordnung. Was möchtest du trinken?«

»Ein Wasser bitte.« Nervös fahre ich mit der Hand an

der Rückenlehne des Stuhls entlang, bevor ich mich hinsetze.

Mia kommt zurück und ich drehe mich zu ihr um. Ihre Tochter hat sich hinter ihr versteckt. Nur mit einem Auge lugt sie hervor. Ich erhebe mich und gehe auf sie zu.

»Hallo, Lani, ich bin Mad. Ich habe für dich etwas mitgebracht. Aber ich weiß nicht, ob es dir gefallen wird.«

»Sagst du Hallo zu Maddox?« Mia geht in die Hocke und streichelt den Rücken der Kleinen.

Sie schüttelt den Kopf, was mich nervös macht. Ich stelle die Papiertüte vor mich hin und gehe auf die Knie. Dann hole ich Lanis Geschenk aus der Tüte. Ich merke, wie meine Hände zittern. Ich will alles richtig machen, aber ich habe keine Ahnung, wie man mit Kindern umgeht.

»Dieses Pony habe ich vor ein paar Tagen in einem Schaufenster entdeckt und ich dachte, vielleicht könnte es dir gefallen.« Ich stelle das weiße Pferd mit der rosa Schleife in der Mähne vor ihr ab. Dann erhebe ich mich und gehe auf meinen Platz zurück. Ich weiß nicht warum, aber ich werde das Gefühl nicht los, dass sie sich von mir bedrängt fühlt, und das möchte ich auf keinen Fall. Ich beobachte, wie Lani langsam zu dem Pony geht. Nach kurzem Überlegen nimmt sie es in die Hand.

»Mommy, das ist genau so ein Pony, wie es meine Freundin im Kindergarten hat. Es ist so schön.« Lani flüstert es so leise, dass ich Mühe habe, sie zu hören.

Doch die Worte hallen in mir nach und ich spüre, wie sich ein Lächeln auf meinem Gesicht ausbreitet.

»Möchtest du dich bei Mad bedanken oder damit spielen?«

Mia geht so liebevoll mit ihr um. Ich spüre, wie sich meine Augen mit Tränen füllen. Sie ist nicht nur die perfekte Frau, sondern auch eine vorbildliche Mutter.

»Später vielleicht.« Lanis braune Augen sind Mias so ähnlich. Ihre dunkelbraunen Haare sind zu zwei Zöpfen geflochten.

»Essen ist fertig!«, ruft Mary und stellt einen großen Suppentopf in die Mitte des Tischs.

Mia setzt sich neben mich. Lani gleich daneben und Mary und John gegenüber von uns. Der Tisch ist gedeckt wie an Thanksgiving. Zumindest glaube ich das, denn meine Eltern hielten nicht viel davon.

»Ich hoffe, du magst Süßkartoffelsuppe?« Mary erhebt sich vom Stuhl und reicht mir die Suppenkelle.

»Sehr gerne sogar.« Ich nehme eine Portion und warte, bis alle anderen sich die Teller gefüllt haben.

»Also, Maddox, was machst du eigentlich beruflich?« Mias Dad steckt sich den ersten Löffel Suppe in den Mund.

Augenblicklich erstarre ich. »Ich verkaufe Schallplatten.« Das ist nicht gelogen. Zwar verkaufe ich nur meine eigene Musik und in erster Linie MP3s, aber etwas anderes ist mir nicht eingefallen. Später werden Mia und ihre Familie es verstehen, das hoffe ich jedenfalls.

»Interessant. Was ist denn derzeit die Nummer eins

in den Charts?« John wirkt gespannt. Er scheint nicht einmal über diesen eher gering bezahlten Job zu urteilen.

»Ich glaube, die neue von The Royals«, wirft Mary ein und ich verschlucke mich fast an der Suppe. Ich huste mehrmals. Mia klopft mir sanft auf den Rücken, während sie mich lächelnd ansieht.

Keiner hier am Tisch weiß, wer ich bin. Ich fühle mich wie ein riesengroßes Arschloch. Wie kann ich diese liebevollen Menschen so in die Irre führen?

»Mommy, von denen habe ich sogar einen Eintrag im Freundschaftsbuch, stimmt's?« Lani sieht Mia mit großen Augen an.

»Ehrlich? Davon hast du gar nichts erzählt.« Mary sieht erstaunt zu Mia hinüber.

»Ja, bei meinem Trip nach Washington hatte ich durch Amber die Möglichkeit, zu einer Signierstunde von The Royals zu gehen.«

»Und wie sind sie so? Bestimmt interessante Persön-lichkeiten, wenn sie es so weit nach oben geschafft haben.« John hat seinen Teller geleert und legt den Löffel darauf ab.

»Ganz nett, denke ich. Immerhin hat sich der Sänger die Zeit genommen und in Lanis Buch geschrieben. Das hätte er nicht gemusst.« Mia streichelt kurz den Rücken ihrer Tochter. »Seitdem muss das Freundschaftsbuch überallhin mit. Nicht einmal andere Freunde dürfen hineinschreiben.«

»Ach, das wundert mich nicht. Immerhin ist die Unterschrift eines Superstars ein Vermögen wert.« John verschränkt die Finger und stützt die Ellbogen auf dem Tisch ab.

»Oma, möchtest du es sehen?« Lani erhebt sich vom Stuhl.

»Solltest du nicht zuerst deine Suppe aufessen?«, fragt Mia in sanftem Ton.

»Ach, lass sie doch. Jetzt bin ich neugierig geworden.« Mary beginnt die leeren Suppenteller zu stapeln.

Lani rennt aus dem Raum. Ich spüre, wie sich die Hitze unter meinem Sakko ausbreitet. Bestimmt ist mein Gesicht knallrot. Immer wieder muss ich mir in Erinnerung rufen, dass sie nicht wissen, wer ich bin. Sie sprechen über einen Mann, den es hier an diesem Tisch nicht gibt. Hier zwischen der Familie Bailey sitze ich, ich. Bin ich ein schlechter Mensch, es ihnen nicht offen und ehrlich zu sagen?

Mein Dad wäre bestimmt stolz auf mich. Er würde sagen, der Schauspielunterricht habe sich ausgezahlt. Er wollte mich sogar zu einer Schauspielkarriere drängen. Michael Jackson und Elvis Presley waren die großen Vorbilder, denen ich nacheifern sollte. Dabei wollte ich nur meine Songs zu Papier bringen und in meinem Zimmer singen.

Lani rennt zu Mary und reicht ihr das offene Buch. »Sieh mal.« Die Kleine hat ein herzliches Lächeln. Es ist unverkennbar, dass sie sich über meinen Eintrag freut.

Mary öffnet das Buch und liest darin. Dann blickt sie zu Lani. »Das ist wirklich etwas ganz Besonderes.« Sie streichelt dem Mädchen sanft über den Kopf.

John nimmt sich das Freundschaftsbuch und liest

den Eintrag. »Alle Achtung! Was solche Stars wohl sonst für ein Leben führen, wenn sie nicht im Rampenlicht stehen? Immerhin können sich diese Leute kaufen, was ihr Herz begehrt.«

»Also, ich möchte nicht mit ihnen tauschen. Jeden Tag in irgendeiner Zeitung ein Foto von mir zu sehen wäre sicher anstrengend. Da hilft das ganze Geld nicht, wenn sie nicht einmal normal einkaufen gehen können.« Mia sagt es mit solch einer Überzeugung, dass sich mir der Magen zusammenzieht.

Nachdem wir zwei weitere Gänge bestehend aus Huhn und Käsekuchen gegessen haben, bin ich erleichtert, dass nicht mehr über mich gesprochen wird. Bei Mias Familie Zeit zu verbringen ist ein seltsames Gefühl für mich. Sie haben mich ohne irgendeinen Vorbehalt in ihren Kreis aufgenommen. Mein schlechtes Gewissen breitet sich in mir aus wie ein Virus. Langsam, aber sicher erreicht es auch mein Herz, das sich noch nie so glücklich gefühlt hat. Doch der bittere Beigeschmack auf meiner Zunge lässt sich nicht verdrängen.

»Kann ich beim Zusammenräumen helfen?«, frage ich, als Mia und ihre Mutter den Tisch abräumen. Auch John hilft tatkräftig mit, sodass ich mir dumm vorkomme.

»Du bist unser Gast, also lass dich von uns ein bisschen verwöhnen.« Mia sieht mich mit ihren strahlenden Augen an. Kurz legt sie ihre Hand auf meinen Oberarm und das prickelnde Gefühl strömt direkt in mein Herz.

Als alle drei aus dem Raum sind, beobachte ich Lani, wie sie mit den Puppen auf dem Sofa spielt. Ich erhebe mich vom Stuhl. Ich war noch nie so nervös wie in diesem Moment. Ich weiß, ich möchte auch Lanis Herz für mich gewinnen. Doch sie ist sehr schüchtern und hat bisher noch kein Wort mit mir gesprochen. Was sagt man zu einem kleinen Mädchen? Langsam gehe ich auf sie zu und mit jedem weiteren Schritt steigert sich die Panik. Verdammt, ich hatte noch nie so viel Angst. Nicht einmal bei einem meiner Auftritte.

»Darf ich mitspielen?«, frage ich und gehe auf die Knie. Sie sieht nicht hoch, sondern kämmt weiter sorgsam das blonde Haar ihrer Barbie. Ich entdecke eine männliche Puppe mit braunen Haaren und greife nach ihr. »Weißt du, was die Puppe anziehen soll? Irgendwie scheint es, als wäre dem Mann kalt.«

Sie stellt einen Karton mit den unterschiedlichsten Puppenkleidern vor mir ab. Ich krame darin herum und finde eine silberne Jacke und ein weißes Hemd. Ich bemühe mich, der Puppe das Hemd überzuziehen. Nach mehrmaligem Probieren gelingt es mir dann auch. Ich wusste gar nicht, dass das so schwer ist. Wenn ich Lani dabei beobachte, wirkt es einfach. Dann nehme ich die Jacke und kämpfe mit dem engen Teil, aber es will nicht über seine Arme gehen.

Plötzlich vernehme ich Lanis Lachen. Ich war so vertieft in mein Tun, dass ich fast vergessen habe, dass es mein Ziel ist, mit der Kleinen zu spielen.

»Das ist nicht die Jacke von Ken.« Sie hält sich den Bauch und krümmt sich vor Lachen. »Hier, die kannst du nehmen.« Sie hält mir ein graues Sakko hin.

»Danke.«

»Diese Schuhe wollen einfach nicht runter!« Sie zieht und zerrt am Fuß der Puppe.

»Kann ich dir vielleicht helfen?«

»Ja, bitte.« Sie reicht mir ihr Spielzeug.

Nach mehrmaligem Hin- und Herdrehen habe ich den Plastikschuh vom Fuß der Puppe bekommen. Als ich aufblicke, hält Lani das weiße Pony in der Hand, das ich ihr heute mitgebracht habe.

»Gefällt dir das Pferd?«, frage ich mit ruhiger Stimme.

»Es sieht genauso aus wie das, das ich mir zum Geburtstag in echt wünsche.« Sie bürstet das Pferdehaar und sieht mich sogar kurz an.

»Ach, hast du bald Geburtstag?«

»Ja. Da werde ich fünf.« Sie hält kurz fünf Finger in die Höhe. Dann nimmt sie wieder das Pony.

22. KAPITEL

MIA

Nun stehe ich mindestens schon zehn Minuten im Türrahmen und beobachte, wie meine Prinzessin mit Maddox spielt. Ich kann mich nicht erinnern, dass sie jemals so schnell zu jemandem einen Draht gefunden hat. Sie unterhalten sich miteinander und hin und wieder lachen beide.

»Sie verstehen sich gut«, flüstert meine Mom mir ins Ohr und stellt sich neben mich.

Ich nicke nur.

»Er ist ein ausgesprochen netter Mann«, wirft Dad mit leiser Stimme hinter mir ein.

Noch nie haben meine Eltern so überzeugt von einem meiner Männer geredet. Sicher, es waren nicht viele, die ich ihnen vorgestellt habe, doch über Tom haben sie nie ein Wort verloren. Ich glaube sogar, dass sie ihn nur meinetwegen toleriert haben. Er war anders als Mad. Bei Tom war Gesprächsthema Nummer eins, wie man reich wird. Leider hatte er damals kein Glück. Er verdiente zwar nicht schlecht, doch vom Reichtum war er ziemlich weit entfernt.

Wir drei stehen einfach nur da und beobachten die beiden beim Spielen. Für mich ist es ein ganz besonderer Moment. Langsam schleicht sich bei mir der Gedanke ein, dass Maddox ein wirklich guter Vaterersatz wäre. Er ist einfach zu perfekt. Irgendwo muss doch der Haken sein. Irgendwas muss faul sein. Denn warum sollte dieser nette, zuvorkommende Mann sonst noch Single sein? Ich muss eindeutig mehr über ihn erfahren, das steht fest. Dass er in einem Musikladen Schallplatten verkauft, klingt irgendwie seltsam. Es passt nicht zu ihm. Allein seine Schuhe haben bestimmt ein Vermögen gekostet, so, wie die aussehen.

»So, Lani, wollen wir auf den Spielplatz gehen? Opa würde ein bisschen frische Luft guttun.« Meine Mom schlängelt sich an mir vorbei und stellt sich hinters Sofa.

»Ja!«, ruft Lani freudig und springt vom Sofa hoch. »Kommst du mit?«, fragt sie Mad.

»Maddox und deine Mom müssen noch unsere Küche aufräumen. Sie kommen später sicher nach.« Meine Mutter blickt kurz zu mir zurück und zwinkert mir zu. Ich weiß, dass die Küche mittlerweile tipptopp aussieht.

»Okay, bis später.« Lani rennt auf mich zu und wie automatisch gehe ich in die Hocke. »Bis dann, Mom.«

Sie gibt mir einen Kuss auf die Lippen und huscht zum Flur.

Meine Mutter kommt auf mich zu und hält wenige Zentimeter vor mir inne. »Lasst euch ruhig Zeit. Lani ist bei uns in guten Händen.« Sie gibt mir einen Kuss auf die Stirn und verlässt das Zimmer. Bei meinen Eltern weiß ich, dass ich mir keine Sorgen machen muss.

Meine Eltern und Lani ziehen sich die Schuhe an und verlassen die Wohnung. Augenblicklich bin ich nervös. Ich drehe mich um und da steht Mad, nur wenige Zentimeter vor mir.

»Lani mag dich.« Meine Stimme zittert. Ich weiß plötzlich nicht, was ich tun soll.

»Sie ist wundervoll, so wie ihre Mutter.«

Mein Herz hämmert in meiner Brust auf Hochtouren. Nun gibt es keine Ausreden mehr. Nur noch uns zwei. Dieser Moment gehört uns.

»Danke.« Mein Mund ist trocken und ich lecke mir über die Lippen.

Er schiebt seine Hand in mein Haar. Mein Mund öffnet sich. Ich warte nur darauf, dass er ihn endlich erobert, mir zeigt, dass ich sein bin. Ich spüre, dass ich nur ihm gehören möchte. Seine Augen fixieren meine. Zugleich fühle ich einen wohligen Schauer in meinem Höschen.

Ohne Vorwarnung presst er seine Lippen auf meine. Wild und hart wie ein Vulkan. Voller Leidenschaft und Energie bahnt sich seine Zunge den Weg. Ein Kribbeln beginnt wie Lava hinabzuwandern in meine Vagina.

Mein Höschen ist feucht. Meine Hände schieben sich an seiner harten Brust hinauf.

Ohne darüber nachzudenken, öffne ich sein Hemd. Ich muss ihn endlich spüren. Ihn an jeder erdenklichen Stelle anfassen. Mir ist in diesem Moment egal, dass wir in der Wohnung meiner Eltern sind. Ich habe das Gefühl, wenn ich diesen Augenblick nicht nutze, gibt es keine weitere Chance. Die Ängste, die kurz in mir hervorkriechen, es könnte eine Beziehung auf Zeit sein, verdränge ich schnell wieder.

»Oh, Baby, bist du dir wirklich sicher?«, raunt er an meinem Mund, während ich ihm das Hemd und das Sakko abstreife.

»Lass uns jetzt nicht reden. Ich will dich hier und jetzt.« Mein Atem geht stoßweise, als seine Hand langsam meinen Schenkel hinaufwandert und mein nasses Höschen erreicht. Seine Finger schieben den Slip hinunter und bleiben bei meinen Knöcheln hängen. Bei den zwei gekonnten Schritten heraus fühle ich eine kurze Kälte zwischen den Beinen. Doch die wird sofort wieder glühend heiß, als seine Finger an meiner Knospe reiben.

»Gefällt dir das?«, fragt er mit einer tiefen Stimme, die jede Frau in den Orgasmushimmel befördern könnte. Niemals hätte ich gedacht, dass nur der Klang einer erregten Männerstimme mich antörnt. Doch an ihm ist alles sexy.

»Ja«, sage ich zwischen dem Stöhnen. Er reibt genau mit dem richtigen Druck an meinem Kitzler und ich steuere geradewegs auf meinen Höhepunkt zu.

Bestimmt wäre das für viele Frauen sehr schnell, doch für mich ist es ewig her, dass ich von einem Mann so verwöhnt worden bin.

Gierig küsse ich ihn weiter und öffne nebenbei seine Jeans. Sofort spüre ich seinen harten Schwanz. Ich habe Schwierigkeiten, die Hose zu öffnen, denn durch seine Erektion spannt sie ein wenig.

»Warte, ich helfe dir.« Er lässt von mir ab und schiebt wie selbstverständlich die Hose hinunter.

Seine schwarzen Calvin-Klein-Shorts sitzen knapp auf seiner Hüfte. Ich gehe vor ihm auf die Knie und ziehe sie ihm aus. Seine harte Männlichkeit springt heraus. Als ich ihn völlig in meinem Mund aufnehme und meine Hand um seinen Schaft lege, keucht er laut auf. Seine Finger krallen sich in mein Haar. Kurz blicke ich zu ihm auf, dabei verzieht sich ein wenig sein Gesicht. In mir verstärkt sich die Lust und langsam steigere ich das Tempo. Ich lecke und sauge an seinem Penis, der noch mehr anschwillt. Ich will, dass er in mir kommt, aber Mad zieht mich hoch.

»Hast du Kondome da?«, fragt er und sein Schwanz drückt sich an meinen Bauch.

»Vielleicht.«

Amber hat mir bei unserem Washingtontrip ein paar in die Tasche gestopft. Sie meinte, für alle Fälle. An jenem Wochenende habe ich sie nicht gebraucht, doch nun bin ich wirklich erleichtert, sie zu haben. Ich husche in den Flur und krame wie wild in meiner Tasche. Tampons, Spielzeug von Lani und Taschentücher werfe ich achtlos daneben, bis ich endlich das silberne Päckchen in den Händen halte. Mit einem breiten Lächeln im Gesicht tapse ich barfuß zum Wohnbereich zurück.

Maddox steht mit seinem Ständer nackt vor mir. Sein durchtrainierter Körper lässt mein Herz noch schneller schlagen. Dieser Mann will mich hier und jetzt. Ich bleibe vor ihm stehen und knie nieder. Es raschelt, als ich die Kondompackung öffne. Mit einer flinken Handbewegung streife ich ihm den Gummi über. So etwas verlernt man nie.

Kaum stehe ich wieder vor ihm, presst er seine Lippen auf meine und zieht mich in Richtung Sofa. Dort wirbelt er mich herum, sodass ich mich an der Rückenlehne der Couch festhalten kann. Ich beuge mich etwas nach vorne. Biete ihm mein Hinterteil dar, obwohl es noch immer unter dem Kleid versteckt ist. Er schiebt den Stoff nach oben. Da die Balkontür vor mir geöffnet ist, kommt eine leichte Brise herein, die meinen erhitzten Körper angenehm abkühlt.

Seine Hände massieren meinen Po. Dann wandert eine Hand tiefer und zwei seiner Finger schieben sich in mich hinein.

Oh mein Gott, fühlt sich das gut an. Ich lasse meinen Kopf in den Nacken fallen und stöhne auf. Dann zieht er die Hand heraus. Wieder reibt er über meinen Po und kurz gibt es ein klatschendes Geräusch und ein leichter Schmerz breitet sich auf der rechten Pobacke aus. Nie hätte ich gedacht, dass Schmerz so erregend sein kann.

»Na, brauchst du mehr?«

»Ja«, hauche ich kaum hörbar.

Abermals klatscht seine Hand auf meinen Po. Dann setzt er seine Spitze an und drückt sich in mich hinein. Tief, fest und hart weitet er mich. Ich kralle meine Finger in den Sofabezug, während er immer härter in mich stößt. Mein Körper wiegt sich mit ihm.

Es ist, als würden wir uns durch unsere stetig steigende Lust zu einem Ganzen vereinen. Mein Haar fällt mir ins Gesicht. Seine Hände halten mich fest an der Taille. Ich kann mich nicht erinnern, jemals solche Laute von mir gegeben zu haben, doch die Welle an Emotionen, die mich überrollt, kann ich nicht mehr kontrollieren. Ich schreie, stöhne und keuche, gefühlt alles zugleich. So einen Orgasmus, der sich von meinen Zehenspitzen aus in meinem ganzen Körper ausbreitet, habe ich noch nie gefühlt. Es vibriert, pocht und brennt in meinen Gliedern. Jeder Muskel ist angespannt. Unsere Körper klatschen aneinander. Schneller. Härter. Tiefer.

Plötzlich fasst Mad meine Haare und zieht daran. Wieder dieser Schmerz, der mich heiß macht. Dazu sein Stöhnen. Es fühlt sich an, als würde ich schweben. Schwerelos. Atemlos.

Er sackt auf mich nieder und legt seinen Kopf an meine Schulter. »Süße, das war unglaublich.« Sein Atem geht genauso abgehackt wie meiner. Meine Knie sind weich und ich habe Mühe zu stehen. Er zieht sich aus mir heraus und dreht mich zu sich um. »Was meinst du, könnten wir das bald wiederholen?«

»Vielleicht?«, necke ich ihn.

»Nächsten Freitag?«

»Samstag wäre besser.« Ich weiß, dass ich meine Mutter erst fragen muss, ob sie auf Lani aufpassen kann. Aber sie wird bestimmt Ja sagen.

»Treffen wir uns dafür die Woche mal auf ein Frühstück? Zum Beispiel am Donnerstag?« Mad ist wirklich hartnäckig, was mir gefällt.

»Ich denke, das könnte ich einrichten.«

23. KAPITEL

MADDOX

4 Wochen später

Ich sitze vor meinem Spiegel und beginne wie immer, die Schminke auf mein Gesicht aufzutragen. Meine Gedanken schweifen zu Mia ab. Wir haben uns in den letzten Wochen so oft wie möglich gesehen. Der Sex mit ihr ist heiß. Sie ist die perfekte Frau und dazu kommt noch ihre wunderbare Familie.

Es klopft an der Tür und ich drehe mich um. Parker tritt ein und hält sein Handy in der Hand.

»Hey, alles klar bei dir?« Er setzt sich neben mich hin, während er auf dem Handy tippt.

»Ja, und ich habe meine Entscheidung getroffen.« Noch nie habe ich so gut geschlafen wie letzte Nacht.

Dafür war nicht nur Mia verantwortlich, sondern auch der Weg, den ich jetzt einschlagen möchte.

»Und?« Parker richtet seine ganze Aufmerksamkeit auf mich.

»Ich werde bei dieser Tournee nicht dabei sein. Ich werde die paar Konzerte, die jetzt noch fix sind, mitmachen, aber danach bin ich raus.«

Plötzlich fühle ich mich um zehn Kilo leichter. Ich habe es endlich getan, endlich das Business verlassen. Über diesen Schritt habe ich schon so lange nachgedacht. Nun gibt es noch einen Grund mehr, mich zurückzuziehen.

»Bist du völlig durchgeknallt? Du kannst doch diese Chance nicht wegen einer Tussi einfach hinschmeißen!« Parkers Kopf ist hochrot. Er erhebt sich vom Stuhl und läuft wie ein getriebenes Tier hin und her. Dabei hält er krampfhaft sein Handy in der Hand.

»Sie heißt Mia Bailey und ist nicht irgendeine Tussi!«, entgegne ich schroff. »Außerdem ist sie nicht der einzige Grund, warum ich es beende. Ich habe keinen Bock mehr, ständig diese Maske zu tragen. Ich will endlich ein normales Leben!« Die Normalität bei Mias Eltern hat mir gezeigt, dass ich nicht mehr auf der Bühne stehen will. Es bereitet mir keine Freude mehr.

»Du musst diese Maske nicht tragen, um auf der Bühne zu stehen.«

»Doch! Ich will nicht auf der Straße erkannt werden, das weißt du. Ich habe einfach keinen Bock mehr, ständig unterwegs zu sein. Ich will mir eine Familie aufbauen mit allem Drum und Dran.«

»Ach, und du meinst, diese Mia ist die Richtige?« Er lacht gespielt auf. »Du wirst es bereuen, diese Entscheidung getroffen zu haben.«

»Nein, das glaube ich nicht.« Ich versuche ruhig zu sprechen, um ihm den Wind aus den Segeln zu nehmen. So gestresst, wie er momentan ist, habe ich ihn noch nie gesehen.

»Mach dich fertig, wir reden später noch mal darüber.«

Ich drehe mich zum Spiegel und fahre damit fort, das Make-up aufzutragen. Ich weiß, dass es jetzt nichts bringt, weiter mit ihm zu diskutieren.

Ich spüre, dass Parker noch eine Weile hinter mir steht und mich beobachtet. Ich sehe ihn zwar nicht, aber ich weiß, dass er da ist. Ich trage die weiße Grundierung fertig auf, damit man nichts mehr von meiner Hautfarbe erkennt. Dann male ich mit einem schwarzen Stift rund um meine Augen zwei große Kreise und fülle sie mit der gleichen Farbe aus.

Als ich meine Halloweenschminke fertig aufgetragen habe, stülpe ich mir die schwarze Perücke über. Das etwas längere Haar zupfe ich gekonnt zurecht. Dann drehe ich mich um. Parker steht noch immer da. Er tippt auf seinem Handy herum.

»Du solltest deine Stimme noch etwas einsingen.« Parker blickt nicht einmal vom Handy hoch. Seine Mimik ist ernst. Ich weiß, dass er nun einen neuen Sänger suchen muss, aber das ist sein Problem. Ich kann nicht länger dieses Leben führen. »Vielleicht mit deinem Lieblingssong?«

Seltsam, jetzt klingt er so freundlich. Ob er einge-
sehen hat, dass er mit seinem Befehlston bei mir nicht
weiterkommt? Um weitere Konfrontationen zu vermei-
den, singe ich tatsächlich den Song, den ich nach dem
Kennenlernen mit Mia geschrieben habe. Der Song
bedeutet mir alles. Wir haben ihn sogar im Tonstudio
fertig aufgenommen. Parker fand ihn grandios und
möchte, dass wir ihn heute beim Konzert spielen.

In diesem Lied geht es um die wahre große Liebe.
Ich glaube, sie in Mia gefunden zu haben. Sie hat die
trockene Wüste in mir zum Erblühen gebracht. Sie ist
das Wasser, das jedes Lebewesen benötigt, um zu überleben. Sie ist die Sonne, die alles zum Wachsen bringt.
Ohne sie bin ich nichts. Mit ihr bin ich alles.

24. KAPITEL

MIA

Nur noch nullmal schlafen, würde ich zu Lani sagen, wenn sie auf etwas sehnsüchtig wartet. Ich warte sehnsüchtig darauf, dass endlich Donnerstag ist. Heute ist der Tag, an dem ich Mad treffe, den Mann, der mir alles bedeutet. Er hat meinen Alltag auf wunderbare Weise ins Wanken gebracht. Ich renne jeden Tag mit einem Dauergrinsen im Gesicht herum. Mit ihm scheint es, als würde die Zeit im Eiltempo verfliegen, und sobald er nicht da ist, scheinen sich die Minuten zu Stunden zu verformen. Durch ihn fühle ich mich wieder als Frau. Als jemand Besonderes.

»Erde an Mia«, vernehme ich aus weiter Ferne Amelias Stimme.

»Entschuldige, was ist?« Ich blinzle mehrmals, als

wäre ich gerade aus einem der schönsten Träume erwacht.

»Wir sollten den Dienstplan für nächste Woche besprechen. Immerhin sieht es so aus, als hättest du positiven privaten Stress.« Sie lächelt und zeichnet mit dem Kugelschreiber Herzchen in die Luft.

Ich habe ihr von dem Wochenende mit Mad erzählt und sogar Amelia, die normalerweise nichts von der großen Liebe hält, kam mit mir ins Schwärmen.

»Ja, natürlich.« Ich versuche mich auf den Kalender zu konzentrieren, der vor mir liegt. Eilig trage ich unsere Namen darauf ein, als das Klingeln der Eingangstür ertönt. Ich blicke auf und als ich Maddox entdecke, beginnt mein Herz vor Freude zu flattern. Es ist, als würden meine Blumen im Laden ein Lied für mich singen. Ein Lied über Liebe und Vertrauen. Ein Lied, das mich schweben lässt.

»Guten Morgen«, sagt er und kommt auf mich zu. Er sieht mit seinen verschlissenen Jeans und dem schwarzen T-Shirt sexy aus. Sofort ist die Erinnerung an den Sex wieder da. Ich spüre, wie meine Wangen zu glühen beginnen und mein Höschen feucht wird.

»Guten Morgen«, flüstere ich, weil mir die Stimme versagt, als er dicht vor mir zum Stehen kommt. Er legt seine Hände um meine Taille, zieht mich an sich und küsst mich. Nicht wild, aber auch nicht so lahm, dass man dabei einschlafen könnte. Es ist diese besondere Mischung. Einerseits feurig, andererseits aber auch süß, sodass man nicht genug davon bekommen kann.

Mad lässt von mir ab und wendet sich Amelia zu.

»Hallo, schön, dich kennenzulernen. Ich bin Maddox.«
Er reicht ihr die Hand und Amelia wird augenblicklich
knallrot. Ich weiß, dass sie schüchtern ist, doch diesmal
wirkt sie besonders unsicher.

»Hey«, antwortet sie und lächelt. »Ich wünsche euch
viel Spaß«, sagt sie und verschwindet im Schnellschritt
im Arbeitsraum. Ich muss kichern. Sie ist so ein lieber
Mensch, doch manchmal frage ich mich, wie sie jemals
jemanden kennenlernen möchte, wenn sie so schüchtern ist.

»Können wir los?«

»Ja, ich hole nur noch meine Tasche«, sage ich und
marschiere zum Arbeitsraum.

»Ist alles okay bei dir?«, frage ich Amelia, als ich die
Tasche nehme.

»Also, diesen Typ darfst du auf keinen Fall mehr
loslassen.« Sie flüstert, als wäre es etwas Verbotenes.
Mehrmals sieht sie über meine Schulter zu ihm. »So
charmant und noch dazu gutaussehend.«

»Ich weiß.« Ich grinse breit. Er ist alles, was sich eine
Frau erträumen kann. Als hätte ihn der Himmel zu mir
geschickt, damit ich mich wieder glücklich fühle. »Bis
später.« Ich winke ihr zu, dann gehe ich zu Mad zurück.
Er lehnt am Verkaufstresen und lächelt.

»Bereit für ein besonderes Frühstück?«

»Bereit«, antworte ich und verschränke meine Finger
in seinen. Wir treten aus dem Laden und die Sonne
lacht mir ins Gesicht. Es könnte nicht schöner sein.
Alles ist perfekt.

»Wenn es dir nichts ausmacht, gehen wir die paar

189

Straßen gleich zu Fuß?« Mad sieht mich mit seinen warmen Augen an.

»Ja, gerne.« Mit ihm würde ich überall hingehen. Er gibt mir einen zarten Kuss, dann gehen wir weiter.

Ein Stück vor uns hat sich eine Traube an Leuten versammelt. Sie haben Kameras in der Hand, wahrscheinlich warten sie auf einen Promi. Sie unterhalten sich aufgeregt, bis einer in unsere Richtung blickt und schreit: »Da ist er! Blade mit seiner Neuen!« Er deutet in unsere Richtung und ich blicke kurz über meine Schulter, denn sie können nicht uns meinen. Doch hinter uns ist niemand. Sie stürmen auf uns zu.

»Wir müssen hier weg«, sagt Mad in einem ernsten Tonfall, den ich noch nie von ihm gehört habe. Doch seine Worte kommen nicht bei mir an, denn plötzlich sind wir inmitten dieser fremden Menschen gefangen. Sie schreien, sie fotografieren, dass ich die Augen vor dem Blitzlichtgewitter zukneifen muss.

»Wer ist deine Freundin?«

»Komm, schau zu mir!«

Unzählige Zurufe, die ich nicht einordnen kann. Ich spüre, wie sich mein Herz zusammenzieht. Jemand zerrt an meinem Arm. Ich stolpere. Rudere mit den Händen. Habe den Halt, den ich vorhin an Mads Arm gespürt habe, verloren. Es ist, als würde ich von einem schwarzen Loch verschluckt werden. Ich stoße gegen Personen, die mir fremd sind, aber unbedingt meinen Namen wissen wollen.

Ich suche nach einem Ausgang aus dieser Hölle, da zerrt abermals jemand an meinem Arm. Ich weiß nicht wie, aber plötzlich stehe ich in einem Kostümgeschäft. Die Stille, die hier herrscht, steht im krassen Gegensatz zu der Unruhe in mir. Mein Herz hämmert. Meine Hände zittern und erst jetzt spüre ich, wie Tränen über meine Wangen rinnen. Das muss doch alles ein großes Missverständnis sein? Mein Atem geht schnell. Die Herzchen, die vor wenigen Sekunden noch vor meinem inneren Auge getanzt haben, sind verschwunden. Nun hat sich ein dunkler Schleier darübergelegt.

»Es tut mir so leid«, vernehme ich Mads Stimme, die den Charme von vorhin verloren hat.

Ich stehe nur da. Kann meine Beine nicht bewegen. Es ist, als wäre ich versteinert. Nicht nur meine Gliedmaßen, sondern auch mein Herz. Kann das sein? Der Mann, dem ich über alles vertraut habe, ist ein Weltstar? Hat er mich die ganze Zeit belogen?

»Ich wollte es dir schon vor mehreren Tagen erzählen, aber ...« Er senkt den Blick zu Boden.

»Sie haben also recht? Du bist Blade von den Royals?« Meine Stimme vibriert.

»Ja, aber ...«

»Nichts aber!« Meine Stimme wird lauter, zugleich erhebe ich abwehrend die Hand. Ich kann nicht glauben, dass er nur mit mir gespielt hat. Ich wende mich von ihm ab.

Erst jetzt merke ich, dass eine kleine alte Frau mit einem geflochtenen grauen Zopf neben uns steht und uns entgeistert ansieht.

»Haben Sie einen Hinterausgang?«, frage ich sie. Ich muss hier raus, ich halte es nicht aus.

»Ja, hier.« Sie deutet auf eine braune Holztür auf der anderen Seite des Raumes. Daneben hängen Prinzessinnenkleider, die sich jedes Mädchen wünschen würde.

Ich stürme hinaus. Ich brauche frische Luft. Mein Hals fühlt sich so eng an, als würde ihn mir jemand zudrücken.

»Mia, lass es mich dir erklären!«, höre ich Mad noch rufen.

Diesen blöden Spruch kann er sich sonst wohin stecken. Solche Sprüche kommen immer von Lügnern, die zu feige sind, die Wahrheit zu sagen. Menschen, die nur eines im Sinn haben, nämlich ihren eigenen Vorteil.

25. KAPITEL

MADDOX

Die Frau, die mir alles bedeutet, die mein Leben zu etwas Besonderem gemacht hat, ist auf der Flucht. Vor mir, dem Arschloch, das es nicht geschafft hat, mit offenen Karten zu spielen. Nicht einmal jetzt, wo ich endlich eine Entscheidung getroffen habe. Ja, ich wollte ihr heute beim Frühstück alles erzählen. Wir hätten nur noch wenige Minuten für uns gebraucht. Ich möchte ihr hinterherlaufen, als mich die alte Dame am Arm festhält und mit ihren weisen Augen ansieht.

»Geben Sie ihr etwas Zeit. Sie haben, wie es aussieht, ziemlich Mist gebaut. Aber wenn Ihre Liebe stark genug ist, werden Sie es schaffen. Sie werden zueinanderfinden. Wie zwei Puzzleteile, die unter den Tisch gefallen sind und aufgehoben werden müssen, damit sie ihren richtigen Platz finden.« Sie holt tief Luft, bevor sie weiterspricht. »Doch erwarten Sie nicht, dass sie Ihnen sofort verzeiht. Sie brauchen Mut und einen guten Plan.«

Verwirrt schaue ich sie an, lasse ihre Worte in meinen wirren Gedanken widerhallen. Leider ergeben sie für mich nur bedingt Sinn. Welchen Plan soll ich schmieden? Wie kommt die alte Frau überhaupt darauf, sich einzumischen?

Als ich allmählich wieder einen klaren Kopf bekomme, realisiere ich das volle Ausmaß der Situation. Jemand hat mich an die Presse verraten. Wer könnte es gewesen sein? Einer meiner Bandkollegen oder auch Parker?

Natürlich! Meine Kollegen wissen bestimmt schon, dass ich aussteigen möchte. Aber wer ist so ein riesiges Arschloch, dass er mir mein liebstes Gut wegnehmen möchte? Wem von ihnen bedeutet Geld mehr als alles andere auf der Welt? Ich weiß es nicht. Ich habe das Gefühl, niemandem mehr vertrauen zu können.

»Danke«, sage ich, bevor auch ich durch die Hintertür verschwinde.

In meinen eigenen vier Wänden angekommen, setze ich mich auf das große Ledersofa und schalte den Fernseher ein. Bestimmt werden die Nachrichten von der Enthüllung berichten. Nach wenigen Sekunden erhellt sich der Flachbildfernseher. Das Erste, was ich sehe, ist mein Bild.

»Hinter Blade verbirgt sich Maddox Coleman. Der

Mann, der schon als Kinderstar berühmt war.« Coleman, allein der Name erzeugt bei mir einen Würgereiz. Wie ich diesen Familiennamen hasse, damit verbinde ich alles Schlechte.

Mein Herz bleibt stehen bei den Worten, die aus der Röhre kommen. Im nächsten Augenblick wird ein Video gezeigt, in dem ich mich gerade für einen Auftritt schminke. Es ist ohne Ton, aber man sieht, dass ich mich mit jemandem unterhalte. Verdammt! Parker! Dieser Scheißkerl!

Ich springe hoch, ziehe das Handy aus der Hosentasche und wähle seine Nummer. Dieser Wichser wird dafür büßen.

Wie ein getriebenes Tier laufe ich in meinem Apartment auf und ab. Nun bin ich dankbar, dass der Wohnbereich hundert Quadratmeter hat. Die Wut, die durch meine Adern schießt, erinnert mich an die Gefühle, die meinen Körper vor sechs Jahren in Besitz genommen haben. An dem Tag, an dem ich beschlossen habe, mich von meinen Eltern loszusagen. Ich wollte mit ihnen nie wieder etwas zu tun haben. Dafür war zu viel passiert.

Mein Apartment sieht aus wie ein Schlachtfeld. Unzählige Akten liegen auf meinem Holztisch. Der Steuerprüfer sitzt bereits seit drei Tagen bei mir. Mittlerweile habe ich das Gefühl, er wohnt sogar hier. Nur, dass er von mir nicht einmal ein Glas Wasser annimmt.

Sein grauer Anzug und die dicke Brille, die auf seiner Nasenspitze sitzt, machen ihn zu einem typischen Finanz-

menschen, wie man ihn sich vorstellt. Hin und wieder räus-
pert er sich und macht Notizen auf seinem Block, der neben
ihm liegt.

Während ich es mir auf dem Sofa gemütlich gemacht
habe, laufen meine Eltern in der Wohnung im Kreis. Keine
Ahnung, was sie so nervös macht. Immerhin weiß ich genau,
dass ich alles rechtens abgeliefert habe. Zumindest haben
meine Eltern mir das immer wieder gesagt. Sie haben in den
letzten Jahren alles für mich erledigt. Die Buchhaltung war
mir immer schon ein Graus. Deshalb war ich meiner Mom
unendlich dankbar, dass sie mir das abgenommen hat.

Der Typ schließt den roten Ordner und erhebt sich vom
Stuhl. »Mr. Coleman, Ihre Unterlagen sind sehr sauber verar-
beitet. Trotzdem möchte ich mit Ihnen noch ein paar Punkte
unter vier Augen besprechen.«

»Mom, Dad, könnt ihr uns bitte für einen Moment allein
lassen?«

»Aber Mad, wir haben doch keine Geheimnisse?« Moms
Stimme klingt komisch, als wäre sie beunruhigt.

»Natürlich nicht. Aber nun muss ich da allein durch,
immerhin sind es meine Angelegenheiten.«

»Wie du meinst«, sagt sie und verlässt mit meinem Dad
den Raum.

»Mr. Coleman, bitte werfen Sie mal einen Blick auf diese
Überweisungen. « Gezielt öffnet der Steuerprüfer meinen
Bankauszugsordner, in den er unzählige Haftnotizzettel
gesteckt hat. Ich blicke darauf und lese. Finanzamt New York,
Steuer. Jeden Monat ist diese Überweisung drauf, was mich
keineswegs alarmiert. Es sind immer die gleichen Beträge von
einhunderttausend Dollar.

»Was ist damit?«, frage ich irritiert.

»Dieses Geld ist niemals bei uns eingegangen.«

»Wie, es ist nichts bei Ihnen angekommen?« Nun werde ich tatsächlich unruhig. Denn wenn ich meine Steuern nicht bezahlt habe, habe ich tatsächlich ein riesengroßes Problem.

»Ich habe gestern schon einen meiner Kollegen beauftragt, um den Inhaber dieses Kontos zu recherchieren, und ich muss Ihnen leider sagen, dass es Ihren Eltern gehört.« Er rückt seine Brille gerade und blickt mich ausdruckslos an.

Als ich langsam realisiere, was er mir da gerade offenbart hat, bin ich nicht nur sprachlos, sondern auch wütend. Mein Herz pumpt Adrenalin durch meine Venen. Alles um mich herum scheint sich plötzlich zu drehen.

»Wie lange läuft das schon so?« Meine Stimme vibriert bei dem Gedanken, dass meine eigenen Eltern mich nicht nur jahrelang schon zu diesen Auftritten überredet haben, sondern nun auch zusätzlich zu ihrer Provision Geld von mir abgezweigt haben. Fünf Jahre hat der Kerl, den ich zuvor mehr oder weniger unsympathisch fand, überprüft. Ich will gar nicht daran denken, wie lange das Ganze bereits läuft.

»Das betrifft alle Jahre, die ich kontrolliert habe. Es könnte gut sein, dass es auch davor passiert ist.« Er nimmt die Brille ab und reibt sich die Nasenwurzel. Seine Augen sind nun um einiges kleiner.

»Jeden Monat?«, frage ich, obwohl ich die Antwort bereits ahne. Ich habe ihnen vertraut und ihnen immer wieder eine Chance gegeben. Nun ist es vorbei. Ich werde den Kontakt zu ihnen abbrechen, da können sie sagen, was sie wollen.

Er nickt. »Ich habe bereits die Polizei informiert. Sie werden in wenigen Minuten da sein.«

. . .

Nun wissen auch meine Eltern, wo ich bin und wie mein wahrer Name lautet. Sie werden mich ausfindig machen. Sie waren schon immer geldgierig.

Nach einem kurzen Klingeln hebt Parker ab. »Hallo, Blade! Ist das nicht eine Megapublicity?« Parker spricht ohne Punkt und Komma.

»Du weißt, dass das Konsequenzen für dich haben wird!«, knurre ich ins Telefon.

Er lacht laut auf. »Halt jetzt deine Füße still. Die Verkaufszahlen sind seitdem durch die Decke gegangen. Alle wollen dich, Blade. Sei kein Idiot und wirf das nicht weg.«

»Mir ist völlig egal, wie die Verkaufszahlen aussehen. Aber meine Privatsphäre war mir wichtig. Und auch Mia.«

»Also, nach allem, was ich so mitbekommen habe, will die aber nichts mehr mit dir zu tun haben, oder?« Ich kann sein süffisantes Grinsen durchs Handy hören. Wenn er jetzt vor mir stehen würde, hätte ich ihm schon längst eine reingehauen.

»Halt deine verdammte Klappe. Ich habe dir schon gesagt, ICH BIN RAUS!« Ich lege so viel Wut in meine Stimme, wie ich nur kann. Er soll endlich kapieren, dass ich mich entschieden habe, mit Mia oder ohne.

»Die nächsten drei Monate gehörst du noch mir, außer du willst dein Vermögen loswerden. Überschreibe mir all deine Titelrechte und wir sind quitt.«

»Du willst was?« Ich kann nicht fassen, was aus

seinem Mund kommt. Ich wusste, dass er geldgeil ist, aber das übertrifft wirklich alles. »Du bekommst von mir gar nichts. Übrigens bin ich krank.«

Ich werfe das Handy in die Ecke und es zerschellt in mehrere Teile. Dieser Mensch ist die Ausgeburt des Bösen, doch so einfach gebe ich mich nicht geschlagen. Zuallererst muss ich es schaffen, Mia für mich zu gewinnen. Dafür brauche ich einen Plan.

26. KAPITEL

MIA

Wie ferngesteuert laufe ich zu meiner Wohnung. Nervös krame ich in meiner Tasche, weil unaufhörlich mein Handy klingelt. Ich blicke auf das Display und entdecke Ambers Namen. Sie ist der Rettungsanker, den ich jetzt dringend brauche, sonst ertrinke ich in meinem Kummer.

»Hallo, Amber. Hast du es schon mitbekommen?« Ich schluchze ins Telefon. Die Tränen rinnen unaufhaltsam über meine Wangen.

»Natürlich. Wahrscheinlich kennt dich jetzt nicht nur Amerika, sondern auch ganz Europa. Es ist auf allen Kanälen zu sehen.«

»Das ist ein Scherz, oder?« Ich fasse mir an die Stirn und reibe daran.

»Leider nein. Wo bist du? Ich komme zu dir.«

»Auf dem Weg zu meiner Wohnung.«

»Gut, ich bin gleich da. Ach, übrigens, verständige deine Mutter und sag ihr, was los ist. Immerhin wissen sie von unserer ach so lieben Schulkollegin Josie bereits deinen Namen. Sie soll Lani sofort abholen und zu sich bringen.«

»Du meinst ...?« Ich schaffe es nicht, den Satz zu beenden. Wenige Meter vor meinem Wohnhaus erblicke ich eine Traube von Reportern. Hastig blicke ich mich um.

»Mia?«, höre ich Amber fragen, weil ich kein Wort mehr rausbekomme.

Sie haben sogar meine Wohnung identifiziert. Bitte lass sie nicht auch vor Lanis Kindergarten stehen. Panik überkommt mich.

»Mia, was ist los?«, fragt sie nun energischer.

»Sie stehen vor meiner Tür.«

»Sofortige Planänderung. Du kommst zu mir.« Ambers Stimme klingt nun nervös, was ich von ihr überhaupt nicht gewohnt bin. »Mia, dreh sofort um. Sie dürfen dich nicht sehen.« Ich mache auf dem Absatz kehrt und laufe zur U-Bahn.

Plötzlich höre ich eine Stimme hinter mir. »Mia Bailey, warte, wir wollen nur mit dir reden!«

Die unterschiedlichsten Rufe ertönen. Bei jedem weiteren renne ich schneller. Ich hatte noch nie so viel Angst. Oh mein Gott, was passiert da gerade? Mein ruhiges Leben scheint sich geradewegs in Luft aufzulösen. Mein Herz pocht so wild, dass ich glaube, es springt mir gleich aus der Brust.

Ich sprinte die Stufen hinab, als würde ich um mein Leben bangen. Zu einem gewissen Grad tue ich das auch. Was wollen die alle von mir? Ich bin ein Niemand. Ich bin sehr glücklich damit gewesen, in New York durch die Straßen zu laufen, ohne aufzufallen.

In letzter Sekunde schiebe ich mich durch den Spalt der sich schließenden U-Bahn-Tür. Schwer atmend halte ich mich an einer Stange fest. Die Bahn fährt los und ich beobachte, wie sich die Reporter die Haare raufen. Sofort muss ich an Lani denken.

Bei dem Gedanken, dass meinem kleinen Mädchen aufgelauert wird, spüre ich, wie meine Knie weich werden. Ich habe das Gefühl, dass sich alles um mich herum dreht. Noch immer halte ich das Handy in der Hand. Ich blicke darauf. Amber scheint noch dran zu sein.

Ich halte es an mein Ohr und Amber plärrt: »Mia! Ist alles okay?« Kurz muss ich es auf Abstand halten, denn ihre Stimme schmerzt im Ohr.

»Ja, ich bin in der U-Bahn und habe die Meute abgehängt.«

Ich blicke mich um, merke jedoch, dass mich die Fahrgäste anstarren. Dann entdecke ich Mads Bild auf einem Titelblatt. Die eine Hälfte seines Gesichts ist geschminkt und die andere nicht. Es ist bearbeitet, das weiß ich, doch nun wird mir bewusst, dass dieser Mann, dem ich in den letzten Wochen blind vertraut habe, zwei Gesichter hat. Vielleicht auch mehr?

»Gut.«

»Ich muss meine Mom verständigen, damit sie Lani heute früher abholt.«

»Gute Idee. Die Presse hat leider überall ihre Finger drin.«

Es vergeht etwa eine halbe Stunde, bis ich vor Ambers Tür stehe. Immer wieder habe ich mich umgesehen. Langsam bekomme ich Verfolgungswahn. Sobald mir eine Person mit Kamera begegnet ist, bin ich zusammengezuckt und habe die Hände vor mein Gesicht gehalten, als würde das in irgendeiner Form nützen.

Ich klopfe an ihre Tür und es dauert keine Minute, da wird sie auch schon von Amber geöffnet. Eilig trete ich ein. Wie in einem Film blickt Amber noch mal hinaus, um zu prüfen, ob mir jemand gefolgt ist. Als die Tür ins Schloss fällt, fühle ich mich zum ersten Mal wieder sicher.

»Hey, Süße.« Sie zieht mich fest in ihre Arme und umarmt mich überschwänglich. Ich kralle meine Finger in ihren dunkelblauen Blazer und schluchze los. Laut und bitterlich, dass es fast schon wieder peinlich ist. Doch vor Amber muss ich mich nicht verstellen. Sie weiß, wie ich aussehe, nachdem ich tagelang geheult habe. Nach Toms unerklärlichem Verschwinden war ich untröstlich.

Nun, sechs Jahre später, ist mein Liebster zwar nicht verschwunden, aber er hat sich einfach verdoppelt. Er ist einerseits ein normaler Mann von nebenan und andererseits ein Superstar, den alle Frauen da draußen anhimmeln.

»Ich fasse es nicht, dass ich so naiv war und diesem Fremden einfach vertraut habe.« Ich drücke, meine Freundin ein Stück von mir weg. Mehrmals wische ich meine Augen trocken, damit ich wieder klarer sehe. Nach diesem Vorfall weiß ich nicht mehr, was wahr oder Lüge ist.

»Ach, er ist doch wirklich ein heißer Typ und jetzt noch dazu steinreich und berühmt.« Amber streichelt mir über die Wange und zwinkert mir zu. Sie möchte mich damit aufmuntern, erreicht aber eher das Gegenteil.

»Ja, genau, und das ist mein Problem! Ich will diese Aufmerksamkeit nicht. Für Lani wäre sie auch nicht gut. Du weißt genau, wie sie auf fremde Personen reagiert. Und jetzt verfolgt mich eine Horde Reporter. Ich kann kaum glauben, dass mir das passiert.« Ich klopfe mir auf die Brust und stapfe in ihr modernes Designer-Wohnzimmer. Alles ist in Weiß und Gold gehalten. Weißes Sofa, dunkler Marmorboden und an der Wand hängt ein prunkvolles vergoldetes Gemälde, das einen abstrakten Sonnenaufgang zeigt. Zumindest laut Amber.

»Vielleicht schaffe ich es, eine einstweilige Verfügung zu veranlassen, damit Lani aus dem Spiel ist.«

»Das wäre natürlich super.« Ich lasse mich in die Kissen fallen, die in Zweierreihen auf dem Sofa liegen.

»Was möchtest du trinken?«

»Am besten eine Flasche Wodka, damit ich den heutigen Tag vergesse.«

»Okay ...«, antwortet Amber langgezogen.

»Das war ein Scherz.« Ich blicke über die Schulter zu ihr. Sie geht in ihre weiße Lackküche und holt eine Flasche Champagner aus dem Kühlschrank und zwei Gläser aus dem Schrank daneben. Dann stöckelt sie zu mir. »Musst du heute nicht arbeiten?«, frage ich, weil ich weiß, wie eng gestrickt ihr Terminplan ist.

»Eigentlich schon, aber das ist ein Notfall.« Sie setzt sich neben mich und öffnet die Flasche.

»Meinst du nicht, dass es dafür zu früh ist?« Ich blicke auf meine Uhr. »Immerhin ist es erst elf.«

»Deine Nerven benötigen jetzt ein bisschen Ablenkung.« Sie füllt unsere Gläser.

»Da hast du wohl recht.« Mein Handy klingelt und ich zucke zusammen. Die letzten Anrufe waren alle von irgendwelchen Reportern. Keine Ahnung, wie die an meine Nummer gekommen sind. Es ist einfach alles nur Chaos. Ich hole das Handy aus meiner Tasche und blicke darauf. Die Nummer des Blumenladens leuchtet auf. Sofort hebe ich ab.

»Hallo.«

»Hallo, Mia. Ich bin's, Amelia.« Ihre Stimme zittert.

»Alles okay bei dir?«

»Nichts ist okay. Vor dem Laden haben sich unzählige Reporter versammelt und warten auf dich. Nicht einmal die Kunden können mehr ins Geschäft.«

»Was?« Ich reibe mir die Stirn und stehe auf.

»Was soll ich jetzt tun?«

»Du sperrst am besten den Laden zu und verschwindest durch die Hintertür.« Sogar meinen Blumenladen haben sie gefunden. Das gibt's doch alles nicht.

»Gut. Was wollen die denn von dir?«

»Das erkläre ich dir später. Häng einfach ein Schild raus, dass wir diese Woche geschlossen haben.«

Ich drehe noch durch. Jetzt wird sogar meine Existenz durch den Schwachsinn bedroht. Wer geht denn noch bei mir einkaufen, wenn der Laden von Paparazzi umzingelt ist?

»Okay. Bis dann.« Sie legt auf. Ich stehe vor Ambers Terrassentür und starre hinaus.

»Was ist passiert?« Amber tritt neben mich und legt schützend ihre Hände an meine Oberarme.

»Sie wissen, wo ich arbeite. Das ist passiert.« Ich schüttle den Kopf. Augenblicklich füllen sich meine Augen mit Tränen. Niemals wollte ich diese Aufmerksamkeit. Ich hasse das Rampenlicht. Ich bin nicht berühmt. Ich habe doch nur Zeit mit einem Mann verbracht, der anscheinend ein A-Promi ist.

»Ich werde schnell telefonieren. Kommst du in der Zwischenzeit allein zurecht?«

»Klar.« Meine Antwort klingt selbstbewusst, dabei fühle ich mich klein und hilflos. Wie soll ich mein Leben nur wieder in normale Bahnen lenken? Nach wenigen Minuten steht Amber wieder neben mir.

»Setz dich erst mal hin.« Sie schiebt mich zum Sofa.

Ohne mich zu wehren, lasse ich mich in die Kissen fallen. Wie in Trance bewege ich mich. Meine Hände zittern, als ich nach dem Glas greifen will.

»Ich denke, das ist jetzt doch keine gute Idee. Ich hole dir ein paar Baldriantropfen.« Amber nimmt mir das Glas liebevoll aus der Hand und rennt zur Küche. Nun wirkt auch sie hektisch, was ich von ihr überhaupt nicht gewöhnt bin. Sie balanciert einen Teelöffel in der Hand zu mir. »Mund auf«, fordert sie mich mit ruhiger Stimme auf.

Ich öffne den Mund und schlucke das bittere Gesöff hinunter. Mein Handy piepst, eine Nachricht ist eingegangen.

Lani ist bei mir. Es ist alles gutgegangen. Hoffe, dir geht es gut? Später bringe ich sie dann zu dir nach Hause. Bussi, Mom

Ich bin bei Amber. Alles gut. Melde mich später. Bussi.

»Leg dich ein bisschen hin.« Amber schiebt meine Beine auf die Couch und legt eine graue Kuscheldecke über mich. Die Tropfen zeigen ihre Wirkung, wie automatisch fallen meine Lider zu.

27. KAPITEL

MADDOX

Frisch geduscht sollte man sich besser fühlen. Frei und ohne jede Last auf dem Rücken. Leider ist das bei mir nicht der Fall. Ich fühle mich schuldig, weil ich Mia in eine verdammt miese Situation manövriert habe.

Ich habe im Fernsehen gesehen, wie die Reporter vor ihrem Laden lauern und berichten. Sie hat mir vertraut. Sie hat mir ihre Liebe geschenkt, und ich habe es geschafft, sie mit einem Wimpernschlag zu zerstören.

Hätte ich ahnen können, dass es einen Verräter in meinen eigenen Reihen gibt? Niemals. Aber ich hätte wissen müssen, dass Parker nicht so einfach aufgibt. Wäre es schlauer, mich aus Mias Leben zu verabschieden? Sie hat es nicht verdient, dieses Martyrium durchzumachen.

Es klingelt an meiner Tür. Schnell ziehe ich mir eine

Jeans an und laufe hinüber. Nur wenige Leute dürfen sofort am Portier vorbei, also kann es nur jemand aus meiner Band sein. Kurz linse ich durch den Spion und entdecke Rico. Nun bin ich wirklich überrascht, denn mit ihm hatte ich überhaupt nicht gerechnet. Ich sperre die Tür auf und öffne sie.

»Hey, was verschlägt dich zu mir?«

»Kann ich reinkommen oder möchtest du, dass die Nachbarn zuhören?«

»Natürlich.« Ich öffne sie weiter und er tritt ein. Er war schon ein paarmal hier, wenn wir alle zusammen gefeiert haben.

»Alter, warum willst du alles hinschmeißen?« Rico beginnt ohne Umschweife zu reden. Ich wusste, dass er nicht nur zum Kaffeeplausch vorbeikommt. »Wir haben jetzt die Chance, ganz groß rauszukommen.« Er stellt sich an meine kleine Bar in der Ecke des Wohnzimmers und füllt ein Glas mit Whiskey.

»Fühl dich wie zu Hause«, werfe ich zynisch ein. Normalerweise stört es mich nicht, wenn sich jemand selbst bedient, aber heute, zu diesem Anlass, passt es mir überhaupt nicht in den Kram. Sie sollen mich in Ruhe lassen.

»Nur wegen dieser Frau? Du weißt doch gar nicht, ob sie es wert ist. Was, wenn sie nur hinter deinem Geld her ist? Oder durch dich berühmt werden will?« Er nimmt einen Schluck von der braunen Flüssigkeit. »Ach, sie ist ja jetzt berühmt.« Sein selbstgefälliges Grinsen würde ich ihm am liebsten aus dem Gesicht schlagen. Aber ich muss mich zusammenreißen.

»Sie will alles andere als berühmt werden. Sie wusste bis vor wenigen Stunden nicht einmal, dass ich Blade bin! Also erzähl deine schlauen Sprüche jemandem, der sich dafür interessiert.« Meine Nerven liegen blank, das bekommt nun auch Rico zu spüren.

»Ach, und woher kommt dann dieses Video?«

»Parker. Unser ach so guter Manager hat mich ans Messer geliefert. Er hat die Regeln gebrochen. Aber damit wird er nicht ungeschoren davonkommen. Dieses Arschloch kann mich jetzt mal sonst wo!« Ich koche vor Wut. Meine Hand ballt sich zur Faust.

»Das glaube ich dir nicht.«

»Doch. Dieser Wichser hat mich vor ein paar Tagen vor dem Konzert gefilmt. Nur er weiß, wer ich vor sechs Jahren noch war.«

»Genau, da war ja noch etwas. Du bist der berühmte Maddox Coleman? Der Kinderstar, den alle angehimmelt haben, weil er so süß gesungen hat?«

»Ja! Aber das ist meine Vergangenheit. Sie hätte niemals an die Öffentlichkeit gelangen sollen.«

»Warum?« Rico wirkt ehrlich interessiert. Keine Spur mehr von seinem selbstgefälligen Auftreten.

»Darüber will ich nicht sprechen.«

»Aber es ist nichts, wofür du dich schämen müsstest. Sogar ich fand dich megacool als Kind.« Rico schiebt sich eine blonde Haarsträhne aus der Stirn.

»Wie schon gesagt, ich habe keine Lust, darüber zu reden.« Mein Tonfall ist ernst. Ich hasse den Gedanken an meine Vergangenheit. Ich hasse das Leben, das ich damals geführt habe. Und nun hasse ich auch meine derzeitige Lebenssituation.

»Also schaffe ich es nicht, dich umzustimmen? Irgendetwas muss dir unsere Band doch bedeuten. Wir waren nie die engsten Freunde, das weiß ich. Trotzdem bin ich für jeden Tag mit euch dankbar.«

Rico wirkt nachdenklich. Es ist seltsam, ihn so zu erleben. Bisher dachte ich, es zählen für ihn nur das Geld und die Frauen. Und natürlich die Musik.

»Ich liebe die Musik, aber ich hasse es, im Mittelpunkt zu stehen. Für mich ist die Zeit gekommen, mich aus dem Showbiz zurückzuziehen.«

»Aber ohne deine Texte sind wir nichts!«, sagt Rico verzweifelt. Eine tiefe Furche bildet sich auf seiner Stirn. »Und wen sollen wir als Sänger nehmen? Deine Stimme ist unverwechselbar. Grandios eben.«

»Keine Ahnung.« Mein Blick schweift zum Fenster. Dunkelgraue Wolken sammeln sich und langsam verfärbt sich der Himmel zu einem tiefen Schwarz. »Ich brauche Zeit zum Nachdenken.«

»Verstehe. Liebst du diese Frau wirklich? Ich meine, ist sie die Mühe auch wert?«

Liebe. Bisher hätte ich dieses Wort mit keinem Menschen, den ich kenne, in Zusammenhang gebracht. Auch Mia habe ich die drei großen Worte nicht gesagt. Aber je mehr ich darüber nachdenke, desto sicherer bin ich mir. Mia ist die Frau, für die ich alles aufgeben würde.

»Blade?« Rico rüttelt an meinem Arm, weil ich noch immer nicht geantwortet habe.

»Ja. Sie ist der Mensch, der meine dunkle Seele zum Leuchten gebracht hat.« Sie ist der Grund, warum sich mein Leben nun lebenswert anfühlt. Sie ist alles, was ich brauche.

»Wow. Der zurückgezogene Blade lässt sich tatsächlich auf das größte Risiko überhaupt ein.«

»Sie ist kein Risiko. Sie ist ein Gewinn, und das in jeder Hinsicht.«

»Und sie will, dass du den Job hinwirfst?« Rico lehnt sich an den Bartresen.

»Nein. Ich weiß nicht einmal, ob sie mir noch eine Chance gibt, jetzt, wo sie meinetwegen im Rampenlicht steht.« Ich habe ihre Panik gesehen. Sie lebt lieber zurückgezogen.

»Was, wenn sie dir keine zweite Chance gibt?«

»Darüber denke ich erst nach, wenn es so weit ist.« Denn die Hoffnung stirbt zuletzt.

28. KAPITEL

MIA

Ich blinze mehrmals, bis ich weiß, wo ich bin. In Ambers Wohnung. Sofort sind die Erinnerungen da, der Grund, warum ich mich bei ihr verstecke. Ich setze mich auf und starre zur Balkontür. Es hat zu regnen begonnen. Winzige Regentropfen prasseln auf den Tisch auf der Terrasse. Eine kleine Lache hat sich bereits auf dem Boden gesammelt.

»Guten Morgen«, erklingt Ambers Stimme hinter mir.

»Hey.«

»Fühlst du dich jetzt ein bisschen besser?« Sie streichelt meinen Rücken und setzt sich neben mich.

»Ein bisschen. Ich muss bald los, um meine Mutter zu Hause abzulösen.« Mein Blick wandert zu meinen Füßen. Heute Morgen habe ich die bunten Socken mit den gelben und rosafarbenen Schmetterlingen extra für Lani angezogen. Heute Morgen schien alles so rosarot, und jetzt ist meine Welt so grau wie der Himmel draußen.

»Ich denke, du solltest inkognito gehen.«

»Was meinst du?«

»Ich habe ein Kostüm von einer Mottoparty im Schrank, damit erkennt dich bestimmt niemand.« Amber steht auf und verlässt den Raum.

Ich starre ihr entgeistert nach. Ich in einem Kostüm? Als was denn? Da falle ich doch erst recht auf.

Nach wenigen Sekunden steht Amber vor mir. Sie hält mir ein weißes Kleid und eine blonde Perücke entgegen.

»Was ist das?«

»Marilyn Monroe, erkennst du es nicht?«

»Nein, damit gehe ich bestimmt nicht raus.« Ich schüttle energisch den Kopf.

»Wenn du so gehst, haben sie dich wieder am Haken, du wirst sehen.« Sie drückt mir das Kleid samt Perücke in die Hand. »So, und nun geh dich umziehen.«

»Wenn du meinst.«

Ich kann nicht glauben, dass ich mich auf diesen Schwachsinn einlasse, aber habe ich eine Wahl? Nein. Wenn ich Lani beschützen will, muss ich da durch. Ich kann auch mit dem Taxi fahren, dann sehen mich ein paar Leute weniger.

Ich stapfe in Ambers Bad. Mit einigen schnellen Handbewegungen bin ich aus meinen Klamotten raus und stecke in dem weißen Kleid. Es ist kurz. Mit ein paar Handgriffen habe ich meine braune Mähne unter die blonde Perücke gesteckt. Als ich mich im Spiegel begutachte, muss ich gestehen, dass ich mich kaum wiedererkenne. Ich fühle mich keineswegs wohl in diesem sexy Kleid, aber da muss ich eben durch.

Ich marschiere zu Amber, die schon im Flur auf mich wartet.

»Wow, das steht dir!« Sie macht große Augen.

Ich blicke an mir herab. »Ich weiß nicht.«

»Hier noch die Schuhe.« Sie hält mir ein Paar rote Pumps hin.

»Danke.« Ich ziehe meine Socken aus und schlüpfe in die High Heels. »Wieso hast du als Blondine eine blonde Perücke?«

»Weil die Marilyn-Monroe-Frisur kürzer ist als mein Haar.« Amber fährt sich durch ihre Locken und zieht sie ein Stück von sich weg.

»Logisch.«

»So, Liebes. Toi, toi, toi! Streck deinen Rücken durch und das Kinn nach oben. Du bist jetzt ein Superstar, der nicht erkannt werden will.« Sie drückt meine Schultern etwas zurück.

»Ach, Amber.« Ich muss lächeln.

»Ist doch so. Ruf mich an, wenn du zu Hause bist, okay?«

»Ja, Mom. Dein Wunsch ist mir Befehl.« Ich kichere.

Nach einer gefühlten Ewigkeit komme ich vor meinem Wohnhaus an. Die Reporter warten vor dem Eingang.

Sie sitzen verstreut auf der Nachbartreppe, auf dem Bordstein und ein paar lehnen sogar an Bäumen. Ich gebe dem Taxifahrer das Geld. Kurz überlege ich, ob ich überhaupt aussteigen soll. Die Reporter blicken kurz zu mir, dann wieder weg. Wie Amber es vorausgesagt hat, erkennen sie mich in diesem Kostüm nicht.

Ich steige aus und meine Knie sind butterweich. Mein Blick fixiert den Boden. Nur nicht zu ihnen schauen. Sie reagieren nicht auf mich, als ich die Eingangstür aufschließe und hineingehe.

Mein Herz pocht. Erst als die Tür hinter mir ins Schloss fällt, atme ich hörbar aus. Mit schnellen Schritten stapfe ich die Stufen hoch zu meiner Wohnung. Ich sperre die Tür auf. Der Duft von frisch gebratenem Fleisch kommt mir entgegen.

»Hallo!«, rufe ich, während ich meine Schuhe an der Garderobe abstreife.

»Mommy?« Lani bleibt im Türrahmen stehen. Ihr Blick zeigt alles, was eine Mutter bei einer Begrüßung nicht von ihrem Kind sehen möchte. Sie erkennt mich nicht, darum ziehe ich hastig die Perücke herunter. Sofort erhellen sich Lanis Gesichtszüge.

»Hallo, meine Süße!« Ich gehe auf die Knie und schließe sie in meine Arme.

»Mommy, endlich bist du da. Ich hatte solche Angst.« Sie drückt sich fest an mich.

»Was ist passiert?« Ich streichle ihren Kopf.

»Hallo, Mia! Gut, dass du da bist.« Mom sieht bedrückt aus. Normalerweise ist sie eher diejenige, die alles sehr entspannt nimmt.

Lani gibt mir ihre Hand und wir gehen in den Wohnbereich. »Geh schon mal spielen, ich komme gleich nach«, sage ich zu ihr. Ich merke, dass meine Mutter etwas mit mir zu besprechen hat, das nicht für Kinderohren gedacht ist.

»Nein, ich möchte bei dir bleiben.« Sie klammert sich an meinen Arm. Es ist lange her, dass sie so ängstlich war wie heute. Ich weiß, dass irgendetwas vorgefallen sein muss, wenn Lani und meine Mutter sich so seltsam benehmen.

»Wenn du möchtest, darfst du sogar ein bisschen fernsehen.« Normalerweise achte ich darauf, sie nicht einfach vor die Glotze zu setzen, doch heute ist eine Ausnahmesituation.

»Echt? Ja, bitte!« Sie springt freudig herum.

Nachdem ich Lani mit einem Zeichentrickfilm ruhiggestellt habe, gehe ich zu meiner Mutter.

»Also, was ist passiert?« Ich flüstere, damit die Kleine so wenig wie möglich mitbekommt.

»Die Reporter haben uns vor dem Eingang ziemlich dreist bedrängt. Dauernd haben sie gefragt, ob wir dich kennen. Zum Glück war gerade ein Polizist in der Gegend und hat sie kurzzeitig verscheucht. Um ehrlich zu sein, fühle ich mich nicht wohl dabei, wenn du hier wohnst. Sie warten noch immer draußen, oder?« Mom wendet das Fleisch in der Pfanne.

»Ja, aber morgen werden sie bestimmt verschwunden sein. Immerhin haben sie mich jetzt nicht erkannt.«

Ich hätte ahnen müssen, dass sie auch Leute vor

meinem Eingang belästigen, die mich kennen könnten. Ich hätte meine Mutter und meine Tochter nicht in diese Situation bringen dürfen. Warum habe ich ihr nicht gesagt, dass sie besser bei meiner Mom bleiben? Das Chaos, das gerade in meinem Kopf herrscht, hat mich eindeutig nicht klar denken lassen. Außerdem wollte ich unbedingt in meinen eigenen vier Wänden sein, weil ich mich hier zu Hause fühle und bis vor wenigen Stunden auch sicher.

»Ich mache mir ernsthafte Sorgen um euch.« Mom rührt im Gemüse, sieht aber zu mir.

»Ich bin mir sicher, dass das Interesse an mir bald abklingen wird.« Sogar für mich klingen die Worte hohl. Aber wenn ich nicht irgendwie Hoffnung schöpfe, drehe ich noch durch.

»Hast du schon mit Maddox gesprochen?«

»Der soll sich nie mehr bei mir melden! Ich hasse ihn dafür, was er mir und Lani angetan hat.« Ich krame in der Schublade nach dem Besteck fürs Abendessen.

»Du gibst ihm nicht einmal die Chance, sich zu erklären?« Mom zieht eine ihrer perfekt in Form gebrachten Brauen nach oben.

»Er ist ein Lügner. Er hat mir nicht die Wahrheit erzählt und euch auch nicht. Er hat gesagt, er verkauft Schallplatten.« Ich fuchtle mit der Gabel und dem Messer in der Luft herum.

»Na ja, auf eine gewisse Art stimmt es ja auch.« Meine Mutter sieht immer das Beste im Menschen.

»Aber den wichtigen Teil, nämlich dass er ein Weltstar ist, hat er wohl vergessen.« Ich gehe zum Tisch und lege das Besteck hin.

»Sei nicht zu hart zu ihm. Vielleicht hatte er einen guten Grund?« Mutter stellt die Teller auf dem Esstisch ab. »Mir schien es so, als hätte er ernsthafte Gefühle für dich. Allein wie er dich angesehen hat, da dachte ich, mein Gott, das ist es, was ich meiner Tochter immer gewünscht habe. Einen Mann, der sie über alles liebt.«

»Aber er hat mir nicht vertraut. Und das gehört doch auch zur Liebe dazu, das hast du mir schon als kleines Kind gepredigt.«

»Ja, aber um jemandem zu vertrauen, braucht es auch den Mut, ein Risiko einzugehen. Sein Geheimnis ist nicht gerade etwas, was man jedem gleich auf die Nase bindet.«

»Vielleicht.«

Ich will mit meiner Mutter nicht über Maddox diskutieren. Es ist für mich schwer genug momentan. Es mag sein, dass er ein guter Mann ist, aber seit heute Morgen hat er nicht einmal angerufen.

29. KAPITEL

MADDOX

Meine Finger dribbeln nervös auf dem Lenkrad. Nun parke ich schon mehr als vier Stunden vor Mias Wohnung. Die Reporter stehen noch immer davor. Mittlerweile ist es neun Uhr abends. Langsam bewegen sie sich, nur ein Kerl bleibt hartnäckig auf der Treppe sitzen. Am Sonntag erst hat mir Mia ihre Adresse preisgegeben, weil ich sie am Samstag zu einem Ausflug mit Lani abholen wollte. Zu diesem Zeitpunkt konnten wir die Normalität leben. Ich will wieder dorthin zurück. Koste es, was es wolle.

Der Typ mit dem braunen Cordsakko und den weiten Jeans erhebt sich langsam. Kurz blickt er sich um. Ich ducke mich sofort und schiele unter dem Seitenspiegel hinüber. Er geht endlich.

Ich warte ein paar Minuten, bis er aus meinem

Sichtfeld verschwunden ist. Dann steige ich aus dem alten Ford Chevrolet, den ich mir extra zugelegt habe, um nicht aufzufallen. Ich renne über die Straße. Die Laternen leuchten den Boden kreisförmig aus, wie Scheinwerferlicht. Vielleicht hätte ich vorher anrufen sollen. Aber ich war zu feige. Ich hatte zu große Angst, per SMS eine Abfuhr zu bekommen.

Ich nehme zwei Betonstufen auf einmal und stoppe vorm Eingang ihres Wohnkomplexes. Mein Zeigefinger kreist vor ihrem Namensschild. Ist es richtig, sie so spät am Abend ohne Vorankündigung zu besuchen? Plötzlich kommen mir Zweifel.

In dem Moment springt die Eingangstür auf und Mias Mom steht vor mir. »Hallo, Mad. Du willst sicher zu Mia.« Sie sieht mich freundlich an. In ihren Augen ist keine Wut zu erkennen, was mich irritiert, denn sie hätte allen Grund dazu.

»Ja«, antworte ich leise.

»Du hast mit deiner Lüge ziemlich Mist gebaut, oder besser gesagt, mit deinem Geheimnis.«

»Ja.« Ich fahre mir durch meine kurzen Haare. Ich fühle mich wie ein fünfjähriger Junge. Obwohl Mary kein böses Wort gesagt hat, fühle ich mich schlecht.

»Warum bist du hier?« Mary steht wie eine schützende Löwenmutter vor der Tür.

»Weil ich sie liebe.« Die Worte kommen so leicht über meine Lippen, dass ich über mich selbst erstaunt bin. Nicht einmal zu Mia habe ich sie gesagt und nun sind sie draußen.

»Ich glaube dir. Auch wenn ich von dir enttäuscht

bin. Unsere Familie hätte dich bestimmt auch mit diesem Hintergrund normal behandelt.« Sie tritt ein Stück zur Seite und bedeutet mir einzutreten.

»Danke. Du wirst es nicht bereuen.« Ich umarme sie, bevor ich an ihr vorbeigehe.

»Hoffentlich«, höre ich sie noch sagen.

Das Treppenhaus ist nicht erleuchtet, deshalb betätige ich den Schalter. Warmes Licht erhellt die Treppe. Mit schnellen Schritten renne ich hinauf.

Als ich vor Mias Tür zum Stehen komme, hämmert mein Herz in der Brust. Nicht weil ich außer Atem bin, sondern vor Nervosität. Wie wird sie auf mich reagieren? Was soll ich am besten zu ihr sagen? Ich klingle an der Tür, wippe mit dem Fuß auf und ab.

Ich höre Schritte, dann springt auch schon die Tür auf.

»Hast du etwas ver...« Mia bricht mitten im Satz ab. Sie hat mich nicht erwartet, warum auch. Immerhin hat mich ihre Mutter reingelassen.

»Hallo.« Ich kratze mich am Hinterkopf, weil ich auf Mias Reaktion warte.

»Was suchst du hier?« Von ihrer lieblichen Stimme ist nichts zu hören.

»Kann ich reinkommen?« Ich möchte nicht alles im Treppenhaus besprechen.

»Nein, warum sollte ich einen Lügner reinlassen?« Ihr Blick ist ernst.

»Es tut mir leid. Ich wollte es dir heute beim Frühstück erzählen.«

»Ja, genau. Und morgen ist Weihnachten. Weißt du

eigentlich, in was für eine Scheißsituation du mich und meine Tochter gebracht hast? Hast du eine Ahnung, was wir jetzt durchmachen?«

»Ich habe das nicht gewollt. Wirklich.« Die Worte, die meinen trockenen Mund verlassen, klingen hohl. Kann mir nicht das Richtige einfallen, damit ich sie überzeugen kann, mir noch eine Chance zu geben?

»Vielleicht.« Sie blickt zu Boden und denkt nach.

Ich mache einen Schritt auf sie zu, möchte sie wie sonst in meine Arme schließen. Als sie zurückzuckt, atme ich laut aus und stecke die Hände in die Hosentaschen. Augenblicklich zerreißt es mir mein Herz in tausend Teile.

»Hör zu, ich brauche Zeit. Ich muss über das Ganze in Ruhe nachdenken. Hier geht es nicht nur um mich, sondern auch um Lani.« Sie seufzt und Tränen füllen ihre wunderschönen Augen. Ich möchte sie trösten, für sie da sein, aber mir ist klar, dass ich jetzt die falsche Person dafür bin. »Du weißt, dass Lani mit fremden Personen Probleme hat. Du hast es mit einem Wimpernschlag geschafft, dass sie im Rampenlicht steht, wo sie sich nicht wohlfühlt und ich auch nicht.« Sie schiebt eine Haarsträhne hinters Ohr und presst ihre Lippen aufeinander. »Ich brauche Zeit.«

»Wie viel?«, frage ich. Zumindest ist es keine völlige Abfuhr, oder?

»Keine Ahnung. Ich melde mich bei dir.«

»Sicher?« Kein Datum. Keine Uhrzeit, nach der ich mich richten kann? Aber habe ich das nicht verdient?

Schließlich habe ich ihr ruhiges Leben von einem Tag auf den anderen durcheinandergebracht.

»Mommy?«, höre ich Lani rufen.

»Ich komme schon, Liebes.« Sie blickt kurz zur Seite, dann wieder zu mir. »Ich muss dann auch wieder. Bye.«

Sie schließt die Tür. Kein Kuss. Kein Lächeln. Und schon gar keine lieben Worte. Zumindest hat sie nicht sofort Nein gesagt. Sie denkt darüber nach.

Es ist sechs Uhr früh und ich sitze immer noch genau so auf meinem Sofa, wie ich von Mia zurückgekommen bin. Immer wieder kreisen meine Gedanken um den ganzen Mist, den ich Mia und Lani eingebrockt habe. Wie konnte ich nur glauben, dass ich sie vor der Öffentlichkeit schützen kann? Ich hätte es wissen müssen.

Überall sitzen diese Aasgeier von Reportern und wollen mit meinem Gesicht schnelles Geld verdienen. Es war schon vor vielen Jahren so. Meine Eltern waren so. Und nun auch mein Manager. Ich hasse dieses verdammte Leben. Ich hasse diesen Öffentlichkeitswahn. Dass sie am liebsten auf meiner Morgentoilette dabei wären.

Vor sechs Jahren habe ich einen Schlussstrich unter die Beziehung zu meinen Eltern gezogen, in der Hoffnung, dann endlich frei zu sein. Damals dachte ich, mit einem neuen Manager an meiner Seite und dieser lächerlichen schwarz-weißen Maske stehe ich nicht mehr in den Klatschzeitungen. Ich habe nicht geahnt, dass sich in meinen eigenen Reihen wieder so ein geldgieriger Mensch versteckt, der nicht vor Verlusten zurückschreckt. Meine Gedanken schweifen zu meinen Eltern.

»Oh ja, Baby«, stöhne ich an Lorys Ohr. Sie ist ein Mädchen wie aus dem Bilderbuch. Seit ein paar Wochen gehen wir miteinander aus. Sie ist kein Mädchen, das wie ich im Rampenlicht steht, sondern eines, das beim Videodreh die Fäden in der Hand hält. Bei den Dreharbeiten zu meinem neuen Musikvideo habe ich sie kennengelernt. Sie ist witzig und ich habe das Gefühl, sie liebt nicht nur meine Prominenz, sondern auch mich.

»Ja, fester!«, keucht sie, während ich mein Tempo erhöhe. Ich bin mit ihr in meinem Zimmer. Meine Eltern hingegen sind draußen und zählen wahrscheinlich die Geldscheine, die sie an mir verdient haben.

Ich bin vierundzwanzig und wohne noch bei meinen Eltern. Warum? Weil sie es irgendwie geschafft haben, mein Geld so anzulegen, dass ich keinen Zugriff darauf habe, um von hier zu verschwinden. Sie waren so schlau und haben mir vor ein paar Jahren einen Vertrag vorgelegt, der es mir unmöglich macht, bis zu meinem fünfundzwanzigsten Geburtstag frei über meinen Verdienst zu verfügen. Ich war dumm genug und habe den Vertrag nicht durchgelesen, sondern einfach unterschrieben. Sie meinten, sie tun es für mich, aus Sicherheitsgründen. Damit ich nicht wie andere Kinderstars plötzlich ohne Mittel dastehe. Was völlig lächerlich ist, denn die Millionen, die sich auf meinen Konten anhäufen, werde ich wahrscheinlich niemals verprassen können. Zumindest glaube ich das zu diesem Zeitpunkt.

An diesem Tag denke ich noch, es sei alles in bester Ordnung. Lory scheint von mir begeistert. Meine Eltern halten auch die Füße still, solange ich die Auftritte absolviere, die ihnen vorschweben. Ich bin irgendwie zufrieden. Meine Karriere läuft gut, obwohl sich meine Stimme etwas verändert hat. Das Tonstudio hat es geschafft, so daran zu feilen, dass sie weicher klingt, als sie eigentlich ist.

»Oh, Baby, ich komme!«, schreit Lory. Ein paar weitere Stöße und ich komme mit ihr.

Damals ahnte ich nicht, was Lorys Geheimnis war. Damals glaubte ich, glücklich zu sein. Ich war nicht so verliebt, wie ich es bei Mia bin, doch es hat sich für mich richtig angefühlt. Dabei lief alles in eine ganz andere Richtung. Ich hasse meine Eltern dafür bis an ihr Lebensende. Niemals hätte ich ihnen so etwas zugetraut.

Ich schalte den Fernseher ein und sehe die Nachrichten. Ich hätte ihn besser ausgeschaltet lassen sollen.

Eine Reporterin in einem schicken schwarzen Kleid steht neben einem Ehepaar, das ich nur allzu gut kenne. Mein Vater trägt einen grauen Anzug, den er sich bestimmt extra für diesen Anlass gekauft hat. Meine Mutter hat sich unter seinem Arm eingehakt und zupft an ihrem roten Kleid herum. Wie immer lieben sie das Rampenlicht. Wollen nun schon wieder durch mich in die Presse und Geld scheffeln.

Mutter grinst in die Kamera, als hätte sie gerade im

Lotto gewonnen. Sie sprechen von mir, als würden sie mich kennen. Gut, sie waren meine Erzeuger. Gut, sie haben mich gefördert. Aber sie haben mich tagelang gezwungen, immer wieder auf die Bühne zu gehen, obwohl ich nicht mehr wollte. Mit vierzehn. In diesem Alter hatte ich schon zehn Jahre Arbeit hinter mir. Ich wollte endlich raus aus dem Showbiz.

Dann arrangierte ich mich wieder damit. Weil ich nicht wusste, was ich sonst machen sollte. Erledigte meinen Job, wie es viele Menschen tun. Man geht seiner Arbeit nach, egal ob es einem Spaß macht oder nicht. Sicherlich muss man sein Geld verdienen, aber sollte das Ziel nicht auch sein, dass man das tut, wonach einem das Herz schlägt? Damals war ich noch zu jung, um zu verstehen, was im Leben wirklich wichtig ist. Heute, mit meinen fünfunddreißig Jahren, weiß ich es besser. Viel früher hätte ich mich zurückziehen sollen. Viel früher hätte ich erkennen müssen, dass dies nicht meine Welt ist.

Sie erzählen der Journalistin eine Geschichte, die wie immer nicht stimmt. Seit mehr als sechs Jahren habe ich keinen Kontakt mehr zu ihnen und sie tun so, als würden wir uns mindesten einmal in der Woche zum Essen treffen. Sie erzählen Dinge, die niemals vorgefallen sind. Für mich sind sie Betrüger.

Ich habe immer gehofft, dass sie sich einmal ändern würden. Auch damals mit vierundzwanzig, als ich über ihre Lüge mit Lory gestolpert bin, habe ich gehofft, dass sie es tatsächlich aus Liebe zu mir getan haben. Mittlerweile bin ich schlauer. Es gibt einfach Menschen, die werden sich nie ändern. Nicht einmal, wenn sie ihren einzigen Sohn verloren haben.

Ich kann es selbst kaum glauben, dass meine Erzeuger, die mich über alles lieben sollten, Lory bezahlt haben, damit sie mich dazu überredet, weiter Sänger zu bleiben. Sobald ich den neuen Vertrag unterzeichnet hatte, war ich zwar wieder ein paar Millionen reicher, doch meine erste Liebe war wie vom Erdboden verschwunden. Erst Jahre später, genau vor sechs Jahren, habe ich es erfahren. In dem Moment, als alle Betrügereien meiner Eltern aufgeflogen sind. Sie haben mich nicht nur um meine Liebe betrogen, sondern auch um einige Millionen Dollar. Das kam aber erst heraus, als das Finanzamt meine Konten überprüft hat. Ich habe es geschafft, dass dieser Skandal niemals an die Presse ging. Ich war zufrieden damit, dass sie ein paar Jahre im Knast verbringen mussten.

Meine Eltern sollten mich kaltlassen, doch irgendwo in meinem Innersten habe ich immer gehofft, dass sie sich ändern. Ich habe auf eine Entschuldigung gewartet, doch da kam nichts. Sie haben nur gesagt, dass sie nur das Beste für mich wollten. Der Gedanke an unser letztes Gespräch lässt meinen Puls in die Höhe schnellen. Dieses Gespräch war keinesfalls ein familiäres Zusammentreffen, sondern fand im Beisein unserer Anwälte statt. Wenn ich wenigstens ein bisschen Reue von ihnen gespürt hätte, wäre es leichter, doch da war nichts. Sie waren sogar der Meinung, dass ihnen das viele Geld, das sie gestohlen haben, im Grunde zusteht.

Ich schüttle die miesen Erinnerungen ab. Ich muss

meine Aufmerksamkeit in eine andere Richtung lenken und einfach akzeptieren, dass ihnen nur das Geld etwas bedeutet und dann kommt lange nichts.

Im Gegensatz zu ihnen ist Mia jemand, der mich aufrichtig schätzt und vielleicht, wenn wir das alles überstanden haben, auch lieben kann. Bei ihr spüre ich Aufrichtigkeit. Keine Lügen, keine Intrigen und schon gar keine Ruhmsucht. Nun bin ich es, der es vermasselt hat.

30. KAPITEL

MIA

Der Kaffee legt sich bitter über meine Zunge. Normalerweise brauche ich früh morgens genau das, doch heute bin ich nervös. Werden wieder die Reporter vor meiner Tür lauern?

Ich beobachte, wie Lani ihr Müsli isst. Sie hat noch keine Ahnung, was uns die nächsten Tage, schlimmstenfalls Wochen bevorsteht. Früher haben mir die Stars immer leidgetan, wenn ich sie in der Klatschpresse gesehen habe, und heute bin ich es selbst, die in allen erdenklichen Medien zu sehen ist.

Als Mad gestern vor mir stand, war ich versucht, ihn in die Arme zu schließen. Doch hier geht es nicht nur um mich. Lani, meine Prinzessin, ist schüchtern. Was wird aus ihr werden, wenn ihr von diesen miesen Paparazzi aufgelauert wird?

Die Suche nach einer neuen Psychologin für Lani gestaltet sich mehr als schwierig. Viele sind für die nächsten Monate ausgebucht. Trotzdem ist es dringend notwendig zu wissen, ob sie nun Unterstützung benötigt oder ob alles übertriebenes Gerede war. Dazu kommt noch das ganze Chaos wegen Maddox. Wäre ich nicht in der Verantwortung, hätte ich ihm vielleicht noch eine Chance gegeben, denn meine Gefühle für ihn sind noch immer da. Ich muss mir eingestehen, dass ich in Maddox Walker verliebt bin. In einen Mann, von dem ich kaum etwas weiß. Wieso ist das so? Wieso kann man einen Menschen lieben, obwohl man so enttäuscht wurde?

»Mommy, kann ich noch etwas Müsli haben?« Lani sieht mich mit ihren braunen Augen an.

»Natürlich.« Ich greife nach der Schachtel und fülle ihre Schüssel auf.

Lani isst weiter und meine Gedanken bleiben abermals bei Mad hängen. Was soll ich denn bloß tun? Endlich ist ein Mann in mein Leben getreten, der ernsthafte Gefühle für mich hegt, das weiß ich. Sonst wäre er niemals gestern zu mir gekommen. Er hätte gesehen werden können, aber er ist das Risiko eingegangen.

Mein Blick wandert zur Uhr. »Lani, wir müssen los. Ich gehe mich nur anziehen.«

Sie nickt und ich verschwinde ins Bad. Das Kostüm von gestern liegt noch auf dem Stuhl in der Ecke. Soll ich es wieder anziehen, um nicht erkannt zu werden? Doch was werden sie in Lanis Kindergarten sagen, wenn ich mit diesem mehr als kurzen Kleid aufkreuze? Es war schon peinlich genug, so durch die Stadt zu gondeln. Allein die Blicke, die ich abbekam. Trotzdem bin ich froh, dass ich es hatte, sonst wäre ich niemals in die Wohnung gekommen.

Wenige Minuten später steht meine Prinzessin neben mir und beginnt ihre Zähne zu putzen. Sie ist schon so selbstständig. Sie hat sich ein blau-weiß geblümtes Kleid ausgesucht und es sich selbst angezogen. Wo ist die Zeit hin, in der ich ihr alles mühselig anziehen musste? Manchmal vermisse ich sogar unsere Diskussionen. Die Kleinen werden viel zu schnell groß.

Nachdem wir uns die Schuhe angezogen haben, gibt mir Lani die Hand und wir gehen nach draußen. Mit jedem Schritt in Richtung Ausgang schlägt mein Herz schneller. Was wird mich erwarten? Hätte ich Lani etwas sagen sollen? Aber was, wenn sich keiner für uns interessiert? Das wäre natürlich das Beste.

Ich öffne die Tür und will schon zusammenzucken, entdecke aber niemanden. Erleichtert atme ich aus. Die Angst war umsonst. Sie haben sich schon ein neues Opfer gesucht, über das sie berichten können. Alles gut, denke ich mir. Mit jedem weiteren Schritt in Richtung U-Bahn entspanne ich mich mehr.

Plötzlich höre ich ein lautes Gemurmel. Schritte. Und als ich schon den U-Bahn-Eingang sehe, schießen Reporter aus allen erdenklichen Ecken hervor. Es ist, als hätte man sie ohne Vorankündigung hingezaubert. Ich höre Lani schreien, während uns unzählige Leute umzingeln und ich den Weg durch die Masse nicht finde. Blitzlichtgewitter blendet mich. Es ist wie in einem schlechten Horrorfilm.

Ich ziehe Lani schützend an mich, hebe sie hoch. Sie schlingt ihre Arme so fest um meinen Hals, dass es mir die Luft zum Atmen raubt. Ich spüre ihre Panik. Mich macht es wütend und traurig zugleich, dass mein kleines Mädchen diese Angst durchstehen muss. Unzählige Fragen werden uns zugerufen.

»Ist das Maddox' Kind?«, fragt eine Frauenstimme neben meinem Ohr.

»Wann werden Sie heiraten?«, ruft ein Mann mit Akzent. Ich habe das Gefühl, immer mehr in die Enge getrieben zu werden. Die Emotionen überfahren mich wie eine Dampfwalze.

»Lasst uns in Ruhe!«, schreie ich, doch leider interessiert sich niemand dafür. Sie sind damit beschäftigt, unzählige Fotos zu schießen, und kommen uns gefährlich nahe.

»Mommy, Hilfe!« Lanis Stimme zittert, zugleich spüre ich, wie sich Tränen in meinen Augen sammeln. Was bin ich bloß für eine Versagerin, dass ich es nicht schaffe, meine Tochter vor diesen Leuten zu beschützen?

Plötzlich überkommt mich eine unsagbare Wut. Sie steigert sich nicht langsam, sondern überfällt mich wie ein wilder Orkan. Mit aller Kraft trete und schlage ich um mich. Schreie lauthals um Hilfe.

Als ich denke, jeden Moment erdrückt zu werden, nehmen sie Abstand. Ich blicke mich um, um herauszufinden, was die Ursache für ihren plötzlichen Rückzug ist. Und da steht er, der Mann, den ich geglaubt habe, nie wieder zu sehen.

31. KAPITEL

TOM

Ich bin ein Arschloch, das weiß ich, doch diesmal hätte ich nicht gedacht, dass mein Bullshit so ausartet. Eigentlich wollte ich sie unter vier Augen sprechen, denn sie ist dafür verantwortlich, dass meine Karriere geradewegs in den Keller rauscht. Wenn ich sie nicht für mich gewinne, habe ich verloren. Da sehe ich die Meute an Reportern, die sie umzingelt. Gut, es tut mir leid, sie in dieser ausweglosen Situation zu sehen, doch nun habe ich die Möglichkeit, den edlen Ritter zu spielen. Dies ist meine Chance, sie zurückzugewinnen, auch wenn es nur auf Zeit sein wird.

Ich weiß, man soll Menschen nicht betrügen und belügen, doch ich kann aus meiner verflixten Haut nicht heraus. Ich bin dafür geboren, die Menschen, die mich umgeben, zu verletzen. Da kann kommen, was will.

Viele würden sagen, ich hätte kein Herz und auch kein Mitgefühl, und vielleicht stimmt das bis zu einem gewissen Grad.

Wieso ich so geworden bin? Keine Ahnung. Ich wollte immer schon mehr als alle anderen. Ich war kurz davor, mein Ziel zu erreichen, und nun stehe ich fast wieder am Anfang. Warum? Wegen Mia.

»Verschwindet! Sofort! Ich habe die Polizei schon gerufen!«, knurre ich den Reportern zu, während ich mir den Weg zu Mia bahne. Sie sieht noch immer so schön aus wie vor sechs Jahren. Die Jahre sind an ihr spurlos vorübergegangen, was ich von mir nicht behaupten kann. Mein exzessives Leben mit Alkohol und Frauen hat mir die eine oder andere Falte auf die Stirn gezaubert.

Ich habe Übung darin, Aasgeier zu verscheuchen, deshalb nehmen sie sofort Abstand. Mia sieht mich mit rot unterlaufenen Augen an. Der Schock steht ihr ins Gesicht geschrieben, auch wenn ich seine Ursache nicht deuten kann. Ist sie meinetwegen so überrascht oder liegt es an dem Chaos, das sie noch vor wenigen Sekunden in Atem hielt? Ich habe keine Ahnung, aber so hart das auch klingen mag, es ist mir egal.

»Komm, ich bring dich nach Hause«, sage ich und lege schützend meine Hände um Mia. Plötzlich bleiben meine Augen an meiner Tochter hängen. Mein Fleisch und Blut. Sie hat sie nach meinem Verschwinden nicht abgetrieben oder weggegeben? Irgendwie dachte ich nie daran, dass sie mein Kind austragen und erziehen würde. Wieso? Wer will denn schon ein Kind ohne Vater großziehen?

Wir gehen die Straße zurück zu ihrer Wohnung und sprechen dabei kein Wort, wofür ich durchaus dankbar bin. Ich muss mir erst ein sehr gutes Argument ausdenken, um begründen zu können, warum ich die letzten Jahre über wie vom Erdboden verschluckt war. Denn die Wahrheit würde sie sicher nicht überzeugen, mir noch eine Chance zu geben, oder doch?

Wir kommen vor ihrer Wohnung an und Mia zieht mit zitternden Händen den Schlüssel aus ihrer Tasche. Ich fasse nach ihrer Hand und nehme ihr vorsichtig den Schlüsselbund ab. Sie sieht zu mir auf. Ich merke, dass sie zögert, doch dann nickt sie.

Ich sperre die Tür auf und öffne sie, sodass Mia eintreten kann. Noch immer trägt sie unsere Tochter, die mich keines Blickes würdigt. Ich folge ihr, und als sie vor einer weißen Tür anhält, bedeutet sie mir, sie zu öffnen. Nach mehrmaligem Probieren der unzähligen Schlüssel habe ich den richtigen gefunden. Sie tritt ein und wendet sich mir zu.

»Darf ich reinkommen?«, frage ich leise. Ich will sie nicht verschrecken, denn sie ist es, die mein Freifahrtschein sein wird. Sie hält die Fäden in der Hand und entscheidet über meinen Aufstieg oder Fall.

»Jetzt nicht.« Mia hält kurz inne. »Am Abend, wenn sie schläft. Neun Uhr?«

»Perfekt.« Ich lächle, drehe mich um und dann laufe ich die Stufen hinunter. Das ging ja leichter als gedacht.

Heute Abend werde ich sie für mich gewinnen.

32. KAPITEL

MIA

Ich kann nicht glauben, dass der Mann, den ich für tot gehalten habe, mich heute aus dieser mehr als prekären Situation gerettet hat. Er stand einfach da und hat die Paparazzi verscheucht. Warum taucht er gerade jetzt auf? Wieso jetzt, wo mein Leben völlig im Chaos versinkt?

Er ist älter geworden. Seine Gesichtszüge sind härter, als ich sie in Erinnerung habe. Er wirkt verändert. Einerseits bin ich wütend, dass er erst jetzt auftaucht, andererseits weiß ich nicht, ob ich für ihn noch etwas empfinde.

Unzählige Male habe ich versucht, Amber zu erreichen. Ich brauche ihren Rat jetzt mehr als je zuvor. In wenigen Minuten wird er bei mir auf der Matte stehen und ich habe keine Ahnung, wie ich ihm begegnen soll.

All die Jahre habe ich geglaubt, ihn noch zu lieben. Als er jedoch heute Morgen vor mir stand, spürte ich nichts. Nur Dankbarkeit dafür, dass er mich aus dieser Hölle gerettet hat. Vielleicht stand ich auch unter Schock? Jetzt überschwemmt mich die Wut auf ihn. All die Jahre hat er mich allein gelassen, hat sich nicht einmal bei mir gemeldet. Soll ich ihm eine zweite Chance geben, nach allem, was er mir angetan hat?

Aber was mache ich dann mit Mad? Immerhin wartet er auf eine Antwort von mir, wie es mit uns beiden weitergehen soll. Ich versinke in meinen verworrenen Gedanken, bis es an der Tür klingelt.

Ich atme tief ein und aus, dann spreche ich in die Sprechanlage. »Ja, bitte?«

»Ich bin es, Tom.«

Ich drücke auf Öffnen und ein klackendes Geräusch ertönt. Mit zitternden Händen öffne ich die Eingangstür.

Die Sekunden kommen mir wie Stunden vor, dann steht Tom mit einem großen Blumenstrauß aus roten Rosen vor mir. Ich sollte mich geehrt fühlen, aber eigentlich bedeuten mir die Blumen nichts. Ich spüre kein Fünkchen Freude.

»Hallo«, sagt er und reicht mir den Strauß.

»Hallo, komm rein.« Ich nehme die Blumen und er tritt ein. Tom in meinen vier Wänden zu Besuch zu haben, ist ein komisches Gefühl. Er streift sich die Schuhe ab. Ich bedeute ihm, in den Wohnbereich zu gehen.

»Was darf ich dir zu trinken anbieten?« Mein sachlicher Ton überrascht mich. Wir waren viele Jahre lang ein Paar. Früher habe ich ihm zur Begrüßung einen Kuss gegeben, heute sind wir zwei Menschen, die sich einander fremd fühlen.

»Ich habe Wein mitgebracht. Ich dachte, den könnten wir gemeinsam trinken?« Er wirkt versöhnlich, aber mein Instinkt sagt mir, dass da etwas im Busch ist.

»Ich hole Gläser, nimm ruhig Platz.« Ich deute auf den Tisch. Ich nehme die leere Vase aus dem Regal, fülle sie mit Wasser, dann stecke ich die mindestens fünfzehn Rosen hinein.

»Schön hast du es hier.« Er setzt sich neben Lanis Stuhl. Ich hole zwei Rotweingläser aus dem Schrank und gehe zu ihm. Tom öffnet die Flasche Wein und füllt unsere Gläser. Meine Beine sind weich wie Wackelpudding, darum lasse ich mich auf den Stuhl ihm gegenüber sinken. Besser ein bisschen Abstand.

»Ja, finde ich auch. Warum bist du hier?« Ich will keinen Small Talk führen. Ist es, weil ich jetzt mehr oder weniger berühmt bin? Will er auch ins Fernsehen? »Wo warst du die letzten Jahre?« Meine Stimme klingt schroff.

»Ehrlich gesagt habe ich dich in der Zeitung gesehen und dann waren plötzlich all die Gefühle und Erinnerungen an dich da.« Tom sieht mich mit seinen braunen Augen unverwandt an. Eine blonde Haarsträhne hängt ihm in die Stirn. Sein Haar ist etwas länger als damals. Damals, als er mich schwanger verlassen hat. Heute habe ich Gewissheit. Es war kein Gewaltverbrechen. Kein Tod. Sondern nur sein Wunsch, sein eigenes Leben zu führen. Und jetzt will er mir erklären, dass er mich noch liebt?

»Gefühle?«, echoe ich mit abschätzigem Ton. »Willst du mich verarschen?«

Wenn man mich vor ein paar Monaten gefragt hätte, wie ich auf ein Wiedersehen mit ihm reagieren würde, hätte ich mit Sicherheit gesagt, dass ich ihm eine Chance geben würde. Doch die Realität sieht anders aus. Ich bin wütend auf ihn. Wie konnte er es wagen, sich die letzten fünf Jahre nicht einmal zu melden?

»Nein, Mia. Ich weiß, ich habe großen Mist gebaut.« Er presst die Lippen fest aufeinander. »Ich dachte, ein Leben ohne dich sei es wert. Heute weiß ich, dass ich dich jeden einzelnen Tag vermisst habe.« Er legt seine Hand auf meine und ich zucke zurück. Ich ertrage seine Berührung nicht. »Ich möchte unsere gemeinsame Tochter kennenlernen, immerhin ist sie mein Fleisch und Blut.«

»Ach, und das fällt dir gerade jetzt ein, wo ich ständig in der Klatschpresse erscheine?« Ich verschränke die Arme vor meiner Brust.

»Damit hat das nichts zu tun. Erst dadurch wusste ich, wo du jetzt wohnst. Ein guter Freund, der Reporter ist, hat mir freundlicherweise deine Adresse gegeben.«

»Deine und meine Eltern haben nicht die Wohnung gewechselt. Nicht einmal bei deinen Eltern hast du dich in den letzten Jahren gemeldet.« Meine Stimme wird etwas lauter. Ich kann den vorwurfsvollen Ton nicht länger unterdrücken. Ich hasse ihn für das, was er mir angetan hat. Und nicht nur mir, sondern auch seiner Familie. Mittlerweile könnte ich explodieren.

»Ich war jung und dumm. Ich kam mit der Situation, Vater zu werden, einfach nicht klar. Jetzt, wo ich gesehen habe, dass du meine Tochter bekommen und großgezogen hast, fühle ich mich schlecht. Ich weiß, ich bin ein Weichei, aber nun möchte ich für euch der Mann sein, der euch vor diesen Leuten beschützt. Der Gedanke, dich mit einem anderen Mann zu sehen, schmerzt in meiner Brust. Außerdem will ich unsere Tochter kennenlernen und für sie Verantwortung übernehmen.«

Ich blicke auf das volle Weinglas, das blutrot schimmert. Die Farbe der Liebe und des Schmerzes. Beides liegt so eng beieinander. Er ist der Vater meiner Tochter.

Meine Vernunft schaltet sich ein und ich weiß, ich muss ihm für Lani eine Chance geben. Zumindest, damit sie ihn besser kennenlernt. Ich habe nicht das Recht, ihn ihr vorzuenthalten.

»Du überrollst mich mit deinen Aussagen. Doch du bist Lanis Vater und ich werde sie dir nicht vorenthalten. Aber meine Gefühle für dich sind nicht mehr präsent.« Ich nippe am Glas, um Zeit zu gewinnen. »Morgen Nachmittag können wir uns hier in der Wohnung treffen, wenn du möchtest.« Lieber wäre mir ein Spielplatz, doch in der Wohnung werden wir Ruhe vor den Reportern haben.

»Vielen Dank.« Er lächelt. Früher hat mich sein Lächeln dahinschmelzen lassen, warum fühle ich jetzt nichts? Keine Spur von Zuneigung? Jahrelang habe ich mir in meinen Träumen ausgemalt, wie es sein würde, wenn ich ihn wiedersehe. Wenn er darum bettelt, wieder mit mir zusammen zu sein. Ich hätte ihm bestimmt eine Chance gegeben.

Heute zweifle ich. Jeder Muskel meines Körpers befindet sich in Abwehrhaltung.

»Stoßen wir auf unser Wiedersehen an?«

Ich nicke und nehme das Glas. Unsere Weingläser treffen aufeinander und ein leises Klirren ertönt.

»Was machst du jetzt? Ich meine, beruflich.« Seine Frage klingt wie bei einem Klassentreffen, wenn man sich nach vielen Jahren wiedersieht und vom Gegenüber nichts weiß. Was auf uns beide völlig zutrifft. Tom ist mir fremd. Wenn ich darüber nachdenke, habe ich ihn anscheinend nie wirklich gekannt.

»Warum bist du damals abgehauen?« Ich antworte nicht auf seine Frage, weil ich noch immer nicht weiß, was seine Beweggründe waren.

»Als du mir von der Schwangerschaft erzählt hast, habe ich Panik bekommen. Ich fühlte mich zu jung, um so viel Verantwortung zu tragen. Ehrlich gesagt dachte ich, dass du nach meinem Verschwinden abtreiben würdest.«

Seine aufrichtigen Worte versetzen mir einen Stich. Abtreibung, was für ein hässliches Wort. Wie kann man nur an so etwas Grauenvolles denken? Niemals stand das bei mir zur Diskussion. Wenn man beim Frauenarzt die ersten Herztöne aus den Lautsprechern hört, kann man doch nicht mehr abtreiben, oder? Ich weiß, dass manche Frauen diese Entscheidung treffen. Ich will damit auch niemanden verurteilen, denn oft sind die Hintergründe schwierig, die zu so einer Entscheidung führen. Aber für mich war klar, auch ohne Mann an meiner Seite werde ich es schaffen. Meine Eltern haben mich von Anfang an unterstützt und auch Toms Eltern haben mir regelmäßig Geld gegeben. Ich hatte Glück. Allein hätte es bestimmt anders ausgesehen.

»Und jetzt fühlst du dich stark genug, um Lani ein guter Vater zu sein?« Die Frage brennt auf meiner Zunge, als hätte ich zu viel Chili gegessen. Was, wenn er wieder verschwindet?

»Ja, ich will es zu hundert Prozent.«

»Was machst du jetzt beruflich?« Ich muss mehr über ihn erfahren, um Lani zu beschützen. Sie würde es bestimmt nicht verkraften, wenn sie erst Vertrauen zu ihm aufbaut, und dann ist er wieder über alle Berge.

»Ich bin Manager. Ich bin für ein paar Leute verant-wortlich, die ihre Hoffnung in meine Arbeit setzen, damit ich sie noch reicher mache.« Er reibt sich das Kinn, dabei blitzt kurz eine dicke Rolex aus dem Hemd-ärmel hervor.

»Also wie früher, nur etwas erfolgreicher.« Mein Blick bleibt an seinem Handgelenk hängen.

Er schiebt den Ärmel ein Stück vor. »Ja. Brauchst du Geld?«

»Was?«

Seine Frage irritiert mich. Er ist es, der plötzlich auf der Matte steht und etwas von mir will, nicht ich! Außerdem hätte ich allen Grund, ihn zur Kasse zu bitten, immerhin hat er bisher keinen Cent für Lani gezahlt. »Ich denke nicht, dass ich auf dich angewiesen bin.«

»Sorry. Ich meine ja nur. Ich möchte für meine Tochter Verantwortung übernehmen, auch finanziell.«

Er redet so ruhig, dass ich skeptisch bin. Früher saß bei ihm das Geld nicht so locker, warum jetzt? Ist er wirklich so erfolgreich, dass er sich alles leisten kann? Wenn ich mir seine Uhr so anschaue, dann vielleicht schon.

»Das besprechen wir morgen. Ich bin müde und ich muss morgen früh raus.« Ich erhebe mich vom Stuhl. Irgendwie fühle ich mich mit der ganzen Situation überfordert.

»Wirfst du mich etwa raus?« Er zieht eine Braue nach oben.

»So in etwa.« Ich nehme die halb volle Flasche, marschiere zur Küche und stelle sie samt Gläsern in die Spüle.

»Mia«, haucht Tom an meinem Ohr, zugleich wandern seine Hände an meinen Oberarmen abwärts zu meinen Händen. Über meinen Rücken läuft ein seltsamer Schauer. Diese Nähe zu ihm hat mich früher im siebten Himmel schweben lassen. Heute ist es eher unangenehm, mit ihm so vertraut zu sein.

Ich drehe mich um und er steht dicht vor mir. Leider ist die Küchenarbeitsplatte in meinem Rücken und ich kann nicht weiter auf Abstand gehen. Er legt seine Hand auf meine Wange und streichelt mit dem Daumen darüber. Dabei fixieren mich seine Augen. Langsam senkt er den Kopf.

Panik keimt in mir auf. Was will ich? Kann ich mich ihm hingeben? Liebe ich ihn noch? Seit er verschwunden ist, hat er mir gefehlt. Jetzt, wo unsere Lippen jeden Moment aufeinandertreffen, wenn ich nichts dagegen tue, fühlt es sich falsch an.

Ich schiebe ihn von mir weg. »Ich kann das nicht.« Dann laufe ich in den Flur. »Bitte geh jetzt.« Ich schiebe die Eingangstür einen Spalt auf.

Tom folgt mir. Er schlüpft in seine schwarzen Lederschuhe und bleibt im Türrahmen stehen. »Bis morgen, fünfzehn Uhr?«

»Perfekt.«

Er gibt mir einen Kuss auf die Wange. »Bis dann.«

33. KAPITEL

MIA

Menschen kommen und gehen. Doch Freunde und Familie sind bisher immer sehr beständig in meinem Leben geblieben. Bis auf Tom.

Nun ist er wieder da. Gestern Nacht habe ich noch mit Amber telefoniert. Sie ist aus allen Wolken gefallen, als ich ihr erzählt habe, dass ihr Bruder bei mir aufgetaucht ist. Einerseits hat sie sich gefreut, andererseits war sie wütend und enttäuscht, genau wie ich. Ich kann ihre Worte noch immer hören: »Wieso hat er sich nie bei uns gemeldet?« Ich wusste keine Antwort darauf. Lag es tatsächlich an der Schwangerschaft? Gut, wir waren damals sehr jung, ist das aber ein Grund, völlig unterzutauchen? Nicht einmal seiner Familie ein Lebenszeichen zu geben, ist nicht gerade die feine Art.

»Mommy, wann kommt Dad endlich?« Lani ist völlig

nervös, seit ich ihr erzählt habe, dass ihr Dad aus Afrika zurückgekommen ist. Alle zwei Minuten steht sie neben mir und fragt nach.

»In zehn Minuten.« Ich streichle ihr sanft über den Kopf. Dann läuft sie wieder zu ihrem Puppenhaus. Sie hat sich so sehr darüber gefreut, dass er vor ihrem Geburtstag noch zu uns kommt. Bisher habe ich Tom noch nicht erzählt, dass sie glaubt, er habe in Afrika armen Kindern geholfen. Aber sie wird es schon nicht ansprechen. Hoffe ich zumindest.

Mein Handy piepst und ich nehme es vom Esstisch. Mads Name erscheint und ich öffne die Textnachricht.

Hallo Mia, es sind zwar erst ein paar Tage vergangen, doch wäre es möglich, heute Abend noch mal über alles zu sprechen?

Mein Herz rutscht in die Hose. Tom wird in wenigen Minuten zu Besuch kommen, ich sollte mich jetzt darauf konzentrieren. Leider vermisse ich Maddox jede Sekunde, in der er nicht bei mir ist. Ich weiß, es ist eigentlich unmöglich, dass wir beide eine Zukunft haben, denn Lani kann und will ich dieses Rampenlicht nicht länger aufhalsen. Meine Entscheidung steht fest und es ist besser, wenn ich ihn nicht länger zappeln lasse.

. . .

Hallo Maddox. Heute acht Uhr abends.

Super, freue mich.

Verdammt. Er freut sich. Dabei wird heute unser letzter gemeinsamer Abend sein. Die letzten Minuten mit ihm muss ich tief in mein Innerstes aufsaugen, damit ich in den nächsten Monaten davon zehren kann, wie ein Bär, der sich einen Winterspeck anfrisst.

Lani hat Vorrang. Sie ist es, für die ich alles opfern werde. Sie ist der Mensch, der über allem steht, wenn es auch noch so schmerzt. In den letzten Nächten habe ich viel darüber nachgedacht, und wie ich es drehe und wende, die Reporter werden nicht aufhören. Ich wünsche mir für meine Tochter eine unbeschwerte Kindheit, ohne diesen Trubel, der gerade herrscht. Ich mag den Fernseher gar nicht mehr einschalten, denn die Bilder von Maddox und mir sind auf allen Kanälen zu sehen. Lani hat sie kurz gesehen und mich gefragt, warum ich da drinnen bin. Ich wusste nicht, was ich ihr darauf antworten sollte. Mir ist selbst nicht ganz klar, warum sie sich so für mich interessieren.

In den letzten Tagen haben wir den Laden geschlossen gehalten, was mich eine Menge Geld kostet. Ich kann so nicht weitermachen. Maddox muss eine Pressekonferenz geben, damit es aufhört. Amber hat versucht, einen Beschluss zu bekommen, leider konnte sie bisher noch nichts erreichen. Es klingelt und ich springe von meinem Stuhl auf.

»Daddy ist da!«, rufe ich Lani zu, während ich in den Flur gehe. Meine Hände sind klatschnass. Nachdem ich den Türöffner gedrückt habe, schiebe ich die Eingangstür auf und blicke über meine Schulter. Lani kommt auf mich zugelaufen. Ich bin überrascht, dass sie so offen damit umgeht. Aber was soll sie von ihrem Dad auch schon Schlechtes denken? Immerhin habe ich ihr jahrelang vom perfekten Vater erzählt. Sie ist der Überzeugung, dass er sie über alles liebt, und vielleicht tut er das auch, wenn er sie besser kennenlernt?

Er kommt mit einem großen Geschenk in der Hand die Treppe hinauf. Ich mache einen Schritt zur Seite, damit er eintreten kann. Lani versteckt sich hinter mir. Natürlich ist sie jetzt schüchtern, was habe ich erwartet? Er ist trotz der Fotos und Erzählungen fremd für sie.

»Hallo.« Seine Stimme ist ruhig. »Ich habe für Lani etwas mitgebracht.«

»Lani, kommst du?« Ich blicke zu ihr hinab. Inzwischen streift sich Tom die Schuhe ab.

Meine Tochter antwortet nicht. Ich gehe auf die Knie und schiebe ihr eine Haarsträhne hinters Ohr. Immer wieder schielt sie an mir vorbei zu ihrem Dad, dann zu mir.

»Komm, lass uns reingehen«, sage ich und nehme meine Prinzessin an die Hand. Tom folgt uns und stellt das Päckchen auf dem Boden ab.

»Möchtest du nicht wissen, was drinnen ist?«, fragt er Lani.

Sie schüttelt den Kopf.

»Möchtest du etwas trinken?«, frage ich Tom.

»Ein Wasser wäre super.« Er setzt sich auf den Stuhl.

Ich gehe in die Küche. Lani folgt mir, als würde sie an mir festkleben. Während ich das Glas mit Wasser fülle, blicke ich immer wieder zu Tom. Er tippt etwas auf seinem Handy, hat die Aufmerksamkeit auf etwas anderes gerichtet. Als ich wieder bei ihm ankomme, legt er sein Telefon zur Seite.

»Lani, magst du das Geschenk aufmachen, oder soll ich dir helfen?« Ich spüre, wie angespannt ich bin. Ich will, dass sie ihm eine Chance gibt. Ich hätte gewettet, dass sie es tut, so oft, wie sie immer nach ihm gefragt hat.

»Helfen«, sagt sie kaum hörbar. Ich setze mich schräg gegenüber von Tom hin und Lani hockt sich auf meinen Schoß.

Behutsam löse ich die Klebestreifen, um das Papier nicht zu sehr zu beschädigen. Es ist so hübsch rosa und mit vielen Bildern von verschiedenen Feen bedruckt. Jede Fee hat eine andere Farbe. Rot, grün, blau und gelb. Nachdem ich das Papier entfernt habe, kommt eine Schachtel mit Lego zum Vorschein. Es ist für Mädchen, das erkenne ich am Aufdruck. Cinderellas Traumschloss. Eigentlich liebt Lani alles, was mit Prinzessinnen und Schlössern zu tun hat, doch diesmal hält sie sich zurück. Er ist für sie fremd, rufe ich mir in Erinnerung. Gib ihr Zeit.

»Hätte ich etwas anderes kaufen sollen?«, fragt Tom.

»Nein, es ist wunderschön, oder, Lani?«

Sie zuckt nur mit den Schultern. Warum ist sie so verhalten? Sogar über Mads Geschenk hat sie sich gefreut. Es ist seltsam, sie zu beobachten. Bin ich an dieses Treffen mit zu großen Erwartungen rangegangen?

»Ich kann es auch umtauschen.« Tom wirkt sichtlich nervös.

»Nein, alles gut.«

Lani springt von meinem Schoß und rennt in ihr Zimmer.

»Habe ich etwas falsch gemacht? Soll ich ihr folgen?« Er dribbelt mit den Fingern auf den Tisch.

»Besser nicht. Sie ist sehr schüchtern, besser gesagt steht die Diagnose Autismus-Spektrum-Störung im Raum.«

Keine Ahnung, warum ich ihm das genau jetzt erzähle. Ich muss Lanis Verhalten nicht rechtfertigen. Sie kennt ihn eben nicht. Er hat ihr nicht zugesehen, als sie die ersten Schritte gemacht hat. Als sie zum ersten Mal Mama gesagt hat. Er war nicht da, als sie hohes Fieber hatte, nach ihrer Impfung. Er war einfach nie da, wenn Lani und ich ihn gebraucht hätten.

»Sie hat Autismus? Das ist doch eine schwere Diagnose. Woher kommt das, etwa von deiner Seite?«

»Wie bitte? Das ist jetzt nicht dein Ernst, oder?« Mein Tonfall schlägt um. Was glaubt er eigentlich, wer er ist?

»Na ja, in meiner Familie hat das niemand. Muss sie da nicht behandelt werden? Immerhin ist das Verhalten, das sie gerade an den Tag legt, nicht normal.«

»Ach, und es ist normal, dass du mich in der

Schwangerschaft sitzen gelassen hast? Dass du dich nie gemeldet und nie einen Cent für sie bezahlt hast?«

»Um was geht es hier jetzt? Soll ich dir einen Scheck ausstellen? Wie viel?« Er zieht ein Scheckheft aus seiner Jackentasche.

»Ach, du verstehst mich nicht!«, rufe ich. »Es geht nicht um dein beschissenes Geld!« Irgendwie verrennen wir uns gerade. Eigentlich sollte es für Lani zu einem gemütlichen Zusammentreffen mit ihrem Dad werden und nun streiten wir uns.

»Um was dann? Ich bemühe mich wirklich, hier etwas mit dir aufzubauen.«

»Uns beide gibt es schon viele Jahre nicht mehr. Du hast unsere Liebe vor Jahren mit Füßen getreten. Du hast nicht eine Sekunde an mich gedacht, oder?« Ich erhebe mich vom Stuhl. Mein Puls hämmert, mein Atem geht abgehackt. »Ich kann nicht einfach da weitermachen, wo wir damals aufgehört haben. Es ist viel passiert.«

»Du meinst, der neue Typ an deiner Seite? Der Kerl ist doch nichts für dich. Er hat ständig neue Frauen. Was willst du mit dem?«

»Du kennst ihn doch gar nicht. Auch wenn es dich nichts angeht, ich bin mit ihm nicht mehr zusammen. Also lass diesen Mist außen vor.« Meine eigenen Worte lassen mein Herz zu Stein werden. Die Tränen bahnen sich unweigerlich einen Weg aus meinen Augen. Der Gedanke, Maddox nie wieder zu sehen, macht mich fertig. Tom an meiner Seite zu haben ist auch keine Option, so sehr ich es mir für Lani wünschen würde.

»Du hast Schluss gemacht?« Tom kommt auf mich zu und legt seine Hände an meine Schultern.

Ich mache einen Schritt zurück. Ich brauche Abstand zu ihm. »Noch nicht, aber ich werde.«

Keine Ahnung, warum ich das alles mit ihm bespreche. Eigentlich geht es ihn gar nichts an. Wir sind kein Paar mehr und inzwischen ist mir klar geworden, dass es für uns nie mehr eine Chance geben wird. Er ist nicht der Mann, der mich glücklich machen kann. Das wäre Mad, doch der ist nicht der Mann, der meine Tochter vor diesen Aasgeiern von Reportern beschützen kann.

Kurz zuckt ein Lächeln über Toms Gesicht, bevor er sich wieder fängt. Was glaubt er? Dass er Chancen bei mir hat?

»Ich schaue nach Lani«, sage ich und gehe aus dem Raum. Was habe ich von diesem Tag erwartet? Dachte ich ernsthaft, zwischen meiner Tochter und ihrem Vater wird alles gut? Ich bleibe vor Lanis Zimmertür stehen. Ich habe ihren Namen damals nach ihrer Geburt mit bunten Holzteilen auf die Tür geklebt. Langsam fahre ich mit dem Finger die Buchstaben nach. Ich atme hörbar aus, dann klopfe ich an die Tür. Kurz darauf öffne ich sie und gehe hinein.

Lani sitzt auf ihrem weißen Bett und hat ihr Freundschaftsbuch in der Hand. Ich setze mich zu ihr, sehe, dass sie die Seite von Mad aufgeschlagen hat. Damals dachte ich, er wäre ein Fremder, der diese berührenden Zeilen hineinschreibt. Dabei wusste er genau, wer ich bin. Ich war nur zu blind, um es zu begreifen.

»Lani, dein Dad wartet draußen auf dich.« Meine Stimme ist ruhig.

»Ich weiß.« Sie sieht nicht einmal zu mir auf.

»Möchtest du ihn nicht besser kennenlernen?«

»Er mag mich doch nicht.«

»Natürlich liebt er dich.«

»Nein! Er wollte mich nicht, oder?« Eine Träne entweicht meiner Kleinen. Sofort schließe ich sie in die Arme und ziehe sie an meine Brust.

»Doch, natürlich«, lüge ich. »Wie kommst du darauf?«

»Ich habe euch gehört. Er war nicht in Afrika! Du hast mich angelogen!« Sie wehrt sich und flieht aus meiner schützenden Umarmung.

»Ja, aber jetzt ist er hier, um dich besser kennenzulernen.« Ich stehe auf und hocke mich zu Lani auf den Boden, wo sie ihrer Barbie die Haare kämmt. Nicht vorsichtig, sondern wild. Sie rupft an den Haaren, als müsse sie ihre ganze Wut damit kanalisieren.

»Ehrenwort?« Sie blickt zu mir auf.

»Ehrenwort.« Ich halte die rechte Hand in die Höhe und die linke an meine Brust. Bitte, lieber Gott, lass Tom ein ernsthaftes Interesse an ihr haben. Bitte lass mich nicht wieder als Lügnerin dastehen. Er muss es ehrlich meinen.

Ich weiß nicht, wann das mit dem Ehrenwort bei uns begonnen hat, doch es hat immer sehr großes Gewicht. Lani erhebt sich und nimmt meine Hand. Hand in Hand gehen wir hinaus. Tom sitzt auf seinem Stuhl und tippt wieder in sein Handy.

»Bauen wir gemeinsam das Cinderella-Haus auf?«, frage ich.

Lani nickt.

Tom legt sein Telefon zur Seite und nimmt die Schachtel. Wir hocken uns alle drei auf den Boden. Tom öffnet die Schachtel und unzählige Tüten mit Legosteinen fallen heraus.

Gemeinsam beginnen wir zu bauen. Immer wieder springt Tom auf und hat mit dem Telefon zu tun. Nach wenigen Minuten sitzt er dann zwar wieder bei uns, trotzdem habe ich das Gefühl, als würde er mehr mit dem Handy spielen als mit uns. Lani hat bisher kein Wort mit Tom gewechselt, was aber auch daran liegt, dass Tom nicht die Initiative ergreift. Es wirkt, als wäre es für ihn eine Pflichtübung. Wir sollten Spaß haben und lachen, leider ist das kaum der Fall. Wir müssen uns eben alle an die neue Situation gewöhnen, denn nun wird er bestimmt öfter zu Besuch kommen.

Nachdem wir es endlich geschafft haben, dieses große Ding zusammenzubauen, mache ich Abendessen. Eigentlich dachte ich, dass Tom nach Hause gehen würde, doch er meinte, er wäre gerne bei uns. Mittlerweile ist es sieben Uhr abends. In einer Stunde wird Mad da sein. Bis dahin muss ich Tom aus meiner Wohnung verbannt haben.

»So, Lani, jetzt geht es ab ins Bett.«

»Okay. Schläft Dad heute hier?« Lanis Frage lässt meine Augen groß werden.

»Nein, er muss wieder los, oder?« Ich blicke zu ihm.

»Ich helfe dir natürlich noch beim Zusammenräumen.« Tom geht mit den leeren Tellern zur Spüle.

»Das ist wirklich nicht nötig.«

Nervös zwirble ich an meiner Haarsträhne. Ich kann ein Aufeinandertreffen von Tom und Mad keinesfalls gebrauchen. Immerhin habe ich zu Tom gesagt, dass ich mit Mad Schluss machen werde. Was ich heute auch tun werde, aber das muss Mad aus meinem Mund erfahren.

34. KAPITEL

MADDOX

Wenige Schritte trennen mich noch von Mia. Jeden Tag habe ich an sie gedacht. Meine Entscheidung, wie es mit meiner Karriere als Sänger weitergeht, ist gefallen. Nun muss ich nur noch Mia für mich gewinnen. Dass sie mir heute schon die Chance auf ein Treffen gibt, lässt mich hoffen.

Am Hauseingang angekommen, will ich gerade läuten, als die Eingangstür aufspringt. Ein Mann mit dickem Bierbauch stapft heraus und ich nutze die Chance hineinzugehen. Mit jeder Stufe, die mich ihrem Apartment näher bringt, schlägt mein Herz schneller. Sie ist meine Traumfrau, und das werde ich ihr heute auch so sagen. Ich muss ihr sagen, dass ich sie mehr als alles andere auf der Welt liebe. Sie muss es wissen.

Ich klopfe an ihre Tür, damit ich ihre Tochter nicht

wecke. Ich wippe mit dem Bein auf und ab, als würde ich den Takt spüren, dabei ist es die Nervosität, die meinen Körper durchströmt. Ich lächle breit vor Vorfreude.

Die Eingangstür springt auf und augenblicklich erstarre ich. Was hat dieser Typ in Mias Wohnung zu suchen? Mein Blick wandert zu seinen Füßen und ich sehe seine schwarzen Socken. Das heißt, er ist schon länger bei Mia zu Besuch.

»Hallo, Maddox, was suchst du hier?« Sein abschätziger Blick lässt meine Hand zu einer Faust werden. Dieser verdammte Wichser tut so, als wäre er mit ihr zusammen, was bestimmt nicht der Fall ist.

»Das könnte ich wohl eher dich fragen.« Ich dämpfe meine Stimme, weil ich die Nachbarn nicht auf uns aufmerksam machen will. Was will Parker, mein Manager, von Mia?

»Wir haben den Nachmittag zusammen verbracht. Immerhin ist Lani meine Tochter.«

»Du lügst doch!« Nun kann ich nicht mehr leise sprechen. »Du ziehst wirklich alle Register, damit ich in der Band bleibe. Aber das kannst du vergessen, ich glaube dir nicht«, knurre ich.

»Sprich leiser, Lani schläft.« Parker klingt so gelassen, dass es mich rasend macht.

»Wo ist Mia?«

»Wie schon gesagt, sie bringt unsere gemeinsame Tochter ins Bett.« Sein süffisantes Grinsen könnte ich ihm rausprügeln.

»Lass mich rein.« Normalerweise ist das nicht meine

Art, aber ich weiß, dass Parker lügt. Er ist durchtrieben, aber ich falle darauf nicht rein.

»Also, laut Mia ist bei euch die Luft raus, deshalb ist es besser, wenn du gehst.« Noch immer spricht er so ruhig, als wäre er sich zu hundert Prozent sicher.

»Was ist hier los?« Mia taucht neben Parker auf und blickt abwechselnd zu mir und zu diesem falschen Hund.

»Ich habe ihm gerade erklärt, dass du unsere Tochter ins Bett bringst.« Parker legt seine Hand um ihre Taille und alle meine Muskeln verkrampfen sich bei dem Anblick. Zum Glück schiebt sie seine Hand weg und ich entspanne mich wieder.

»Stimmt das? Lani ist Parkers Tochter?«

Sie sieht mich mit großen Augen an. Dann schweift ihr Blick zu Boden, dann zu Parker.

»Das ist jetzt ein schlechter Scherz, oder? Parker, mein Manager, ist der verschwundene Dad?«

Mia reißt den Kopf hoch, doch sie sagt weiterhin kein einziges Wort.

Ich ertrage dieses Schweigen nicht länger. »Ich muss los.« Ich schaffe es nicht, dieses Trauerspiel weiterhin mitanzusehen. Ich wusste, dass da draußen ein Mann herumläuft, der vielleicht einmal Ansprüche stellen könnte. Aber niemals er, der Mann, der alles vögelt, was nicht bei drei auf den Bäumen ist. Nicht er, der Frauen behandelt, als wären sie nur Mittel zum Zweck.

Ich hetze die Treppen hinunter. Mein Herz rast in meiner Brust, zugleich schmerzt es, als würde es in tausend Stücke zerfetzt werden.

Wie kann ich mit einem Mann konkurrieren, der der Vater ihrer Tochter ist? Einem Mann, den sie viele Jahre gesucht hat. Ich weiß mittlerweile, wie Mia tickt. Sie wird alles tun, um ihre Tochter glücklich zu machen. Immer wieder kommt mir in den Sinn, wie Parker seine schleimige Hand um ihre Taille gelegt hat. Ich könnte kotzen, so schlecht ist mir bei dem Gedanken.

35. KAPITEL

MIA

Tom schließt die Eingangstür und ich bin wie versteinert. Ich kann nicht klar denken. Was ist hier gerade abgegangen? Als Maddox vor mir stand, wollte ich, dass er mich berührt, mich in seine Arme schließt, so wie vor wenigen Tagen. Damals schien unsere gemeinsame Zukunft perfekt. Natürlich hätte ich ihn bitten können zu bleiben. Aber für Lani muss ich Verantwortung übernehmen, und dazu gehört kein Rockstar, der permanent in den Medien steht. So sehr ich mir ein Leben mit Mad wünsche, ich muss jetzt stark sein. Ihn ziehen lassen. Die Enttäuschung in seinem Gesicht war nicht zu übersehen.

»Soll ich uns eine Flasche Wein öffnen?« Tom steht neben mir und legt seine schmierige Hand auf meinen Arm. Ich zucke augenblicklich zurück.

»Du tust gar nichts.« Ich verschränke abwehrend die Arme vor meiner Brust. »Du hast mich angelogen. Warum?« Ich versuche ruhig zu sprechen, um Lani nicht zu wecken, dabei würde ich ihm am liebsten alles Mögliche an den Kopf werfen.

»Es ist doch egal, ob ich Maddox kenne oder nicht. Immerhin bin ich jetzt hier. Ich kann auch gehen.«

»Bist du überhaupt wegen Lani hier?« Die Worte brennen auf meiner Zunge. Ich werde das ungute Gefühl nicht los, dass sein Besuch genau geplant war. Es kann kein Zufall sein, dass er jetzt aufkreuzt. Ich hätte es von Anfang an wissen müssen.

»Du glaubst doch nicht ernsthaft, dass ich mir durch das Techtelmechtel meines wichtigsten Bandmitgliedes die Karriere versauen lasse.« Tom wirkt hart. Verschwunden ist das nette Gesicht von vorhin. »Wir werden jetzt den asiatischen Raum erobern, da passt keine Frau ins Bild.«

»Du hattest das alles geplant?« Er sagt das so, als wäre es normaler Kaffeeplausch. Dabei geht es hier um Gefühle. Meine Gefühle, die gerade mit einer Dampf-walze in den Boden gestampft werden.

»Sei froh, dass ich dir die Augen geöffnet habe. Man merkt doch, dass du das Rampenlicht nicht liebst. Er hat dir etwas vorgemacht, nur um sich abzulenken. Oder hat er dir erzählt, dass es in wenigen Wochen für mehrere Monate nach Asien geht? Er ist kein Mann, der abends nach Hause kommt und mit dir gemeinsam Familie spielt.«

»Und du? Wirst du jetzt genauso schnell aus Lanis

Leben verschwinden, wie du gekommen bist? Weißt du eigentlich, was du ihr damit antust?« Meine Stimme wird lauter.

»Ich bin Manager der bekanntesten Rockband der Welt. Ich kann nicht hier sitzen und Babykram machen. Außerdem hat sie doch eh kein Interesse an mir.«

Ich würde ihm gerne etwas an den Kopf werfen. Ihm sagen, was für ein riesengroßes Arschloch er doch ist. Wie konnte ich nur glauben, dass er ernsthaft Interesse an seiner Tochter hat?

»Verschwinde, sofort!« Ich öffne die Eingangstür und würdige ihn keines Blickes. Ich fasse es nicht, dass ich zu dumm war, es vorher zu bemerken. Alle Männer sind nur Lügner, Mad eingeschlossen.

»Schick mir deine Kontonummer, ich werde dich natürlich finanziell unterstützen. Bis dann.« Tom schlüpft in seine Lederschuhe und stapft zur Tür hinaus.

»Ich brauche dein verdammtes Geld nicht! Lass dich nie wieder hier blicken!«, rufe ich ihm hinterher. Niemals werde ich mich von diesem Mann aushalten lassen. Er hat es geschafft, mich nach all den Jahren nochmal zutiefst zu verletzen. Damals dachte ich Gutes über ihn. Niemals hätte ich ihm das zugetraut, was er hier abgezogen hat. Dieser Mann verkörpert alles Schlechte.

»Mommy?«, höre ich Lanis Stimme hinter mir. Ich fahre herum. Lani steht im Türrahmen des Kinderzimmers und reibt sich ihre verschlafenen Augen. Sie hat sich heute für einen Pyjama entschieden, der übersät ist mit Teddybären. Wie viel hat sie von dem Gespräch mitbekommen? Ich wollte sie all die Jahre beschützen und nun habe ich alles zerstört.

»Geh ins Bett, Liebes, alles ist gut.« Ich gehe auf sie zu.

»Warum hast du Dad hinausgeworfen? Wird er nicht mehr wiederkommen?«

Ihre Frage versetzt mir einen Stich. Ich versuche die Tränen zu unterdrücken, die in meinen Augenwinkeln brennen. Ich muss mich für meine Prinzessin zusammenreißen. Als ich vor ihr ankomme, gehe ich in die Hocke.

»Süße, manchmal machen Erwachsene Dinge, die nicht so einfach zu erklären sind. Aber ich verspreche dir, wenn ich meine Gedanken gesammelt habe, werde ich dir alles in Ruhe erklären.« Ich gebe ihr einen Kuss auf die Stirn.

»Bist du jetzt traurig?«, wispert sie.

»Ein bisschen. Und du?«

»Nein, nur müde.« Sie macht auf dem Absatz kehrt und läuft in ihr Zimmer. »Deckst du mich noch zu?«, höre ich sie rufen.

»Natürlich.«

Sie hüpft ins Bett und ich lege die rosarote Decke über sie.

»Ich hab dich lieb«, sage ich und gebe ihr einen Kuss auf den Mund.

»Ich habe dich auch lieb.« Sie schließt ihre Augen. Ich bleibe neben ihr sitzen und streichele sanft ihren Kopf.

Als ich merke, dass sie tief und fest schläft, gehe ich ins Wohnzimmer. Ich lasse mich auf mein Sofa sacken, nehme mir das Kissen und umarme es. Ich starre in die Leere. Wie konnte ich nur glauben, dass Tom es ernst meint? Wie konnte ich nur so blind sein? Die letzten Jahre war er untergetaucht, weil er nichts von Lani und mir wissen wollte. Er hat nur seine Karriere im Kopf. Er hat mich benutzt, um an sein Ziel zu kommen. Und er hat es mir ins Gesicht gesagt, als wäre es das Normalste auf der Welt.

Ich spüre, wie sich mein Herz zusammenzieht. Die Tränen kullern über meine Wangen. Ein lautes Schluchzen entfährt mir. Vor ein paar Tagen war ich glücklich. Warum war ich so dumm und habe Mad eine Chance gegeben? Warum habe ich nicht auf meinen Instinkt gehört? Ich wusste doch, dass ein Mann nicht in mein Leben passt. Doch oft, wenn ich abends allein vor dem Fernseher sitze, habe ich mir gewünscht, einen Mann an meiner Seite zu haben. An den ich mich auch mal anlehnen kann. Der mir seine starke Schulter schenkt und mich in seine Arme schließt.

Ist es denn so verwerflich, sich das zu wünschen? Freunde sind zwar wichtig, aber sie können nicht die Zärtlichkeit schenken, die man von einem Partner oder einer Partnerin bekommt. Einsamkeit, die ist es, die mich zerfrisst. Gut, ich habe eine Tochter und bin schon aus diesem Grund nie allein, aber das ist etwas anderes.

Ich seufze. Der heutige Tag hat wieder gezeigt, dass es besser für mich ist, allein zu bleiben. Mein Herz ist gebrochen, und nicht nur in ein paar Einzelteile, die man leicht zusammenkleben kann. Nein, in viele Millionen kleine Stücke wurde es zerfetzt. Es ist unmöglich, es zu kitten.

Ich fühle mich gedemütigt, verraten und auch tieftraurig über meine Naivität. Niemand sollte so etwas erleben müssen. Schon gar nicht meine Tochter. Ich wollte sie vor allem beschützen und nun bin ich es, die ihr dieses Leid zugefügt hat. Ich habe diese Männer in unser Leben gelassen. Ich hätte die Mauer, die ich über Jahre hinweg aufgebaut habe, nicht bröckeln lassen sollen. Ich war zu schwach, um sie aufrechtzuerhalten. Aber nun ist sie wieder da, noch höher und stärker habe ich sie um uns herum aufgebaut. Nie mehr wird es jemand schaffen, sie einzureißen.

Ich lege mich hin und breite die bunte Kuscheldecke mit den roten, blauen und grünen Streifen, die Ähnlichkeit mit einem Regenbogen haben, über mich. Mir ist kalt, obwohl es sicher fünfundzwanzig Grad in der Wohnung sind. Meine Finger fühlen sich taub an. Die Energie, die ich noch vor wenigen Stunden gespürt habe, ist verschwunden. Ich fühle mich ausgesaugt.

Doch tief in meinem Innersten weiß ich, dass der Tag kommen wird, an dem ich wieder Glück spüren werde.

36. KAPITEL

MADDOX

Zwei Wochen sind seit unserem Aufeinandertreffen vergangen und ich habe nichts von Mia gehört. Nur die unzähligen Anrufe von meinen Bandkollegen und von Parker sind bei mir eingegangen. Doch ich habe auf keinen einzigen reagiert.

Ich bin seither nicht aus der Wohnung gegangen. Ich habe keinen Plan, wie ich jetzt weitermachen soll. Die Frau, die mein ganzes Sein zu etwas Besonderem gemacht hat, will nichts mehr mit mir zu tun haben. Ich habe am Tag danach viermal bei Mia angerufen, ihr auf die Mailbox gesprochen und eine Textnachricht geschickt. Doch es kam nichts zurück. Nicht ein Wort. Sie hat sich für Parker entschieden, das muss ich akzeptieren, auch wenn mein Herz etwas anderes sagt. Es will weiterkämpfen, mit aller Kraft. Doch mein Verstand sagt Nein, lass sie in Ruhe.

Ich stehe vor dem Fenster, blicke über die Skyline. Der Himmel ist von grauen Wolken bedeckt. Es gibt keine Aussicht auf einen Sonnenstrahl, der die Dunkelheit verbannen könnte. Ich weiß, dass mein Leben weitergehen muss. Am liebsten würde ich mir selbst rechts und links eine reinhauen für mein Versagen. Ich hatte eine Chance, die ich mit Füßen getreten habe. Man sagt nicht ohne Grund, Lügen haben kurze Beine. Alles wird einmal aufgedeckt. Ich hätte es wissen müssen.

Ich weiß, es muss eine Entscheidung getroffen werden. Meine Kollegen wollen groß raus. Aber was möchte ich? Will ich wirklich mit auf diese Asien-Tournee? Es wäre bestimmt eine gute Ablenkung. Doch ist es das, was ich mir für mein Leben vorstelle? Es wäre sicher der einfachste Weg, aber bin ich nicht in den letzten Jahren immer den einfachsten Weg gegangen?

Damals schon, bei meinen Eltern, die mich immer wieder dazu überredeten, an Castingshows und Wettbewerben teilzunehmen, war ich zu schwach, Nein zu sagen. Ich wollte es ihnen recht machen. Ihnen gefallen und endlich die Bestätigung erhalten, die ich von ihnen nie bekommen habe. Ich wollte nur von ihnen geliebt werden, dabei haben sie mich als Geldesel gesehen, mit dem sie ihren Luxus finanzieren konnten. Damals war ich noch ein Kind, war geblendet von ihren lieben Worten, die immer dann kamen, wenn ich begann mich zu weigern. Heute bin ich ein Mann, der weiß, dass der ganze Honig nur die Seele verklebt. Dass die Süße nur den bitteren Geschmack übertüncht. Die Zeit ist reif, um alles zu klären.

Ich renne ins Schlafzimmer, schnappe mir ein schwarzes T-Shirt und eine Jeans aus dem Schrank und schlüpfe hinein. Nachdem ich in meine blitzblauen Sneakers geschlüpft bin, renne ich aus der Wohnung. Normalerweise nehme ich immer den Fahrstuhl, doch diesmal hetze ich die zwanzig Stockwerke hinunter. Es ist trotz der Atemlosigkeit befreiend. Mein Puls rast, wodurch ich spüre, wie lebendig ich bin.

Unten angekommen, winke ich ein Taxi herbei und gebe die Adresse an, bei der ich meine Freiheit bekommen werde. Ohne zu zögern, fädelt sich der Fahrer in den fließenden Verkehr ein. Mein Blick wandert nach draußen, wo ich Menschen beobachte, die gestresst zur Arbeit hetzen. Wie viele von ihnen sind auf dem richtigen Weg? Ich meine nicht den Weg zum richtigen Ort, sondern den Lebensweg. Wie viele von ihnen bewegen sich um anderer willen und nicht wegen ihrer selbst?

Das Adrenalin schießt durch meine Adern. Ich weiß nun, wie meine Zukunft aussehen wird. Mir stand in meinem ganzen Leben noch nie so klar vor Augen, was ich wirklich will.

Der Sinn des Lebens. Ja, jeder sucht ihn, und doch finden ihn nicht viele, weil sie geblendet sind von dem ganzen Prunk, der unsere Sinne vernebelt. Die letzten

Tage in meinen vier Wänden haben mir die Augen geöffnet. Als hätte mir jemand von oben zugerufen und mich aus einem tiefen Schlaf geweckt. Vielleicht muss man Abstand gewinnen, um das, was wichtig ist, zu verstehen.

Das Taxi hält vor dem Gebäude. Ich will nicht mein ganzes Leben schlechtreden, denn das wäre gelogen. Ich habe mit meinen Bandkollegen auch schöne Dinge erlebt. Allem voran als unser erster Song Platz eins der Charts erreichte. Wir haben gefeiert, bis wir nicht mehr geradestehen konnten. Damals dachte ich, das ist es, was ich mir immer erträumt habe.

Diesen Moment möchte ich nicht missen. Ich glaube, jede Entscheidung, die man trifft, bringt einen ein Stückchen näher ans Ziel. Auch wenn mir noch nicht klar ist, wo mein Ziel liegt, werde ich es finden. Ich weiß es einfach.

Ich reiche dem Fahrer das Geld und steige aus. Mein Blick wandert zum Himmel. Noch immer ist er in den unterschiedlichsten Grautönen gefärbt. Die Wolken hängen tief, als würden sie ihre schwere Last an Wasser bald nicht mehr ertragen. Aber so, wie sich die Luft durch den Regen Erleichterung verschafft, muss ich jetzt meinen Ballast loswerden, der mich die letzten Jahre begleitet hat.

Ich öffne die Tür und gehe hinein. Der Flur erhellt sich. Mit jedem Schritt in Richtung Probenraum schlägt mein Herz einen Tick schneller. Wie werden sie reagieren? Werden sie meine Entscheidung tolerieren?

Werden sie mich hassen? Meine Hand umfasst den Türknauf. Ich atme tief ein und aus, dann drehe ich ihn und gehe hinein.

Anscheinend war ich sehr leise, denn sie bemerken mich nicht. Parker sitzt wie immer in seinem Lederstuhl und beobachtet, wie sie einen Song anstimmen. Zu meiner Überraschung steht kein Sänger vorne. Doch was habe ich erwartet? Dass sie schnell einen Ersatz für mich gefunden haben?

»Hey«, rufe ich.

Parker winkt den anderen, damit sie aufhören zu spielen, dann wendet er sich mir zu. »Endlich bist du wieder da!«

Tom kommt auf mich zu und klopft mir väterlich auf den Oberarm.

»Hey, Alter, wo warst du?« Rico ist der Erste, der vor mir haltmacht.

Marc und Jesper kommen dazu und klopfen mir auf die Schultern.

»Leute, ich habe eine Entscheidung getroffen. Vielleicht setzt ihr euch besser.« Sie nehmen alle auf dem Sofa Platz, ohne weiter darüber zu diskutieren, bis auf Parker.

»Also, raus mit der Sprache«, fängt Jesper an.

»Ich habe wirklich lange darüber nachgedacht, aber ich bin raus.« Die Worte klingen simpel, trotzdem liegt in ihnen so viel Gewicht.

»Wie, du bist raus?«, hakt Marc nach.

»Ich werde keine weiteren Auftritte mehr machen,

geschweige denn mit nach Asien reisen.« Augenblicklich fühle ich mich zehn Kilo leichter.

»Nein, das kannst du nicht machen! Wir brauchen dich doch!«, knurrt Parker und fährt sich mehrmals durch sein blondes Haar. »Du hast einen Vertrag! Das kostet dich eine Menge Geld, das ist dir klar!«

»Egal was es kostet, ich habe keinen Bock mehr. Du bist mit dem Video, das allen gezeigt hat, wer ich bin, zu weit gegangen.« Mein Blick heftet sich an Parker. Am liebsten würde ich ihm an die Gurgel gehen bei dem Gedanken daran, dass er jetzt der Mann an Mias Seite ist.

»Warum? Wegen Mia kann es nicht sein, also sag mir, was ist der Grund? Willst du mehr Geld?« Parker macht einen Schritt auf mich zu und stiert in meine Augen. Finster und düster wirkt er, aber ich habe keine Angst. Im Gegenteil, ich finde es lächerlich, dass er noch immer den Boss raushängen lassen will.

»Lass sie aus dem Spiel! Damit hat es nichts zu tun. Ihr müsst jetzt selbst schauen, wie ihr weitermacht. Marc wäre ein guter Ersatz für mich.«

»Marc? Bist du verrückt? Der schafft das doch nie auf der Bühne ganz vorne. Der macht sich schon in die Hose, wenn uns nur ein paar Fans umzingeln.« Jespers Stimme klingt verzweifelt.

»Alter, überleg dir das noch mal gut«, sagt Marc in ruhigem Ton. Er reagiert nicht einmal darauf, dass Jesper ihn gerade bloßgestellt hat.

»Habe ich. Ich muss dann auch los. Ich habe noch einiges zu tun.«

»Du kannst nach so einem Zweizeiler nicht einfach abhauen!« Parkers Stimme ist hasserfüllt.

»Doch, das kann ich. Nach allem, was du getan hast, verdienst du kein weiteres Wort mehr von mir!« Ich mache auf dem Absatz kehrt und gehe. Ich brauche Luft zum Atmen.

37. KAPITEL

MIA

Die letzten Tage habe ich mich mühselig immer wieder in den Laden geschleppt. Mein Glück ist nur, dass wir endlich wieder Ruhe vor den Paparazzi haben. Wahrscheinlich haben sie ein neues Opfer gefunden, dem sie auflauern können.

Noch immer schwirrt mir Maddox im Kopf herum. Ich kann ihn einfach nicht vergessen. Sein letzter Blick, den er mir zuwarf, als er vor meiner Wohnungstür stand, hat mich tief im Herzen getroffen. Ich habe den Schmerz in seinen Augen gesehen, doch ich kann aus meiner Haut nicht raus. Ich bin nicht bereit für diesen Öffentlichkeitswahnsinn. Ich kann und will nicht, dass meine Tochter das noch mal erleben muss. Sie hat es verdient, in einem normalen Alltag groß zu werden, auch wenn ich dafür leide. Ich muss nur hart genug daran arbeiten, ihn aus meinem Herzen zu verbannen. Irgendwann wird es mir bestimmt besser gehen. Ich habe es ja auch geschafft, für Tom keine Gefühle mehr zu haben, dann muss das auch bei Mad funktionieren, oder etwa nicht?

»Mia?«, höre ich in weiter Ferne meine Angestellte rufen.

»Ja?« Ich blinzle mehrmals und bemerke, dass ich mitten im Blumenladen stehe und ins Leere starre.

»Soll ich dir einen Kaffee holen? Du wirkst müde.« Amelia kommt auf mich zu und streicht mir eine Haarsträhne hinters Ohr.

»Kaffee klingt gut, danke.« Ich schlucke schwer. Meine Augen füllen sich mit Tränen, obwohl sie nichts Falsches gesagt hat. Ich schlucke den Kloß, der sich in meinem Hals befindet, hinunter, doch es ist hoffnungslos. Mir fehlt die Kraft, mich dagegen zu wehren.

Amelia schließt mich in ihre Arme. »Lass es raus, dann geht es dir besser«, sagt sie mit sanfter Stimme.

Ich schluchze mitten in meinem Blumenladen. Umgeben von den vielen bunten Blumen, die auf mich grau und fahl wirken, als würden sie nacheinander verwelken. Als würde ihnen das Leben aus den Blättern gesaugt werden. Genauso fühle ich mich jetzt, vertrocknet und verdorrt.

Doch ich muss stark sein, heute ist ein Tag, an dem ich Mutter bin. Da ist keine Zeit für meine Problemchen. Ich habe endlich einen Termin bei einer angesehenen Psychologin bekommen. Ihr Ruf eilt ihr voraus. Sie ist nicht eine, die schnell Diagnosen stellt, sondern jemand, der auch auf menschlicher Basis agiert. Jemand, der ein Kind nicht sofort bei einer Abweichung von der Normalität in eine Schublade drängt. Nach unserem ersten Gespräch fühle ich mich sicher und gut aufgehoben. Ich kann es nicht erklären, aber bei ihr weiß ich, dass sie genau hinsieht. Obwohl, dachte ich das von ihrer Vorgängerin nicht auch?

Langsam beruhige ich mich wieder. Amelia geht auf Abstand und verlässt den Laden. Hastig wische ich mir die Tränen weg, als meine beste Freundin plötzlich zur Tür hereinschneit.

»Hallo, Süße!« Amber steuert auf mich zu, schlingt ihre Arme um mich und gibt mir rechts und links einen Kuss auf die Wange.

Als ich ihr vor ein paar Tagen von ihrem Bruder und Mad erzählt habe, war sie von beiden zutiefst enttäuscht. Bei Maddox hatte sie ein bisschen Mitleid. Irgendwie hatte ich das Gefühl, dass sie mir einreden wollte, er sei vielleicht doch der richtige Mann für mich. Natürlich wäre er der Richtige für mich, wenn er eben kein Superstar wäre. Doch das ist und bleibt er. Wer so berühmt ist, ist mit seinem Erfolg glücklich, davon bin ich überzeugt. Immerhin hat er eine Weltkarriere, wer kann das schon behaupten? Niemals würde ich von ihm erwarten, dass er das für mich aufgibt.

»Hast du schon die Zeitung gelesen?«, fragt Amber euphorisch und wedelt mit einer Klatschzeitung vor meinem Gesicht herum.

»Nein. Mich interessiert das alles nicht. Egal was da drin steht, nichts davon hat Bedeutung für mich.« Der

Gedanke, Maddox' Gesicht zu sehen, schmerzt. Es würde alles nur wieder auffrischen.

»Das sehe ich anders.« Ambers Mimik wird ernst. »Komm, lies das«, fordert sie mich auf und zieht mich zum Verkaufstresen. Gezielt schlägt sie eine Seite auf und da ist er. Maddox. Es ist das Bild, das vor wenigen Tagen von uns beiden gemacht wurde, nur dass sie mich wegretuschiert haben. Gut, wenigstens lassen sie mich in Ruhe. Als ich die fette Überschrift lese, wird mir flau in der Bauchgegend.

Maddox Walker steigt aus der Band The Royals aus!

Immer wieder lese ich denselben Satz. Ich kann nicht fassen, dass er es wirklich getan hat. Aber warum? Meinetwegen wird er es kaum getan haben. Oder ist das alles eine Lüge? Immerhin steht viel Mist in der Zeitung. Was, wenn es nur eine von Toms Marketingstrategien ist?

»Siehst du? Er ist jetzt frei.« Amber sieht mich mit ihren blauen Augen an. Ihren blonden Lockenkopf hat sie heute mit einem Haargummi locker zusammengebunden, wodurch ihr eine Haarsträhne ins Gesicht hängt.

»Was hat das schon zu bedeuten? Vielleicht ist ein Fünkchen davon wahr, aber sehen wir es realistisch, achtzig Prozent von dem, was in diesen Schundblättern steht, ist frei erfunden.« Ich schüttle den Kopf und gehe hinter den Tresen. Vorhin hat der Blumenhändler frische Schnittblumen gebracht und ich beginne die Rosen zu entdornen. Ich könnte Hoffnung in den Zeitungsbericht setzen, doch ehrlich gesagt habe ich sie verloren. Irgendwo in meinem tiefsten Inneren wünsche ich mir, dass es die Wahrheit ist, aber ich muss in der Realität bleiben.

»Also, es war nicht nur in dieser Zeitung, sondern sogar in den Nachrichten heute Morgen. Hast du sie nicht geschaut?« Amber nimmt mir den Rosenentdorner aus der Hand und dreht mich zu sich.

»Amber, es ist lieb von dir, dass du mir helfen möchtest. Aber für Maddox und mich kann es keine zweite Chance geben. Es ist zu viel passiert. Außerdem, wie sieht es denn aus, wenn ich jetzt zu ihm fahre? Ich habe nicht einmal seine Adresse. Wenn er nicht auf meiner Matte steht, wird es kein Wiedersehen geben.« Die Erklärung klingt sogar für mich plausibel. Immerhin bin ich nun an dem Punkt, wo ich mein Leben wieder selbst in die Hand nehme. Ich brauche keinen Mann. Genau.

»Du gibst einfach so auf?« Amber ist unmöglich. Dabei hat sie selbst in den letzten fünf Jahren außer One-Night-Stands nichts auf die Reihe gebracht.

»Ich weiß schon, was ich tue. Außerdem ist heute der Termin mit der Psychologin. Ich habe jetzt andere Sorgen im Kopf als einen Mann, der mir nie die Wahrheit gesagt hat.« Ich seufze und greife nach den Rosen. Unkonzentriert wie ich bin, sticht mich ein Dorn in die Handfläche. Ich verziehe das Gesicht. Der stechende Schmerz ist jedoch nicht vergleichbar mit dem Schmerz in meiner Brust.

»Wie du meinst. Ich kann dich kaum bekehren, aber

solltest du Hilfe benötigen, bin ich für dich da.« Sie sieht mich mit diesem mütterlichen Blick an.

»Danke.«

Kurz ertönt das Läuten der Türglocke und Amelia balanciert zwei Pappbecher herein. »Hallo, Amber. Leider habe ich jetzt für dich keinen Kaffee dabei.«

»Nicht nötig, ich muss dann mal los. Vielleicht kannst du inzwischen Mia aufklären, dass manchmal auch die Wahrheit in den Zeitungen steht.« Ambers Blick springt zwischen Amelia und mir hin und her.

»Okay ...« Amelia sieht mich verdattert an.

»Bis dann.« Meine beste Freundin stöckelt aus dem Laden.

»Was meinte sie?« Amelia bleibt vor dem Zeitungsartikel stehen. »Ist das nicht ...?«

»Ja, ist er.« Ich konzentriere mich weiter auf die Rosen, aus Angst, ich könnte einknicken.

»Das sind doch gute Neuigkeiten, oder nicht?«

Ich zucke nur mit den Schultern.

»Ich denke, du solltest mit ihm reden.« Amelia reicht mir den Kaffee.

Ich stecke die Rosen in die Vase, dann nehme ich den Kaffee in beide Hände. »Vielleicht ...«

38. KAPITEL

MADDOX

Das weiche Gras unter mir fühlt sich gut an. Die Vögel zwitschern und die Kinder geben die verschiedensten Laute von sich. Als ein paar Leute an mir vorbeigehen, ziehe ich die Kappe tiefer ins Gesicht. Vor wenigen Wochen war ich mit Mia hier. Habe mit ihr zum ersten Mal UNO gespielt. Der Tag wird für mich immer unvergesslich bleiben. Die Sonne hat genauso stark geschienen wie heute.

Das Rascheln der Blätter lässt mich in Erinnerungen schwelgen. Wäre es mit Mia anders gelaufen, wenn ich ihr von Anfang an die Wahrheit gesagt hätte? Hätte sie dann keinen Rückzieher gemacht? Allerdings hätte ich niemals verhindern können, dass Parker wieder in ihr Leben tritt. Vielleicht bin ich dafür geboren worden, sie zusammenzuführen. Vielleicht war genau das der Sinn unserer Begegnung? Damit ihre Familie endlich wieder heil wird? Lani ist so ein bezauberndes Kind, ich kann verstehen, dass Mia alles tun wird, um sie glücklich zu sehen. Wäre sie mein Kind, würde ich es nicht anders machen. Kinder haben das Recht, glücklich und zufrieden aufzuwachsen.

»Mad! Jetzt stell dich nicht so an! Sitz gerade, Kopf hoch!« *Mom schreit, als wäre ich schwerhörig. Dabei habe ich keine Lust, heute diese Fotos machen zu lassen. Ich hasse es sogar, aber was habe ich für eine Wahl? Mom und Dad wollen, dass in den Zeitungen perfekte Bilder von mir sind. Dabei gefalle ich mir auf keinem einzigen. Die glatt gelegten Haare, als wäre ich ein Junge aus dem Schülerchor. Dazu der Anzug und die Krawatte, die mir immer mehr den Hals zuschnürt.*

»Jetzt lächle doch, deine Fans lieben das!« Dad steht hinter der Fotografin.

Mom schmiegt sich an Dad und die Frau mit der Kamera schießt unzählige Bilder von mir.

Ich fühle mich einsam und allein, obwohl ich tagtäglich Leute um mich habe. Doch alle sagen mir nur, wie ich zu sein habe. Wie ich reden soll, wenn ich interviewt werde, was ich anziehen muss. Freie Kleiderwahl ist undenkbar für meine Eltern. Sie haben eine Marke aus mir gemacht, die ich nie sein wollte. Ich bin jetzt dreizehn Jahre alt, sollte mit meinen Freunden Fahrrad fahren und um die Häuser ziehen. Doch wer will sich schon mit einem Jungen abgeben, den die Leute sogar auf der Straße erkennen?

»Sind wir endlich fertig?«, frage ich mürrisch. Mom und

Dad gehen die Bilder mit der Fotografin durch und schütteln immer wieder die Köpfe.

»Das geht doch gar nicht. Schau, wie er da dreinschaut.« Moms abschätziger Blick macht mich traurig.

»Dann machen wir noch ein paar.« Die Frau namens Christine geht auf mich zu. Sie hat bisher noch nie Bilder von mir gemacht. »Wir haben es gleich«, flüstert sie mir ins Ohr. »Denk an etwas Schönes, dann werden die Bilder besser.« Sie zwinkert und kehrt an ihren Platz zurück.

An etwas Schönes denken? Was war in den letzten Jahren so toll, dass es sich zu lächeln lohnt? Ich kann mich an nichts erinnern. Vielleicht das neue Fahrrad in meiner Garage, das ich nur bei uns zu Hause benutzen darf? Und das nur mit voller Ausrüstung wie Helm, Ellbogen- und Knieschützer? Meine Eltern haben es nur unter dieser Bedingung für mich gekauft. Nur kein zu großes Risiko eingehen, ist ihre Devise.

»Jetzt reiß dich endlich zusammen!«, ruft meine Mom mir zu. Wie auf Kommando setze ich ein perfektes Strahlelächeln auf. Ich will ihnen gefallen. Mom und Dad glücklich sehen. Dass sie mich wieder so in die Arme schließen, wie ich zum ersten Mal einen Wettbewerb gewonnen habe. Ich will wieder das Leuchten in ihren Augen sehen, das sie hatten, als ich den ersten Plattenvertrag bekam. Mich einfach geliebt fühlen.

»Vielleicht ist dieses Sakko besser«, wirft Mom ein und läuft zu mir. Das karierte Ding gefällt mir nicht. Gelbe und schwarze Karos. Lieber hätte ich ein T-Shirt und Jeans an. Dazu ein paar lässige Sneakers, wie ich es in Zeitschriften schon gesehen habe.

»Mom, können wir nicht mal was Neues probieren?«, frage ich ruhig.

»Sei jetzt still! Das passt perfekt.« Sie zerrt an mir wie an einer Puppe. Kopfschüttelnd schlüpfe ich in das hässliche Stück. Dann zupft sie noch am Hemdkragen und legt meine Haare zurecht.

»Können wir nachher …«

»So, los geht's!« Mom lässt mich nicht einmal aussprechen. Dabei wollte ich nur fragen, ob wir ein Eis essen gehen können. Nicht einmal dafür hatten wir in diesem Sommer Zeit.

»Entschuldigen Sie bitte«, zieht mich eine Frauenstimme aus meinen Erinnerungen. Kurz zucke ich zusammen, aus Angst, sie könnte wissen, wer ich bin. »Könnten Sie ein Foto von uns machen?« Sie deutet auf einen Mann und zwei Mädchen, die schon aufgereiht nebeneinanderstehen.

»Natürlich.« Ich erhebe mich und nehme die Kamera. Diesmal auf der anderen Seite zu stehen, fühlt sich komisch an. Trotzdem gut, denn sie haben mich nicht erkannt, was mich kurz lächeln lässt. Ich schieße mehrere Fotos, um wirklich das perfekte Bild zu machen. Nach etwa zwanzig Fotos von der glücklichen Familie blicke ich zu ihnen. »Ich hoffe, es ist eines dabei, das Ihnen gefällt.«

»Bestimmt. Vielen Dank.« Sie nimmt die Kamera und geht zu ihrem Mann.

Ich setze mich wieder ins Gras und beobachte sie.

Sie setzen sich gemeinsam auf die Picknickdecke, schauen sich die Bilder an. Dabei lachen sie laut. Als die Frau den Mann küsst, wird mir schwer ums Herz und Mia kommt mir in den Sinn. Als wir uns hier geküsst haben, wusste ich, sie ist die Frau, die mir das Gefühl gibt zu schweben. Ja, ich sollte um sie kämpfen, sie zurückgewinnen. Aber es geht nicht. Sie hat diese Entscheidung getroffen, nicht ich.

39. KAPITEL

MIA

In zwei Stunden muss ich bei der Psychologin sein. Trotzdem will ich zuerst noch am Park vorbeigehen. Immer wenn ich dort bin, muss ich an Maddox denken. Bei unserem Date im Park hat er mir mein Herz gestohlen und nun muss ich es wieder zurückgewinnen. Ambers Worte liegen mir noch in den Ohren. Ich weiß nicht, ob das alles wahr ist.

Ich laufe den Weg entlang, den wir damals Händchen haltend entlanggegangen sind. Dort fühlte ich mich so lebendig. Ich spüre, wie sich meine Augen mit Tränen füllen. Jeder Schritt, der mich unserem Treffpunkt näherbringt, macht mich nervöser. Doch ich muss es tun, hier an diesem Ort muss ich mich von dem Menschen verabschieden, der mir mein Herz geraubt hat. Der mich belogen und in die Irre geführt hat.

An einem Baum halte ich abrupt an. Das kann nicht sein. Mad sitzt an unserem Platz? Hier, zwischen all den Leuten? Ist er es wirklich?

Ich verstecke mich hinter dem dicken Baumstamm und schiele hinüber. Ich erkenne nur seinen Rücken, eine schwarze Kappe verdeckt sein Haar. Vielleicht ist es auch nur eine optische Täuschung? Weil ich mir nichts sehnlicher gewünscht habe, als ihn wiederzusehen?

Warum sollte er hier sein? Ich bin eine Idiotin, wenn ich mir einbilde, dass ihm dieser Ort genauso viel bedeutet wie mir. Ich mache ein paar Schritte auf ihn zu. Er blickt kurz zur Seite. Ich würde sein Gesicht unter tausenden wiedererkennen.

Wie vom Blitz getroffen bleibe ich stehen. Bewege mich keinen Zentimeter mehr. Was soll ich tun? Zu ihm hingehen und einfach Hallo sagen? Ich bin hierherge-kommen, um mich von ihm zu verabschieden. Nein, nein, nein, ich hätte niemals zu träumen gewagt ihn hier zu sehen.

Mein Herz schlägt schneller. Er blickt wieder nach vorne. Er hat mich nicht gesehen, davon bin ich über-zeugt. Meine innere Stimme sagt mir, geh hin, sag ihm, dass du ihn noch liebst. Sag ihm, dass er alles ist, was du dir gewünscht hast.

Doch mein Verstand widerspricht ziemlich laut und deutlich, sodass sich mein Magen zusammenzieht. Lass die Finger von einem Kerl, der lügt. Solche Männer ändern sich nicht. Sieh dir nur Tom an. In den letzten Tagen hat er sich nicht einmal blicken lassen oder gemeldet. Er hatte nur eines im Sinn, seine Karriere zu retten, das ist mir heute klar. Für ihn war niemals wichtig, was mit Lani ist. Doch ich hatte Hoffnung, große Hoffnung sogar, dass er es ernst meinte.

Noch immer stehe ich an derselben Stelle und starre ihn an. Ja, ich werde hingehen. Ich bin kein Feigling, ich werde ihn ansprechen. Aber was sage ich?

»Hey, alles klar?«, flüstere ich leise vor mich hin. Nein, das klingt scheiße. »Hallo, wow, was für ein Zufall, dich hier zu sehen.« Verdammt, hört sich das doof an. »Hallo, Mad, wir hatten wohl den gleichen Gedanken.« Ach, das ist alles völliger Bullshit. Ich reibe mein Gesicht. Egal was ich sage, es klingt alles seltsam. Doch was habe ich schon zu verlieren? Irgendwas wird mir schon einfallen. Genau.

Ich gehe auf ihn zu, als ihn plötzlich eine Frau mit Kamera anspricht. Sofort halte ich inne. Verdammt! Nein! Dieser Mann wird immer im Rampenlicht stehen. Natürlich wird er erkannt, wie auch nicht? Immerhin lacht er aus allen Medien, die es gibt.

Ich wirble herum und gehe in die andere Richtung. Ich drehe mich nicht um. Nein, es ist besser so. Ich muss an meine Tochter denken. Niemals würden wir ein normales Leben führen, fernab vom ganzen Medienrummel. Meine Augen brennen, mein Herz schmerzt jetzt noch mehr als vorhin. Meine Füße bewegen sich wie automatisch, immer schneller. Mittlerweile renne ich, als wäre ich auf der Flucht, was ich indirekt auch bin. Ich fliehe in mein normales Leben.

. . .

Ich sitze in einem bunten Zimmer. Blaue und grüne Wände lassen den Raum wie ein Spielzimmer wirken, dabei bin ich bei einer der renommiertesten Psychologinnen weit und breit. Ihr Sofa ist dottergelb, weich und bequem.

Unzählige Fragen habe ich ihr schon beantwortet. Bisher habe ich in ihrem Gesicht noch keine Regung erkennen können, die darauf hindeutet, was mit Lani ist. Die Angst sitzt mir im Nacken, immer wieder wische ich meine feuchten Hände an meiner Jeans trocken.

»Gut, ich bin jetzt durch. Bisher scheint es ziemlich unauffällig zu sein. Ganz kann ich den Befund, den Sie mir haben zukommen lassen, noch nicht nachvollziehen. Wenn es möglich ist, würde ich Lani gerne kennenlernen.« Sie nimmt ihre Brille ab und legt sie auf den dicken Stapel Papiere, auf denen sie alle meine Antworten notiert hat.

»Natürlich.« Meine Stimme vibriert. Nervös zwirble ich an einer Haarsträhne. »Glauben Sie, dass der Befund falsch ist?«

»Das kann ich zu diesem Zeitpunkt noch nicht beurteilen, weil ich Lani noch nicht gesehen habe, aber es könnte durchaus sein. Es gibt oft Befunde, die sich später als nichtig herausstellen. Aber egal was dabei herauskommt, Sie wissen hoffentlich, dass eine Autismus-Spektrum-Störung nicht das Schlimmste auf der Welt ist. Wenn die Kinder rechtzeitig und gut gefördert werden, können sie durchaus ein normales Leben führen.«

»Meinen Sie?« Verunsicherung schwingt in meiner Stimme mit.

»Natürlich. Ich habe viele Klienten, die sich heute, wo sie erwachsen sind, in sehr guten Positionen befinden.« Sie fährt sich durch die grauen Haare, die sie nicht alt wirken lassen, sondern eher weise. »Jeder hat doch irgendwo eine Macke und genau das macht uns Menschen so besonders. Was ist eigentlich mit dem Vater des Kindes?«

»Der hat kein Interesse an ihr.« Ich blicke auf den grünen Teppichboden, der unzählige weiße Margeritenblüten zeigt. Meine Füße ruhen auf einer Blumenwiese und es fällt mir erst jetzt auf?

»Das tut mir leid für sie. Oft gibt es andere Menschen im Leben, die einem das Herz öffnen und mit Liebe füllen. Gibt es so jemanden für Lani?«

»Meine Eltern haben eine enge Beziehung zu ihr. Und mein Freund, ich meine, mein Ex-Freund hat ihre Zuneigung gewonnen, aber er passt einfach nicht in unser Leben.« Noch immer fixiere ich die weißen Blüten.

»Sie lieben ihn?«

»Ja, aber er ist ein Weltstar, wissen Sie, einer von der Sorte, die man sofort auf der Straße erkennt. So ein Mann passt nicht in Lanis Leben. Sie ist schüchtern und kann mit diesem Medienrummel nicht umgehen.«

»Woher wissen Sie, dass Lani damit Probleme hat? Mag sie ihn nicht?«

»Doch, sogar sehr.« In letzter Zeit hat Lani immer wieder vor dem Zu-Bett-Gehen nach Maddox gefragt und wollte wissen, wann wir ihn wiedersehen. Sie würde nur zu gerne wieder mit ihm spielen. »Ich habe die Angst in ihren Augen gesehen, als uns die Paparazzi aufgelauert haben. Das ist kein Leben für sie und mich.«

»Vielleicht ist das ein Grund, einen Menschen von sich zu stoßen, der einem das Gefühl von Geborgenheit und Liebe schenkt. Diese Entscheidung müssen Sie treffen und es ist wahrlich keine leichte. Das Leben mit Leuten in der Öffentlichkeit verlangt den Angehörigen viel Mut und Kraft ab, aber es gibt Familien, die dafür Lösungen finden.«

Mein Blick wandert zu der großen Uhr, die wie eine Erdbeere aussieht. »Danke für Ihren Ratschlag, ich muss jetzt meine Tochter abholen.«

»Natürlich. Sehen wir uns nächste Woche Mittwoch um neun Uhr vormittags, mit Lani?«

»Ja, das lässt sich einrichten.«

Nachdem ich mich von ihr verabschiedet habe, gehe ich hinaus auf die Straße. Noch immer schwirren die Worte der Psychologin in meinem Kopf herum. Ist es wirklich ein Grund, ihn aus meinem Leben zu verbannen?

40. KAPITEL

MADDOX

Der Großstadtlärm scheint mich heute zu erdrücken. Nach dem Besuch im Park ist mir klar geworden, dass ich an meinem Leben etwas ändern muss. Ich will hier weg. Raus aus dem verdichteten, stressigen Leben.

Ich fahre mit dem Fahrstuhl hoch in meine Wohnung. Nachdem ich die Eingangstür geöffnet habe, schlüpfe ich aus meinen Sneakers und lege mich auf das Sofa. Die Skyline hat mich früher immer beruhigt, jetzt weiß ich, das hier ist nicht mein Leben.

Ich nehme mir das iPad und öffne Google. Ich gebe im Suchfeld »Haus in ländlicher Idylle« ein. Sofort erscheinen unzählige Immobilienmakler. Nachdem ich mich eine Weile damit beschäftigt habe, sticht mir ein Anbieter ins Auge. Christopher Jackson. »Diskrete und seriöse Vermittlung«, steht auf der Homepage. Ich scrolle durch die Bildergalerie und ich merke an den Preisen, dass er nur die betuchtesten Klienten bedient.

Sofort wähle ich seine Nummer. Nach kurzer Zeit hebt eine Frau ab.

»Jackson Immobilien, guten Tag«, sagt sie freundlich.

Nachdem ich mich bei ihr vorgestellt und meine Daten durchgegeben habe, vereinbaren wir einen Termin. Er ist schon in zwei Tagen, was mir perfekt in den Kram passt. Seit ich im Park war, ist mir klar, diese Stille und Ruhe tut meinem Innersten gut. Zwar vermisse ich Mia noch immer, aber weit entfernt von ihr zu sein ist derzeit die beste Lösung.

Ich lege das iPad zur Seite, gehe in die Küche und nehme mir ein Glas Wasser, als es an der Tür läutet. Ich marschiere hinüber und blicke durch den Spion. Rico. Was sucht er hier? Will er mich etwa bekehren, damit ich wieder in die Band einsteige?

»Mad, mach bitte auf, ich muss mit dir reden!«, höre ich ihn rufen. Kurz überlege ich, doch dann öffne ich die Eingangstür.

»Hey, was ist?« Ich gehe besser gleich auf Distanz, denn für mich ist es ausgeschlossen, dass ich wieder zu ihnen zurückkomme. Ich habe schon mit einer Agentur Kontakt aufgenommen, die mich zu sehr guten Konditionen nehmen wird. Ich will weiter Songs schreiben, denn das liebe ich, und dafür muss ich nicht im Rampenlicht stehen. Ich kann meine Liebe zur Musik weiter leben.

»Ich brauche deinen Rat. Kann ich reinkommen?« Rico sieht fertig aus. Eigentlich sind wir nicht beste Freunde und darum überrascht es mich umso mehr, dass er gerade zu mir kommt. Dem Mann, der die Band verlassen hat.

»Meinen Rat?«

»Ich weiß nicht, zu wem ich sonst gehen könnte.« Rico klingt verzweifelt.

»Na dann, komm.« Ich schiebe die Tür auf und Rico tritt ein.

»Kann ich dir etwas zu trinken anbieten?«, frage ich, während wir in den Wohnbereich gehen.

»Wasser wäre toll, dazu einen Schnaps, wenn du hast.«

»Ist es etwa so schlimm?« Rico folgt mir in die Küche. Ich öffne den Kühlschrank und ein kalter Luftzug kommt mir entgegen.

»Katastrophal.« Rico setzt sich auf den Barhocker, der an der Kücheninsel steht.

Ich stelle die Schnapsflasche, ein Schnapsglas und ein volles Wasserglas vor Rico hin. »Also, was ist?«

»Ich werde Vater.« Rico füllt das Schnapsglas und kippt es auf ex runter.

»Was?!« Ich hole mir auch ein Glas und fülle es mit Schnaps. »Das ist jetzt ein schlechter Scherz, oder? Mit wem?«

»Stella, unserer Visagistin.« Rico presst die Lippen aufeinander.

Ich fülle unsere Gläser. »Bist du dir sicher, dass das Kind von dir ist?« Es ist normalerweise nicht meine Art,

Frauen in ein schlechtes Licht zu rücken, doch bei dem Erfolg, den wir haben, könnte es durchaus nur ein Lockmittel sein, um selbst berühmt und reich zu werden.

»Nein. Ja. Ich weiß auch nicht. Noch steckt das Baby in ihrem Bauch.«

»Und was soll ich da jetzt tun?« Es ist seltsam, dass er ausgerechnet zu mir kommt.

»Du hast immer einen guten Draht zu ihr gehabt. Durch deine Maske hattest du damals viel Kontakt zu ihr. Vielleicht sagt sie dir mehr dazu?« Rico kippt sich den nächsten Schnaps hinunter.

»Alter, das ist ewig her. Außerdem kann ich mir nicht vorstellen, dass sie ausgerechnet mir die Wahrheit erzählt. Warum sie? Du weißt doch, dass das unter Kollegen tabu ist. Weißt du, was das für Schwierigkeiten mit sich bringt?« Ich stütze meine Hände auf dem Tresen ab.

»Ich war betrunken und sie war da. Sie ist ein hübsches Mädchen, zumindest für einen Fick.«

»Verwendest du etwa keine Kondome?«

»Doch, aber sie meinte, es sei wohl geplatzt. Keine Ahnung, ich war dicht, verstehst du?« Rico reibt sich die Stirn. Sein sonst so makelloses Gesicht wirkt blass.

»Vaterschaftstest wäre doch auch eine Option, oder?« Eigentlich hätte es mir klar sein sollen, dass Rico das früher oder später mal passiert. Bei dem Verschleiß an Frauen, den er hat, war es vorprogrammiert.

»Solange das Baby in ihrem Bauch ist, will sie keinen machen. Das heißt, noch gute drei Monate warten. Alter, das schaffe ich nicht. Die Warterei macht mich jetzt schon ganz krank.« Rico schnaubt.

»Ja, und dann? Was willst du tun, wenn du der Vater bist? Sie heiraten und aufs Land ziehen?« Das scheint nicht zu ihm zu passen, aber was, wenn er im Innersten doch so tickt? So wie ich, auf der Suche nach der richtigen Frau, die ich dann an Parker verloren habe.

»Nein, natürlich nicht. Ich und heiraten!« Er lacht gespielt. »Du weißt selbst, dass ich dafür nicht geschaffen bin. Aber wenn das Kind mein Fleisch und Blut ist, möchte ich Verantwortung übernehmen.«

»Du?« Ich ziehe die Brauen nach oben. »Wie stellst du dir das vor? Ihr geht doch sicherlich bald auf Tournee, danach wird der Stress nicht abbrechen. Medienrummel und so weiter inklusive.«

»Die Tournee ist nach deinem Ausstieg abgesagt worden. Wir haben keinen Sänger, wie du weißt.«

»Was ist mit Marc? Er ist gut.«

»Marc? Der kann doch nicht singen, oder?«

»Ich habe ihn schon gehört. Meiner Meinung nach wäre er für euch eine super Alternative.« Marc braucht nur einen Schubs in die richtige Richtung. Wenn ihm nicht einmal die Kollegen vertrauen, wie soll er es selbst tun?

»Darum soll sich Parker kümmern. Ich habe jetzt andere Sorgen als unsere Band.« Rico kippt sich erneut einen Schnaps hinunter. »Also, wirst du mit ihr reden?«

»Ich kann es versuchen, aber ich würde mir da nicht allzu große Hoffnungen machen.«

»Danke.« Ricos Gesicht erhellt sich. »Und wie läuft es mit deiner Braut?«

»Sie heißt Mia. Und sie ist mit Parker zusammen.«

»Was?! Nein, das glaube ich jetzt nicht. Parker ist letzte Nacht im Club mit einer vollbusigen Blonden verschwunden. Es hat nicht danach ausgesehen, als würden sie nur seine Briefmarkensammlung anschauen wollen.« Rico lächelt verschmitzt und gießt sich abermals das Glas voll.

»Bist du dir ganz sicher?« Ich nehme Rico die Flasche aus der Hand und schenke mir nach.

»Na ja, seine Zunge steckte tief in ihrem Mund und seine Hand hat ihr auf der Tanzfläche schon einen Orgasmus beschert. Also, ich denke, es ist ziemlich sicher.«

»Das ändert alles«, sage ich und stoße mit Rico an, dann kippe ich zeitgleich mit ihm das scharfe Gesöff hinunter. Mein Hals brennt, doch mein Herz schwebt augenblicklich auf Wolke sieben.

41. KAPITEL

MIA

Es ist Freitagabend und seit einer gefühlten Ewigkeit stehe ich vor meinem Kleiderschrank und suche nach dem passenden Outfit für heute. Nachdem ich Mad im Park gesehen hatte, war ich schlecht drauf, deshalb hat mich Amber dazu überredet, endlich mal wieder auszugehen.

Meine Mutter war Feuer und Flamme, als sie erfuhr, dass ich mit meiner Freundin um die Häuser ziehe. Nur für mich ist es gerade irgendwie ein Horrortrip. Ich habe nichts im Schrank. Gut, der Kleiderschrank ist gerammelt voll, doch ich habe kein richtiges Cluboutfit. Wollpullover, Jeans und Trägertops sind nicht gerade das, was man anzieht. Irgendwie hat sich durch Lanis Geburt auch mein Kleidungsstil verändert. Ich bin zwar früher auch nicht ständig mit High Heels und Kleidchen herumgelaufen, doch zumindest auf Partys wusste ich, wie man Männern nur mit Klamotten den Kopf verdreht.

Das Klingeln an der Tür lässt Böses erahnen. Amber ist bestimmt schon da. Verdammt. Mit meiner schwarzen Spitzenunterwäsche bekleidet husche ich zum Flur und öffne die Eingangstür. Plötzlich rutscht mein Herz in mein knappes Höschen, das kaum genug Saum hat, um den starken Fall aufzufangen.

»Mad«, hauche ich kaum hörbar. »Wie bist du …« Ich blicke abwechselnd zur Treppe, dann wieder zu ihm.

»Die Tür stand unten offen und ich bin einfach hochgegangen.« Seine Augen wandern an mir hinab. Kurz zucken seine Mundwinkel nach oben, dann wird er schnell wieder ernst. »Komme ich ungelegen?« Seine dunklen Augen fixieren meine.

»Ähm, nein, komm rein.« Kurz blicke ich an mir hinab und mir wird bewusst, dass ich nur Unterwäsche anhabe. Ich spüre, wie sich die Röte in meine Wangen brennt. »Ich gehe mir nur schnell was überziehen.«

»Also, mir gefällt, was ich sehe.« Wieder dieses Lächeln, das ein pochendes Gefühl zwischen meine Beine jagt. Doch ich bleibe nicht stehen, sondern husche in mein Schlafzimmer und schlüpfe in den türkisfarbenen Morgenmantel. Zum Glück bin ich für den Abend mit Amber schon geschminkt, damit ich mich wenigstens nicht ganz so nackt fühle. Immerhin hat er mich nur in Unterwäsche gesehen. Gut, nicht zum ersten Mal, doch seit wir keinen Kontakt mehr haben, fühlt es sich seltsam an. Verboten und verrucht, würde ich behaupten.

Ich tapse zum Wohnbereich, wo Maddox die Fotos über dem Sofa anschaut. Ich bleibe im Türrahmen stehen und beobachte, wie er jedes einzelne studiert. Es sind Bilder, wie sie wohl jede stolze Mutter bei sich aufgehängt hat. Das erste ist von Lanis Geburt, dann folgt ihr erster Geburtstag und ihr erster Kindergartentag. Alles Momente, die für mich unvergesslich bleiben.

»Warum bist du hier?«, frage ich ohne Einleitung. Es ist komisch, dass er ausgerechnet heute an meinem Mädelsabend aufkreuzt. Hat es etwa Amber eingefädelt?

Er dreht sich zu mir um, dann kommt er auf mich zu und hält knapp vor mir an. Seine braunen Augen wirken warm wie das Herbstlaub. »Mia, ich bin hier, weil ich dich jeden einzelnen Tag vermisse.« Er nimmt meine Hand und legt sie auf seine harte Brust.

Ich spüre das Pochen in seiner Brust, sein Herz klopft schnell, als wäre er ebenso nervös wie ich. Er vermisst mich genauso wie ich ihn.

»Ich bin hier, um dir zu sagen, dass ich dich liebe.« Er kommt einen weiteren Schritt auf mich zu, sodass ich seinen Atem auf meinem Gesicht spüre. Ich fasse nicht, was er gerade zu mir sagt. Glaube zu träumen, denn das kann jetzt nicht Realität sein – oder etwa doch?

»Mia ...« Er legt seine Hände an meine Wangen. Ich kann nicht leugnen, wie es mich anmacht, ihn noch eine Weile ohne Antwort zappeln zu lassen. »Ich liebe dich und werde alles Erdenkliche tun, um dich davon zu überzeugen, dass ich der richtige Mann für dich bin.« Seine Augen blicken geradewegs in mein Innerstes. Tief in meinem Herzen habe ich mir diesen Moment gewünscht und nun ist er da. »Bitte sag, was ich tun muss, damit du mir noch eine Chance gibst.« Er legt seine Stirn auf meine.

»Ich kenne dich nicht. Du hast nicht nur diese Maske getragen, sondern zwei Leben geführt. Wer bist du?«

»Ich bin der, den du kennengelernt hast. Alles andere war nur Show.« Er schließt kurz seine Augen, dann sieht er mich wieder an. »Ich wurde schon als kleines Kind von meinen Eltern von einer Castingshow zur nächsten geschleift. Und erst als du in mein Leben getreten bist, habe ich mich getraut, den Rückzug aus dem Showbiz anzutreten. Du brauchst keine Angst mehr zu haben, dass du aus allen Medien leuchtest. Ich habe heute ein Interview gegeben, in dem ich erkläre, dass ich mich aus allen öffentlichen Aktivitäten zurückziehe.« Er atmet hörbar aus. »Bitte glaube mir, ich war bis auf meinen Promistatus immer ehrlich zu dir. Ich wollte wissen, ob du wirklich mich liebst und nicht den Star, der viel Geld hat.«

»Und nun bist du dir sicher?«, frage ich, obwohl er schon längst mein Herz für sich gewonnen hat. Seine ehrlichen Worte über seine Kindheit lassen mich verstehen, warum er so gehandelt hat. Wie schlimm es gewesen sein muss, schon von klein auf immer in der

Öffentlichkeit zu stehen. Dass man da das Vertrauen an seine Mitmenschen verliert, ist durchaus berechtigt.

»Ich war mir noch nie so sicher. Das war ich schon, bevor wir von den Paparazzi erwischt wurden. An diesem Morgen wollte ich dir alles erzählen, leider hatten wir dazu keine Möglichkeit mehr.« Noch immer hat er seine Stirn auf meine gelegt. »Bitte gib mir einen Tipp, wie ich dich endlich überzeugen kann, dass ich dich glücklich machen kann und werde.«

»Küss mich endlich.« Ich ziehe ihn zu mir hinab und presse meine Lippen auf seine. Wild und hart kommt er mir entgegen. Es ist, als würde alles in uns vereint werden. Nicht nur unsere Zungen, die sich verbinden, sondern unsere Herzen verschmelzen miteinander. Ich wühle meine Hände in sein Haar, ziehe leicht daran. Er packt mich an den Schenkeln und hebt mich hoch. Ich schlinge meine Beine um ihn. Er trägt mich zum Esstisch, ohne dass sich unsere Lippen voneinander lösen. Er setzt mich ab und öffnet den Mantel.

Seine weichen Finger wandern meinen Hals entlang zum BH-Träger. Hauchzarte Küsse lässt er an mir hinabgleiten, während er die Träger nach unten schiebt. Ich weiß nicht, wo es mehr an meinem Körper kribbelt. Am Hals, in meiner Brust, die er gerade freilegt und an der er zu saugen beginnt, oder doch in meiner erhitzten Mitte, die feucht ist und mein Höschen klatschnass macht.

»Hast du Kondome da?«, raunt er an mein Ohr. Dann knabbert er leicht daran, fährt mit seiner Zunge hinein und ein Stoß an Erregung jagt geradewegs zu meiner Muschi.

»Ja, irgendwo in meinem Schlafzimmer«, wispere ich. Als seine Hand meine Schenkel nach oben wandert, entweicht mir ein Stöhnen. Ich beiße mir auf die Lippe, als seine Finger langsam meine Klitoris reiben. Genau mit dem richtigen Druck, nicht zu fest und auch nicht zu sanft. Als wüsste er genau, was ich jetzt brauche.

»Soll ich sie holen?«, fragt er, während er sich mit elektrisierenden Küssen von meinem Schlüsselbein nach unten vortastet. An meinem Bauchnabel hält er kurz inne und blickt zu mir auf. »Oder willst du ohne? Ich bin getestet, also bei mir ist alles gut.«

»Ich nehme keine Pille«, sage ich etwas geknickt. Seit Jahren habe ich damit aufgehört. Für was sollte ich sie nehmen, ohne Mann in meinem Leben? »Ich bin gleich wieder da.«

Ich springe vom Tisch und laufe ins Schlafzimmer. Wie wild krame ich in der Nachttischschublade, als ich plötzlich zwei starke Hände an meiner Taille spüre. Mad muss die Hose bereits ausgezogen haben, denn ich fühle seine harte Männlichkeit an meinem Po, den ich ihm entgegenstrecke.

»Gefunden!«, rufe ich freudig und halte es in die Höhe.

Er nimmt es mir aus der Hand und wirbelt mich herum, sodass ich rücklings aufs Bett falle. Er zieht sich die enganliegenden Boxershorts aus und streift sich den Gummi über. Währenddessen ziehe ich den BH, der nur mehr an meinem Bauch hängt, aus. Mads Hände umfassen meinen Slip und schieben ihn langsam an mir hinab. Achtlos wirft er ihn zur Seite und mustert mich.

»Süße, dein Körper ist einfach wunderschön. Am liebsten würde ich dich den ganzen Tag nackt sehen.« Er schiebt meine Beine weit auseinander. Nun bin ich dankbar, dass ich mich erst heute frisch rasiert habe. Als hätte ich schon geahnt, dass ich heute einen besonderen Fick bekommen werde.

Mad beugt sich über mich. Setzt seine Spitze an meiner erregten Mitte an. Dann dringt er Stück für Stück in mich ein. Er dehnt mich, füllt mich völlig aus. Kurz entweicht ihm ein leises Brummen, als er das Tempo steigert. Wir bewegen uns gemeinsam auf unsere Megawelle zu, lassen unseren Gefühlen freien Lauf.

Immer tiefer dringt er in mich ein, erreicht einen Punkt in mir, der mich immer lauter stöhnen lässt. Was tut er mit mir? Meine Muskeln spannen sich an, vibrieren, zittern, augenblicklich vergesse ich alles um mich. Meine Lider flattern bei seinen harten Stößen, die sogar mein Bett wackeln lassen. Das knarrende Geräusch, dass das Lattenrost von sich gibt, ertönt für mich jedoch nur im Hintergrund. Als ich Mad stöhnen höre, ist es um mich geschehen.

Ich steuere geradewegs auf meinen Höhepunkt zu, als er sich ohne Vorwarnung aus mir herauszieht. Er dreht mich mit einer starken Handbewegung um, sodass ich auf dem Bauch liege, und zieht mein Becken hoch, damit ich ihm meinen Po entgegenstrecke. Ich stütze mich auf dem Bettlaken ab und kralle die Finger hinein, als er fest in mich dringt. Ein kurzer Jauchzer entweicht mir. Doch schnell haben wir unseren Rhythmus gefunden.

Es ist wie bei der perfekten Melodie. Sie beginnt langsam und steigert dann die Intensität, die einen nur noch schweben lässt. Jeder Ton hat seine eigene Stärke, wie seine Stöße. Wir fliegen davon, zum Himmel der Erregung und Erotik.

Der Orgasmus, den ich mittlerweile herbeisehne, kommt in schnellen Schritten auf mich zu. Es kribbelt an jeder erdenklichen Stelle meines Körpers, als mich sein letzter Stoß mit einer Flut von Emotionen überrollt, die ich nicht in Worte fassen kann. Doch Mad ist noch nicht gekommen und fickt mich weiter, bis sich erneut etwas in mir aufbäumt. Er packt mich an den Haaren und zieht mich leicht zurück.

»Oh, Baby«, krächzt er, bis er dann auf mir niedersackt. Wir rollen uns aufs Bett und ich schmiege mich in seine starken Arme.

»Das war einfach unglaublich«, flüstere ich. Ich streichle seine nackte Brust.

»Das kann ich nur zurückgeben.« Er breitet die Decke über uns aus. Ich lausche seinem schnellen Herzschlag, genieße den Moment, als es wieder an der Tür klingelt.

»Erwartest du Besuch?«

»Amber. Ich wollte mit ihr heute einen Mädelsabend machen, aber das wusstest du wahrscheinlich schon, oder?« Ich erhebe mich vom Bett, obwohl ich lieber noch mit ihm kuscheln würde.

»Nein, wieso?« Er richtet sich auf.

»War das nicht von ihr organisiert, dass du heute bei mir bist?«

»Nein, wieso sollte es? Es war meine Idee, heute zu dir zu kommen.«

Ich husche zu meinem Schrank und ziehe mir ein Shirt und eine Jogginghose über. »Ich muss jetzt zu ihr raus, bin gleich wieder da.«

Mit schnellen Schritten steuere ich die Eingangstür an und öffne sie. »Hey«, sage ich atemlos.

»Sag bloß, du bist noch nicht angezogen.« Amber schiebt sich an mir vorbei ihn den Wohnbereich.

Ich laufe ihr nach, bis ich fast gegen ihren Rücken stoße, weil sie abrupt stehen bleibt.

»Hast du etwa Männerbesuch?« Sie hält das Shirt, das vorhin noch Maddox anhatte, in die Höhe.

»Ähm, na ja, vielleicht?« Ich zucke mit den Schultern und lächle.

»Hallo, Amber.« Mad erscheint im Türrahmen. Er hat sich die Jeans übergezogen, aber sein nackter Oberkörper erinnert mich daran, wie gut sich seine nackte Haut auf meiner angefühlt hat.

»Oh, ich wusste nicht, dass ihr beide wieder ...« Sie blickt abwechselnd zu Maddox und mir. »Ich bin dann auch schon wieder weg. Wir hören uns«, sagt sie, gibt mir einen Kuss auf die Wange und stöckelt zur Tür.

»Amber, warte!« Ich folge ihr. »Ich bin gleich fertig, wenn du etwas Geduld hast.« Jetzt habe ich ein schlechtes Gewissen. Immerhin haben wir nach Langem wieder einen gemeinsamen Abend geplant. Ich mag es nicht, jemanden so kurzfristig hängen zu lassen.

Sie dreht sich zu mir um und legt ihre Hände auf meine Oberarme. »Alles gut. Wir reden morgen. Genieße den Abend und natürlich will ich morgen jedes einzelne schmutzige Detail von dir hören, hast du verstanden?«

Sie zwinkert mir zu, dann wendet sie sich von mir ab, öffnet die Tür und geht hinaus.

42. KAPITEL

MADDOX

»Wo fahren wir hin?«, fragt Mia schon zum gefühlt hundertsten Mal, seit wir im Auto sitzen.

»Ich sagte ja schon, es ist eine Geburtstagsüberraschung für Lani.« Ich dribble mit den Fingern auf dem Lenkrad.

»Mommy, ich habe Durst!«, ruft die kleine Prinzessin von hinten zu ihr. Mia reicht ihr die Trinkflasche.

Die letzten Wochen sind wie im Flug vergangen. Seit vier Wochen verbringen wir jede freie Minute miteinander. Mittlerweile ist es, als wären wir schon immer eine kleine Familie gewesen.

Für heute habe ich Vorbereitungen getroffen, von denen ich selbst noch nicht weiß, ob Mia und Lani an ihnen Freude haben werden. Natürlich hätte ich vorher alles mit Mia besprechen können, aber ich wollte es in ihren Augen sehen, wie sie auf diesen Moment, diesen Ort reagiert. Keine Ahnung, ob ich sie damit glücklich mache, ich hoffe es zumindest.

Nur noch wenige Kilometer trennen uns von unserem Ziel und langsam werde ich nervös. Was, wenn es ihr nicht gefällt? Ich hoffe, dass Lani sich über mein Geschenk freut.

»Wir fahren in die Hamptons?« Mia gibt nicht auf, doch diesmal nicke ich zumindest.

»Bist du verrückt? Das ist doch viel zu teuer, nur für einen Kindergeburtstag.« Mia zwirbelt schon wieder an ihrer Haarsträhne herum.

»Mia, ich habe genug Geld, mach dir darum bitte keine Sorgen. Und sieh es als Geschenk für Lani, bitte. Ich möchte euch damit eine Freude machen und nicht über ein paar Geldscheine nachdenken.«

»Okay, aber in Zukunft müssen wir darüber noch mal reden.« Mia lächelt, was mich langsam wieder beruhigt.

Ob ich zu sehr übertrieben habe? Aber ich habe diesen einen Wunsch, und vielleicht mag es egoistisch sein, doch mit dem heutigen Geschenk erfülle ich nicht nur ihnen, sondern auch mir einen Traum. Ich weiß, es könnte durchaus zu Schwierigkeiten mit Mia kommen, doch das Risiko ist es wert. Ihre Freundin Amber habe ich eingeweiht und sie fand die Idee genial. Sie hat mir sogar bei der Organisation geholfen.

»Was wirst du jetzt eigentlich machen, wo du nicht

mehr für The Royals singst?« Mia legt ihre Hand auf mein Bein und ich umfasse sie.

»Ich habe bereits für ein paar Songs eine Plattenfirma gewinnen können. Wir werden in den nächsten Jahren also bestimmt nicht verhungern.« Ich erzähle ihr lieber nicht, wie viele Millionen dabei herausschauen. Ich erzähle ihr auch nicht, dass ich tagtäglich mit den Tantiemen meiner Songs für The Royals noch immer Geld verdiene, wodurch es sogar für unsere Kindeskinder noch reichen wird.

Mit Parker hatte ich ein klärendes Gespräch. Er zeigte sich einsichtig und hat mich sogar ohne eine Strafe aus dem Vertrag aussteigen lassen. Keine Ahnung, wieso er plötzlich klein beigegeben hat.

Ich hatte ihn als Überraschungsgast für heute eingeladen, da Mia ziemlich traurig darüber ist, dass er Lani nicht einmal mehr besucht hat. Bisher hat er nicht zugesagt. Er meinte, er habe einen wichtigen Termin in London.

Für Lani tut es mir sehr leid, denn er ist immerhin ihr Vater. Gut, ich komme auch gut ohne meine Eltern klar, aber Mia wünscht sich sehr, dass Lani trotz allem Kontakt zu ihrem Dad hat.

Wir halten vor einem schmiedeeisernen Einfahrtstor, das mit Holz in der Mitte für Sichtschutz sorgt. Ich nehme die Fernbedienung und öffne es.

»Du hast sogar einen Schlüssel?«, fragt Mia neugierig.

Ich nicke nur, fahre die Einfahrt entlang und halte vor der Villa. Dicke weiße Säulen stützen das Dach vor dem Eingangsbereich. Es ist ein typisch amerikanisches Haus. Weiße Balken zieren die großen Doppelflügelfenster.

»Das Haus ist ein Traum.« Mia steigt aus dem Wagen und schnallt Lani ab, die aus dem Auto springt.

»Gefällt es dir?« Ich gehe zu ihr und lege meine Hand um ihre Taille.

»Natürlich. Was bezahlst du denn für dieses Wochenende an Miete?« Ihr Augen leuchten, was mir ein gutes Gefühl in der Bauchgegend verschafft.

»Was sagte ich vorhin?« Ich fahre mit dem Zeigefinger unter ihr Kinn und drehe ihr Gesicht zu mir.

»Dass wir heute nicht über Geld reden. Ich habe schon verstanden, aber trotzdem interessiert es mich.«

»Ich bezahle dafür keine Miete, wenn es dich beruhigt.« Das ist nicht einmal gelogen. Ich habe mir fest vorgenommen, sie nie mehr anzulügen. Doch diesmal ist es mir wahrlich nicht leichtgefallen, die Worte so zu drehen, dass sie keine Lüge sind. »Komm, lass uns reingehen.« Ich gebe ihr einen kurzen Kuss.

Lani nimmt Mias und meine Hand. Gemeinsam marschieren wir hinein.

»Guten Tag, Mr. Walker.« Die Hausdame kommt mit einem breiten Lächeln auf uns zugelaufen. »Entschuldigen Sie, ich habe gar nicht mitbekommen, dass Sie schon da sind.« Sie schüttelt meine Hand, dann Mias. »Guten Tag, Ms. Bailey, ich bin Rosa und manage den Haushalt hier. Fall etwas nicht zu Ihrer Zufriedenheit ist, bitte melden Sie es mir gleich.«

»Hallo, Rosa, bitte nennen Sie mich Mia. Was soll

denn an diesem wunderschönen Haus nicht passen? Es ist einfach unglaublich.« Mia ist beeindruckt, das erkenne ich an ihren Augen, die immer größer werden, während sie sich um ihre eigene Achse dreht.

Ich gehe auf die Knie und wende mich Lani zu. »Na, Prinzessin möchtest du dein Zimmer sehen?«

»Mein Zimmer? Ich habe ein eigenes Zimmer?« Lani sieht abwechselnd zu mir und zu Mia.

»Anscheinend«, antwortet Mia und lächelt. Wir gehen die Treppe nach oben. Zielgenau steuere ich auf die erste Tür zu, auf der in bunten Buchstaben Lanis Name prangt.

»Da steht ja sogar mein Name!« Lani springt in die Höhe. Die Freude steht ihr ins Gesicht geschrieben.

Ich öffne die Tür und Lani rennt hinein. »Mommy, schau mal, dieses wunderschöne Prinzessinnenbett!« Sie springt hinein und ihre Beine fliegen nach oben. Sie hüpft auf dem Bett, als fühlte sie sich wie zu Hause.

»Liebes, zieh wenigstens deine Schuhe aus.« Mia geht zu ihr und streift ihr die Sandalen ab.

»Gefällt es dir, Lani?«, frage ich, als sie zu der Spiel-ecke läuft und die unterschiedlichsten Barbies hervorholt.

»Hier gehe ich nicht mehr fort!« Sie setzt sich auf den Boden und beginnt mit den Puppen zu spielen.

»Lani, wir sind nur über das Wochenende hier«, gibt Mia zu bedenken.

»Mia, wenn du willst, könnten wir jeden Tag gemeinsam hier verbringen.« Ich greife nach ihrer Hand und sinke auf die Knie. »Mia, du weißt, dass du und Lani mir alles bedeuten. Ihr seid mein Lebenselixier und ich möchte keinen einzigen Tag mehr ohne euch sein.« Ich fasse in meine Jackentasche und hole eine kleine schwarze Schachtel heraus. Dann blicke ich zu Mia auf. Mein Herz pocht wie verrückt in meiner Brust. Sie sieht mich erwartungsvoll an, zugleich kaut sie auf ihrer Unterlippe. Vielen mag es zu früh erscheinen, diesen großen Schritt zu wagen, doch ich bin mir hundertprozentig sicher, dass ich ohne sie keinen einzigen Tag überleben könnte.

Ich räuspere mich, um den Kloß, der sich in meinem Hals gebildet hat, loszuwerden. Dann öffne ich die Schachtel, die den Diamantring freigibt. »Möchtest du meine Frau werden und mit mir in diesem Haus alt werden, bis dass der Tod uns scheidet?«

Wie lange habe ich diese simplen Worte, die für mich jetzt nicht mehr so besonders klingen, in den letzten Wochen geübt? Ich hätte was Besseres finden müssen oder etwa nicht?

Mia kullern Tränen die Wange hinunter. Ihr Brustkorb hebt und senkt sich. Sie blickt zu Lani, dann zu mir. Langsam zweifle ich, ob ich ihr mit dem Antrag eine Freude bereitet habe.

»Ja, ich will«, sagt sie zwischen den Schluchzern. Sie geht auf die Knie und wir küssen uns. Ich schlinge meine Arme um sie. Halte sie fest. Liebkose ihre Zunge, während meine Hände zu ihrer Taille wandern und ich sie an mich ziehe.

Das Verlangen, ihren zarten Körper an meinem zu spüren, ist grenzenlos. Vor allem muss ich wissen, dass dies alles kein Traum ist. Der Moment hätte für mich nicht schöner sein können. Ich liebe Mia und auch Lani, als wäre sie meine eigene Tochter. Wenn Parker keine Verantwortung für seine Tochter übernehmen möchte, werde ich Mia fragen, ob ich sie adoptieren darf. Denn die Liebe, die ich für das kleine Mädchen fühle, könnte nicht stärker sein, selbst wenn sie mein Fleisch und Blut wäre.

43. KAPITEL

MIA

Maddox spielt mit Lani oben in ihrem Zimmer, während ich in der Küche sitze und Rosa mir einen Kaffee zubereitet. Mein Blick heftet sich an meinem Ringfinger. Das Glitzern des Diamanten übertrifft alles, was ich jemals gesehen habe. Er hat bestimmt ein Vermögen gekostet, doch darüber sollte ich jetzt nicht nachdenken, würde Mad sagen. Denn ich bin mit dem besten Mann verlobt, den ich mir je gewünscht habe. Er liebt Lani wie seine eigene Tochter. Das habe ich vorhin in seinen Augen gesehen, als sie freudig durch ihr Zimmer gelaufen ist.

Wir werden in dieses Haus ziehen, das sich für mich noch immer nicht real anfühlt. In wenigen Stunden werden wir Lanis Geburtstag mit einer Torte und einem

Geschenk von mir feiern. Das Einzige, was mich wehmütig stimmt, ist, dass meine Eltern nicht dabei sind. Natürlich hätte ich mir auch gewünscht, dass Tom bei uns wäre, aber das wird niemals geschehen. Mehrmals habe ich versucht ihn zu erreichen, doch er hat es nicht einmal für notwendig empfunden, mich zurückzurufen.

Mit Maddox an meiner Seite werde ich dieses Tief überstehen. Mit ihm werde ich endlich das Leben leben, das ich mir schon als kleines Kind gewünscht habe. Er ist nicht nur ein guter Vaterersatz für Lani, sondern auch der beste Partner, den man sich wünschen kann. Abends, wenn ich von der Arbeit heimkomme, ist für mich schon das Essen gerichtet. Anfangs habe ich mich gewundert, woher Mad so gut kochen kann, bis er mir endlich gestanden hat, dass er einen Schnellkochkurs belegt hat. Seit Maddox nicht mehr offiziell in der Band ist, haben wir auch keine Probleme mehr mit den Paparazzi.

Ich nippe am Kaffee, als es an der Tür klingelt. Ich will gerade aufstehen, als mir Rosa bedeutet, dass sie es erledigt. Ich bin es nicht gewohnt, eine Angestellte im Haus zu haben, aber irgendwie hat es auch Vorteile. Das Putzen war noch nie eine große Leidenschaft von mir. Außerdem habe ich dann auch mehr Zeit, um mit Lani zu spielen.

»Hallo, Mia!«, ertönt Moms Stimme hinter mir und ich wende mich ihr zu.

»Hallo, Mom, Dad! Ihr seid hier?« Ich umarme

zuerst meine Mutter, dann meinen Vater, der ein Geschenk in der Hand hält.

»Glaubst du etwa, wir lassen uns den Geburtstag unserer einzigen Enkelin entgehen?« Mom lächelt breit.

»Ich dachte, wir feiern ihn später gemeinsam nach.« Wir gehen zum Küchentresen, wo mein Kaffee sicherlich schon kalt ist.

»Mad hat uns als Überraschungsgäste eingeladen. Also hattest du wirklich keine Ahnung, dass wir kommen?« Dad legt das Geschenk auf den Tresen. Es ist in rosa Papier gehüllt, das mit Einhörnern bedruckt ist.

»Es freut mich sehr, dass ihr hier seid. Was mögt ihr denn trinken?«

»Ein Wasser bitte«, sagen meine Eltern wie aus einem Mund.

Ich will es gerade richten, als Rosa neben mir steht. »Kann ich etwas für Sie tun?«

»Wir waren doch schon beim Du, oder?« Ich lächle. »Du hast bestimmt noch einiges zu tun, ich schaffe das schon.«

»Ja, das stimmt. Gleich wird bestimmt das Catering auftauchen.«

»Catering? Wieso?«, frage ich überrascht.

»Ist von Mr. Walker so organisiert.« Sie verlässt den Raum.

Wenige Stunden später tummeln sich unzählige Leute in der Küche. Im Garten werden Luftballons aufgehängt. Dazu ein großes Luftschloss, was für eine Prinzessinnenparty perfekt passt. Ich stehe nur da und beobachte, als ich plötzlich ein Kribbeln auf meinem Rücken spüre. Ich brauche mich nicht umzudrehen, um zu wissen, dass Maddox hinter mir steht.

»Ich weiß, es ist zu viel, oder?«, flüstert er an mein Ohr.

»Ein bisschen«, sage ich und lächle. Ich weiß, dass er Lani damit nur eine Freude bereiten will, was ich ja auch gut verstehen kann. In den letzten Jahren haben wir allerdings eher klein und fein gefeiert, weil mehr einfach nicht in mein Budget gepasst hat.

»Beim nächsten Mal werde ich mich bemühen, es nicht zu groß werden zu lassen. Aber weißt du, als kleiner Junge habe ich mir immer eine Megaparty gewünscht, an die sich die anderen Kinder noch ewig erinnern. Leider hatte ich nicht einmal eine Torte.« Nun drehe ich mich abrupt um.

»Du hattest nie eine Party?« Ich lege meine Hand auf seine Wange. Bisher hat mir Mad sehr wenig von seiner Kindheit erzählt. Irgendwie gab es wohl nie den richtigen Zeitpunkt. Das Einzige, was ich weiß, ist, dass er zu seinen Eltern den Kontakt abgebrochen hat, weil sie ihn um sein Geld betrogen haben. Als er mir erzählt hat, dass es immer nur darum ging, ihn groß rauszubringen, hat das tief in meiner Brust geschmerzt. Anscheinend verbirgt er noch mehr, als ich geahnt habe.

»Nein. Aber das soll uns heute nicht die Stimmung vermiesen. Es ist lange her. Heute bin ich groß und komme klar damit. Es gibt eben Eltern, die in ihren Kindern nur den Profit sehen, mehr nicht.«

»Ich liebe dich, Maddox Walker, mehr als alles andere auf der Welt. Ich hoffe, das weißt du.« Ich suche Mads Augen. Seine Augen werden glasig.

»Ja, und darum liebe ich dich noch um vieles mehr. Weil du mir jeden Tag deine Liebe schenkst.«

Wir küssen uns und eine lose Träne entweicht mir. Es scheint, als würde die Welt sich nicht mehr drehen. Die Zeit scheint stillzustehen. Es gibt in diesem Moment nur uns.

»Mommy, sieh nur, was Mad alles draußen aufgebaut hat!« Lani zerrt an meinem Arm und ich löse mich aus diesem Taumel an Glücksgefühlen und schwanke in das nächste Hochgefühl, als ich Lanis strahlende Augen sehe. Wir laufen die paar Stufen hinab in den Garten zum Luftschloss, schlüpfen aus den Schuhen und klettern hinein. Auch meine Mutter und Dad kommen dazu. Wir springen darin herum und lachen. Mad steht am Rand und macht Fotos.

»Mad, komm jetzt rein zu uns!«, ruft Lani ihm zu. Ohne zu zögern, legt er die Kamera zur Seite und springt zwischen uns hinein. Ein lautes Gelächter ertönt, als wir nacheinander hinfallen.

»Hey, Leute, ist noch Platz für mich?« Ambers Stimme würde ich unter tausenden wiedererkennen.

Nun bin ich nicht mehr so überrascht, dass Mad auch sie eingeladen hat. Eigentlich hätte ich es mir denken können. Er hat wirklich an alles gedacht.

»Natürlich!«, sage ich kichernd. Wir toben und lachen, bis das Schloss plötzlich in sich zusammenzufallen beginnt.

»Schnell raus!«, ruft Dad.

Als wir allesamt irgendwie aus dem Ding herausgekrochen sind, beginnt ein lautes Gelächter.

»Wir sind wohl etwas zu schwer gewesen«, wirft meine Mom ein. Kurz darauf bläst sich das Ding langsam wieder auf.

»Lasst uns mal was essen gehen!«, ruft Mad in die Runde. Wir folgen ihm zu dem gedeckten Tisch. Ein Stück entfernt steht ein Koch, der Fleisch auf einen Gasgrill legt. Nacheinander stellen wir uns mit unseren Tellern an und lassen uns die unterschiedlichsten Gerichte darauflegen. Von Burgern bis Fisch wird alles angeboten. Es gibt nichts, was noch fehlen könnte, oder etwa doch?

»Mommy, sieh mal!« Lani zerrt an meinem Arm und ich folge ihrem Zeigefinger. Tom steht mit einem weißen Pony im Garten und lächelt verkrampft. Man kann unschwer erkennen, dass ihm die Situation etwas peinlich ist. »Dad hat ein Pony!«

Ich sollte wütend auf ihn sein, dass er sich in den letzten Wochen nie gemeldet hat. Er ist sicherlich kein Mann, den man sich als Vater wünscht. Trotzdem liegt die Situation klar auf der Hand, er ist und bleibt Lanis Dad. Ich muss ihn nicht lieben und in diesem Moment hasse ich ihn auch nicht. Denn er hat sich wirklich darum bemüht, trotz allem hier aufzukreuzen.

»Komm, lass uns hingehen.« Ich nehme ihre Hand und wir gehen zu ihm.

Er ist und bleibt Lanis Dad, rufe ich mir abermals in Erinnerung, als wir bei ihm ankommen. Es bringt nichts, ihm jetzt Vorwürfe an den Kopf zu werfen, obwohl ich es am liebsten tun würde. Es ist der Geburtstag meiner Prinzessin, der nicht mit Streit überschattet werden soll.

»Hallo, Lani, alles Gute zum Geburtstag. Mir hat ein Vögelchen gezwitschert, dass du dir ein Pony wünschst. Ist das richtig?«

»Das gehört mir?«, fragt sie erstaunt.

»Also, wenn du es möchtest, ja.«

»Natürlich! Vielen Dank!«, sagt sie freudig und springt in die Höhe.

»Hallo, Parker. Schön, dass du kommen konntest.« Mad steht neben mir und legt seinen Arm um meine Taille.

»Danke für die Einladung.« Tom blickt abwechselnd zu Mad und zu mir.

»Darf ich mich draufsetzen?« Lani sieht mich mit diesem bettelnden Blick an, dem man nichts abschlagen kann.

»Natürlich, wenn dein Dad das Pony gut festhält.«

»Geht klar!« Er deutet mit dem Daumen nach oben.

Ich setze Lani auf den Sattel und sie steckt die Beine in die Steigbügel.

»Danke, Mad, für den Geschenktipp«, höre ich Tom leise sagen.

»Freut mich, dass du gekommen bist. Und, wie du siehst, auch Lani.«

»Bist du bereit für den Ausritt deines Lebens?«, sagt Tom und lächelt Lani an. Er wirkt verändert, muss ich leider zugeben. Obwohl ich ihm gegenüber noch immer

Aggressionen verspüre, muss ich mich zusammennehmen. Lani ist gerade überglücklich und das kann und darf ich ihr nicht nehmen. Für sie ist er momentan der Prinz in goldener Rüstung, der sie mit dem weißen Pony abgeholt hat.

»Bereit!«

»Dann halt dich gut fest.« Tom spaziert mit dem Pony im Garten auf und ab. Er wirkt aufrichtig glücklich. Keine Ahnung, wie es Maddox angestellt hat, dass er sich heute die Zeit für Lani genommen hat. Es ist mir auch egal. Für mich zählt nur, dass meine Tochter glücklich ist, und das ist sie. Sie winkt mir zu und überstrahlt sogar die Sonne, die hoch am Himmel steht.

Ich gehe zu Maddox und schlinge meine Arme um seinen Hals. »Danke für alles, was du für mich und Lani tust.«

Ich küsse ihn und seine starken Hände umfassen mich. Sie geben mir nicht nur Halt und Sicherheit, sie lassen mich endlich wieder lebendig und glücklich sein. Und er ist nicht nur mein zukünftiger Mann, der sowohl meins als auch Lanis Leben bereichert, er ist auch jemand, der nicht über ihren Befund urteilt.

Ja, Lani hat eine Autismus-Spektrum-Störung, doch es ist uns egal, was andere sagen oder behaupten. Für mich ist sie das außergewöhnlichste Kind aller Zeiten. Meine Mutter und Freunde hatten recht, als sie zu mir sagten, Lani bleibe immer meine Tochter, egal was bei dem Befund herauskomme. Ich liebe sie noch genauso wie am ersten Tag, als ich den kleinen Punkt auf dem

Ultraschallgerät sah und ihre Herztöne schnell und laut klopfen hörte.

Jeder Mensch ist anders. Jeder ist auf seine besondere Art und Weise einzigartig und schön. Auch wenn man vielleicht nicht in die Norm passt, ist man perfekt, so wie man ist.

NEUIGKEITEN

Liebe Leserin, lieber Leser,

- du möchtest von mir keine Neuerscheinung verpassen?
- das Buchcover und Buchtitel mindestens eine Woche vor allen anderen sehen?
- Einblicke in meinen Autorenalltag?
- an Buchgewinnspielen teilnehmen, die nur für Newsletter Abonnenten sind?
- vorab erfahren, wenn von mir ein E-Book in Aktionen ist?

Dann melde dich gleich jetzt an! QR-Code auf der nächsten Seite.

https://www.evaperkics.com/newsletter/

https://www.evaperkics
.com/

facebook.com/EvaPerkics.autorin

instagram.com/evaperkics.autorin

ÜBER EVA PERKICS

Eva Perkics schrieb ihre ersten Romane unter dem Pseudonym Eva Fay. Bis sie sich dazu entschied, zu ihren Wurzeln zurückzukehren und ihren Geburtsnamen wählte.

Sie liebt es, Geschichten, die genauso gut aus dem Leben gegriffen sein könnten, zu kreieren. Sie möchte die Leser im Herzen berühren und zum Nachdenken anregen.

Neben dem Schreiben nimmt ihre Familie einen wichtigen Teil ihres Lebens ein.

Man findet sie auf Facebook und Instagram. Sie freut sich auf den persönlichen Austausch mit den Lesern.

Weitere Bücher:
   Hopeful Fight
   Mr. Womanizer in Love
   Mr. Enemy in Love
   Die Stille hinter den Wolken
   Der Donner hinter dem Sturm